东西
小传

东西,本名田代琳,1966年出生于广西天峨县。

主要作品有长篇小说《回响》《篡改的命》《后悔录》《耳光响亮》,中短篇小说《没有语言的生活》《城外》《美丽金边的衣裳》《私了》《天空划过一道白线》《飞来飞去》《东西作品集》等,散文集《我们内心的尴尬》。

中篇小说《没有语言的生活》获首届鲁迅文学奖。长篇小说《回响》获第十一届茅盾文学奖。部分作品翻译为英文、法文、瑞典文、俄文、韩文、越南文、德文、捷克文、丹麦文等出版。多部作品被改编为影视剧。

现为广西文联主席、广西民族大学创作中心主任。

本册主编 总主编

陈晓明 何向阳

百年中篇小说名家经典

BAINIAN ZHONGPIAN XIAOSHUO MINGJIA JINGDIAN

东西 著

迈出时间的门槛

MAI CHU SHI JIAN DE MEN KAN

河南文艺出版社

· 郑州 ·

一种文体
与一百年的民族记忆

何向阳　（丛书总主编）

自 20 世纪初,确切地说,自 1918 年 4 月以鲁迅《狂人日记》为标志的第一部白话小说的诞生伊始,新文学迄今已走过了百年的历史。百年的历史相对于古老的中国而言算不上悠久,但 20 世纪初到 21 世纪初这个一百年的文化思想的变化却是翻天覆地的,而记载这翻天覆地之巨变的,文学功莫大焉。作为一个民族的情感、思想、心灵的记录,从小处说起的小说,可能比之任何别的文体,或者其他样式的主观叙述与历史追忆,都更真切真实。将这一百年的经典小说挑选出来,放在一起,或可看到一个民族的心性的发展,而那可能被时间与事件遮盖的深层的民族心灵的密码,在这样一种系统的阅读中,也会清晰地得到揭示。

所需的仍是那份耐心。如鲁迅在近百年前对阿Q的抽丝剥茧,萧红对生死场的深观内视,这样的作家的耐心,成就了我们今天的回顾与判断,使我们——作为这一古老民族的每一个个体,都能找到那个线头,并警觉于我们的某种性格缺陷,同时也不忘我们的辉煌的来路和伟大的祖先。

来路是如此重要,以至小说除了是个人技艺的展示之外,更大一部分是它对社会人众的灵魂的素描,如果没有鲁迅,仍在阿Q精神中生活也不同程度带有阿Q相的我们,可能会失去或推迟认识自己的另一面的机会,当然,如果没有鲁迅之后的一代代作家对人的观察和省思,我们生活其中而不自知的日子也许更少苦恼但终是离麻木更近,是这些作家把先知的写下来给我们看,提示我们这是一种人生,但也还有另一种人生,不一样的,可以去尝试,可以去追寻,这是小说更重要的功能,是文学家个人通过文字传达、建构并最终必然参与到的民族思想再造的部分。

我们从这优秀者中先选取百位。他们的目光是不同的,但都是独特的。一百年,一百位作家,每位作家出版一部代表作品。百人百部百年,是今天的我们对于百年前开始的新文化运动的一份特别的纪念。

而之所以选取中篇小说这样一种文体,也是出于这个原因。

中篇小说,只是一种称谓,其篇幅介于长篇小说和短篇小说之间,长篇的体积更大,短篇好似又不足以支撑,而介于两者之间的中篇小说兼具长篇的社会学容量与短篇的技艺表达,虽然这种文体的命名只是在 20 世纪的七八十年代才明确出现,但三四十年间发展迅速,其中的优秀作品在不同时期或年份涵盖长、短篇而代表了小说甚至文学的高峰,比如路遥的《人生》、张承志的《北方的河》、莫言的《透明的红萝卜》、韩少功的《爸爸爸》、王安忆的《小鲍庄》、铁凝的《永远有多远》等等,不胜枚举。我曾在一篇言及年度小说的序文中讲到一个观点,小说是留给后来者的"考古学",

它面对的不是土层和古物，但发掘的工作更加艰巨，因为它面对的是一个民族的精神最深层的奥秘，作家这个田野考察者，交给我们的他的个人的报告，不啻是一份份关于民族心灵潜行的记录，而有一天，把这些"报告"收集起来的我们会发现，它是一份长长的报告，在报告的封面上应写着"一个民族的精神考古"。

　　一百年在人类历史上不过白驹过隙，何况是刚刚挣得名分的中篇小说文体——国际通用的是小说只有长、短篇之分，并无中篇的命名，而新文化运动伊始直至 70 年代早期，中篇小说的概念一直未得到强化，需要说明的是，这给我们今天的编选带来了困难，所以在新文学的现代部分以及当代部分的前半段，我们选取了篇幅较短篇稍长又不足长篇的小说，譬如鲁迅的《祝福》《孤独者》，它们的篇幅长度虽不及《阿 Q 正传》，但较之鲁迅自己的其他小说已是长的了。其他的现代时期作家的小说选取同理。所以在编选中我也曾想，命名"中篇小说名家经典"是否足以囊括，或者不如叫作"百年百人百部小说"，但如此称谓又是对短篇小说的掩埋和对长篇小说的漠视，还是点出

"中篇"为好。命名之事,本是予实之名,世间之事,也是先有实后有名,文学亦然。较之它所提供的人性含量而言,对之命名得是否妥帖则已显得不那么重要了。

值此新文化运动一百年之际,向这一百年来通过文学的表达探索民族深层精神的中国作家们致敬。因有你们的记述,这一百年留下的痕迹会有所不同。

感谢河南文艺出版社,感谢编辑们的敬业和坚持。在出版业不免受利益驱动的今天,他们的眼光和气魄有所不同。

2017 年 5 月 29 日　郑州

目录

247

含泪的喜剧
——东西的小说艺术

陈晓明

1

铁流是突然被叫走的。当时他坐在沙发上频繁地打着哈欠，我和儿子铁泉抱着他的脑袋拔白头发。他才 35 岁就长了那么多白头发，看得我心里直着急。我说我们写了十多年，两人的稿费加起来还没有你的白头发多。他咧开大嘴，说为什么不反过来？如果把我的每一根白头发当一万，那我们该有多少稿费？铁泉听他这么一说，就像拔草那样使劲儿。他每拔到一根白的，就兴奋地叫道：我又拔到了一万。

正当我们一家子忙着数铁流头上的"钞票"时，门铃忽然响了。铁流的舅舅腆着一个大肚子，夹着一个小包，屁股后面带着一个漂亮的姑娘，风尘仆仆地走进来。铁泉举起手里的白头发，对着舅舅喊：舅公，我从爸爸的头上拔到了十万。舅舅弯下腰，在铁泉红扑扑的小脸上掐了一把，说十万就十万，这可是你自己说的。

舅舅和那个姑娘坐到我们家的木沙发上，他从包里掏出一份合同递给铁流，说如果同意的话，今晚就得过去。铁流看着那份合同，眼球如同遭受重物袭击，一下就变了形，手也微微颤抖。 看完，他把合同递给我。 我没想到舅舅会给铁流开这么高的年薪，更没想到那个姑娘竟然乘我看合同之机，不停地给舅舅抛媚眼。 舅舅悄悄地把手绕到她身后。她扑哧地喷出一串笑，扭动着腰杆了倒向沙发扶手，像是有人正在为她抓痒。

　　铁流找一个泡茶的理由离开了。 铁泉在沙发前蹿来蹿去。 如果不看合同的面子，我真想给舅娘打一个电话，但是合同上的数字太高了，高到超过了我们的所有存款。 我把铁流从厨房里叫出来，让他自己拿主意。 他的目光在我和舅舅的脸上穿梭，仿佛在寻找暗示。 舅舅说是不是嫌少了？ 铁流摇摇头，张着嘴巴望我。 我说答案又不在我脸上。 铁流一咬牙，说就当是去体验生活，而且我妈也不是为了让我写小说才把我生下来的。 舅舅轻轻一笑。 铁流伏身在合同上签字。 舅舅收下合同，屁股像着了火一般飞速地离开沙发，说我们走吧。 我说铁流的行李还没收拾呢。 舅舅说要不是那边急，我也不会上门来跟他签合同。 话还没说完，舅舅已经到了门外。 那个小妖精也走了出去。 铁流跟在小妖精的后面，临出门时回头给我和儿子做了一个飞吻，脸上已经有了迫不及待的表情。

　　轿车的声音从楼下离去，我忽然感到家里空了许多，耳边重又响起和铁流讨论过的话题：如果突然有了一大笔钱，我们将用来干什么？ 铁流脱口而出：那就把你给换了。 当时我们都整齐地叹一口气，为这种穷开心而发笑，觉得天底下哪会有那么好的事情。 但是想不到那笔钱一下就让我们看到了，仿佛现在正叮叮当当地从天花板上往下掉。 好事情说来就来，我没有一点儿心理准备。

夜深了才把铁泉骗上床，我却兴奋得没有一丝睡意，想想铁流空着双手出门，就打开脱漆的硬壳皮箱，往里面装他用得着的物品。 装满了，我看一眼熟睡中的铁泉，就提起皮箱悄悄地出门，在院门口拦了一辆出租车，直奔路塘温泉度假村。 仅仅是半个小时，我便站在度假村的总台前，向里面昏昏欲睡的两个女服务员打听铁流的住处。 她们摇着头说，什么铁流铁牛，没听说过。 我说就是你们的铁经理，今晚刚来的。 她们摇着的头忽然停住，都扭头看着里间。 里间走出一位睡眼惺忪的领班，她不耐烦地嚷道：谁呀？ 这么晚了……嚷嚷声在她的目光落到我的脸上时戛然而止，她的眼皮猛地往上一跳，眼珠子刹那间明亮，瞌睡不见了，温和的声音从她的嘴里飘出：原来是嫂子。 我这才看清楚，她就是舅舅带到我们家里去的那个小妖精。

她走出来接过我手里的皮箱，带着我穿过温泉旁弯弯曲曲的小径，朝一幢黑暗的楼房走去。 在还没进入楼房之前，温泉的流淌声哗啦哗啦地响着，一股特别的香水味像温泉那样咕咚咕咚地从她脖子上冒出来，呛得我不得不放慢脚步。终于进入了楼房，我们来到 305 号门前。 她放下皮箱，说铁经理就住在这里。 我按响门铃，里面没什么反应。 我再拍几下门板，里面还是没动静。 她从裤兜里掏出一大串钥匙，说每个房间的钥匙服务员都有。 她的钥匙在门锁里轻轻一转，门裂开一道缝，里面黑咕隆咚的。 她抽出钥匙扭身离去。 我提着皮箱走进房间，打开灯，里面连一个人影子都没有。

但是我看见衣架上挂着铁流的外套，真皮沙发的角落里堆放着铁流身上的其他东西，什么衬衣、内裤和袜子呀乱糟糟的，像铁流褪出来的一层层皮，冒着酸菜的味道。 那么，一丝不挂的铁流到哪里去了呢？ 他是不是泡温泉去了？ 我来到走廊上，俯视大院，除了水声就是从池子里腾空的蒸气。 蒸气把那些路灯扩大了，使整个院子显得迷蒙潮湿。我站了一会儿，眼睛慢慢地适应这里，远处那排石头镶嵌的木门穿过水雾越来越明显。 我跑过去，发现这是用鹅卵石砌成的独门独户的小间，每一间里都传出隐约的流水声。 我侧耳听木门里的动静，听到第五间的时候，终于听到了铁流的声音。

我犹豫了一会儿，敲敲木门，木门一动不动，里面传来嬉闹声。 我把木门推开，一团更为密集的蒸气冲出来，热乎乎的水池里泡着两个光溜溜的男女。 他们惊恐地扭过头，鼓着眼球看我。 男的说我们可是货真价实的夫妻。 女的骂道哪里来的神经病。 那个男的不是铁流，我带着歉意退出来，为他们关上门，想这个刚刚上任的铁经理到底去了什么地方？

2

是铁流的声音把我吵醒的。 睁开眼，我发现自己竟然和衣躺在铁流的床上。 昨夜，我曾经反复告诫自己不要入睡，想不到竟然稀里糊涂地睡着了。 窗外的曙光落到铁流锃亮的皮鞋上，和皮鞋一样锃亮的是他的头发，上面几乎可以倒映出天花板上的吊灯。 一条乳白色的领带像上早班的，提前勒住他的脖子。 电视机里天天做广告的那套深黑色西服，现在也跑到了他的身上。 他的小眼睛在这些身外之物的衬托下，比过去明亮了好几倍。 从整体上看，他已经鸟枪换炮了。

我从床上坐起来，用手摸了摸额头，说你现在才回呀。他的脸憋得通红通红，就连脖子上的领带都憋开了。 我以为他要说出什么重大的事情，没想到竟然憋出一句你怎么会在这里？ 我还以为你失踪了。 我说那你呢，这么好的床干吗空着？ 他说换了公司发给的衣服我就回家了，想让你看看身上的牌子，没想到白白等了一晚。 我说从家出来的时候，我特意看了一下时间。 他说我是 12 点 27 分回到家里的。 我说我没走的时候你不回，我前脚刚走你后脚就回了，也不打个电话过来。 他说我连这个房间的号码都还没记住，而且谁会想到你的动作那么快。 我打开皮箱，说我可是来给你送东西的，不知道这些旧的你还需不需要？ 他瞥了一眼皮箱，说铁泉一个人在家，你得赶快回去叫他上学。 我想都还没好好说上几句话，他怎么就下了逐客令？ 我把皮箱重重地合上。

回到家，我感到头有些晕，想再躺一会儿，发现被卧整整齐齐地搁在床上，它还是我昨晚出去时的模样，床单上也没留下任何被压迫的痕迹。 凡是睡过觉的人一看就知道，这张床在两个小时之前，不可能有人睡在上面。 我在床上躺了一会儿，怎么也睡不着，就爬起来到卫生间想洗把脸。 毛巾经过一夜的冷风，干得有些棘手，我转过身，把卫生间里挂着的毛巾全都捏了一遍，没有一条是湿的。 难道铁流已经养成了早上不洗脸的习惯？ 或者昨夜他根本就没回来？

这时电话铃突然响了，我抹着脸跑过去抓起话筒，才发现铃声是铁泉床头的闹钟发出来的。 我放下话筒，走进房间，把正在熟睡的铁泉摇醒，说泉儿，快起来，你得上学了。 他飞快地弹起来，打了一声哈欠又倒下去。 我用手里的毛巾擦擦他的脸。 他睁开眼睛，欠起身子，把毛衣套到头上。 我为他穿好衣服，说从今天开始，得由妈妈送你上学了。 他揉揉眼睛，说爸爸呢？ 我说爸爸不是当经理去了吗？ 他说当经理就不回家了？ 他的话像针尖那样刺了我一下。 我让他重新坐到床上，问他昨夜看见爸爸没有。 他摇摇头，说你不是说爸爸当经理去了吗？ 我说半夜里他回来过，你听没听到开门声？ 他摇摇头。 我怕铁泉还没完全清醒，又用毛巾为他擦了一把脸，说儿子，你好好地想一想，到底见没见你爸爸？ 铁泉说没有。 我说你不要急着回答，再想想。 铁泉娇嫩的眉头渐渐拧紧，脸上出现了大人的表情。 这种表情持续了一会儿，他吐出一串声音：我还是没看见爸爸。 我想铁流干吗要骗我呢？

傍晚，铁流提着一个塑料袋出现在楼下。 我看见他关了车门，梗着脖子走进楼道，然后就听到他的脚步声急迫地上来。 我把铁泉推进房间，铁泉用手撑住门板，不让我关门。我说妈妈要跟爸爸谈谈。 他勉强地松开手，让我把门拉上。

门铃响了，我坐在沙发上没动。 铁流见没人响应就掏钥匙把门扭开，走到我面前想把手里提着的烤鸭放到茶几上。我说这是从温泉带过来的吗？ 他用轻快的语调说在食堂拿的，不花一分钱。 我说快把它拿开。 他转过身，想把塑料袋往餐桌上放下去。 我说别把桌子弄脏了。 他放下去的手快速地扬起来，回过头皱着眉头看我。 我的脸如同掺了水泥一般硬邦邦的。 他晃动着手里的袋子，说那你说我应该把它放在哪里？ 我说除了家里，随便你放。 他把袋子重重地摔到桌上，说不知道又碰到你的哪根筋了。 我说床没有动过，毛巾也是干的，昨天晚上你回的是哪个家？ 他的眼珠子像车轮那样转了几圈，说为了让你一进门就看到一个崭新的丈夫，我一直坐在沙发上等你，几乎一夜没合眼。 我说但是今天早上，你的眼圈没红，我记得只要你熬上两个小时的夜，眼圈就会红得像出血。

铁流把上衣脱下来丢到沙发上，伸手松松领带，抬头望着铁泉的房间，说我只有熬夜写作眼圈才红，昨晚我只是看电视。 我说那音量一定调得很小吧，要不铁泉怎么会什么声音也没听到？ 他说是吗？ 那我们问铁泉试试。 他拍开房门，把铁泉拉出来，蹲下身子，用讨好的口吻说，儿子，别害怕，爸爸只想问你一件事。 铁泉似乎从空气里嗅出了紧张的味道，惊慌地看着我。 我对他点点头，说你是诚实的。铁流抓起铁泉的小手，说你还记不记得昨天晚上的事？ 铁泉结结巴巴地说记得。 铁流说那你记得半夜里爸爸叫你起来撒尿吗？ 铁泉看着天花板，像是在回忆。 铁流拉拉他的手，提醒道：你记不记得？ 铁泉小心地摇了摇头。 铁流的脸突然变了，撒开铁泉的手，忽地站起来，说你怎么就不记得了？ 当时我还问你爸爸的衣服漂不漂亮，你说帅呆了。 我又问你妈妈到哪儿去了，你说不知道。 你回答了我的两个问题之后，才重新回到被窝里的，怎么就不记得了？

　　铁泉被铁流越来越大的嗓门吓得全身颤抖。 我对铁流说，你不要强迫他，更不能搞逼供。 铁流绷紧的脸慢慢地松弛，他又蹲了下去，用手扶住铁泉的双肩，口气缓和了许多：儿子，你再想一想，因为你的回答太重要了，它关系到爸爸和妈妈吵不吵架。 铁泉低下头。 我说再坚持一会儿，泉儿，你得把我和爸爸的这个疙瘩解开，要不我们会不定期地争吵。 铁泉抽了一下鼻子，带着哭腔说我不知道你们的事情。 泪水漫过他的眼角。 铁流在他流泪的地方抹了一下，说你再好好想想，即使是刚才说错了，爸爸也不会怪你，也许一时记不得了，但是你想一想可能会记起来，你再想想……铁泉像是不堪重负似的打着哆嗦，眼睛惊恐地张望我。

我说够了，你这是在逼他。没想到我脱口而出的声音把铁泉吓了一跳，他的脖子突然缩进肩膀，双腿像站在钢丝绳上那样晃荡，仿佛再晃下去他的身子就得散架。铁流假惺惺地搂住他，用手轻轻地拍打他的后背，鼓着乒乓球那么大的眼珠看着我吼道，你的嗓门比高音喇叭还大，即使他记起什么也被你吓跑了。铁流的这一吼，音量不在我之下，把铁泉的尿都吼了出来。我看见在铁泉淅淅沥沥的裤管之下，已经积了一摊水，它正小心翼翼地向四周扩散。我把铁泉拉到怀里，说你就放过他吧。铁泉哇地哭起来。我说这下你该满意了。铁流狠狠地扫了我一眼，从鼻孔里哼出一句脏话，转身走出去，防盗门撞回来的巨响又吓得铁泉的身子一颤。

3

铁流在那边过着经理的生活，却没给我任何一点儿消息。我以为几天之后他会回家，没想到他连电话都没打一个。坚持了好些日子，我主动给他挂了几次电话，但房间里一直没人接听，甚至半夜里也没人接。我想也许是他的电话坏了。一个周末的晚上，终于有人在铃声响过五声之后，拿起了话筒。我说撒了谎就不敢回家是不是？他说工作刚开始，好多东西都得重新学，忙得头都晕了。我说再忙也得睡觉吧。他迟疑一会儿，说我怕电话骚扰，睡觉前拔了线。

我说还有谁敢在半夜里骚扰你？ 他说这是度假村，什么电话都有。 我们正说着，话筒里忽然传来一个女人的声音。 我猛地警觉起来，问谁在你的房间？ 他说没有呀。 我说明明听到一个嗲声嗲气的声音。 他说可能是跳线了。 我说不可能吧，我听到她说走了，拜拜。 他发出冷笑，说你又疑神疑鬼了，不信你就过来看看。

我放下话筒，刚才跳到耳朵里的女声一直在耳畔缠绕。我掐掐耳朵，疼痛是真实的。 我回忆了一下，那不像是跳线的声音。 难道铁流又在骗我？ 我来到镜子前，看着里面那个因睡眠不足，脸庞稍稍显得浮肿的自己，用手指轻轻地按摩眼角，想把那些企图成为皱纹的小褶子按下去。 在我没它们之前，它们还老实地躲在光滑的皮肤下面，但是我一按它们，它们就像暴涨的河水顿时流淌起来，类似水波状的线条堆上眼角，让我不得不承认自己的魅力已经大大地打了折扣。 我想我得找个人聊聊。

中午时分，我尽力挺直身板拉着铁泉站在海霸王大酒店门前。 门童早早地把那两扇巨大的玻璃门拉开。 我在准备进去之前左顾右盼，孔燕还没到来。 那些车辆在冷空气中嗖嗖地奔跑，和我没有一点儿关系。 行人们都缩着脖子。 干爽的马路被突然砸下的雨点淋湿，原本寒冷的天气变得加倍寒冷。 冷空气和雨点使我感到自己很可怜。 我喷着热气，领着铁泉大步地走进去，来到一个事先定好的包厢，面对面地坐在一张宽大的餐桌旁。 不知道这张餐桌的直径具体是多少，但是我感到它特别大，大到看上去坐在那边的铁泉比平时要小许多。

等了一会儿，我的好朋友孔燕来了。我把跟铁流通话时听到的跟她说了一遍。她说这没什么奇怪，男人都这样，在条件没成熟的时候，他们总是装得很老实，一旦条件成熟……她摇摇头，撇着嘴巴，好像已经看到了一个不可收拾的结局。她的表情激起了我对铁流的进一步猜疑，我又狠狠地点了几个菜。什么螃蟹呀，海虾呀，红友鱼呀，沙虫呀，都快把我们给淹没了。我们在盘子的腾腾热气中埋头吃着。我说泉儿，你爸爸就要有钱了，不吃白不吃。铁泉吃得肩膀一耸一耸的，整张脸几乎装进了盘子。我又说如果今天我们不吃，没准儿明天他有了新欢，那我们可就没的吃了。铁泉从盘子里抬起沾满虾壳的脸，疑惑地望着我说，妈妈，新欢是什么？孔燕说是一个女人。铁泉说那我们能不能不让爸爸有新欢？我说吃就是一个办法，从今天起我们每天来吃一次海鲜，把他吃穷，只要他口袋里没有多余的钱，看他还拿什么去找新欢。铁泉点点头，像是忽然明白了，把脸重新埋进盘子叼起一只螃蟹，说这就是爸爸的新欢。说完，他发狠地嚼起来，嘴里发出咔嚓咔嚓声。孔燕和我都被他的吃相逗笑了。

菜还在源源不断地上来，餐桌上已经盘子叠着盘子。连我自己也不敢相信这些菜是我点的，有的我从来就没吃过，有的连名字也叫不上来。看着越来越多的盘子，我的胃口渐渐没了。 我说小姐，你们是不是搞错了，我怎么会点这么多菜？ 小姐走过来，低下头，说我去帮你问问。 小姐出去一会儿返回，说这些菜都是你点的。 我拍拍发热的脑门，想这重重叠叠的明明是钱，哪里是盘子。 我说还有没上的菜吗？ 小姐说好像还有三盅鲍鱼汤。 孔燕说能不能退了？ 小姐摇摇头，说我们这里点了就不能退。 孔燕和小姐正交涉，包厢的门被人推开，三盅木瓜盛着的鲍鱼汤分别到达我们的面前。 我问孔燕，刚才我点鲍鱼汤了吗？ 孔燕点点头说点了。 我说我怎么不记得了，这汤一盅就要一百五十元，我怎么会舍得点它？ 铁泉说你不是要把爸爸吃穷吗？ 我对着孔燕笑笑，说是呀，我怎么把这个给忘了。

我赌气地吃起来，不知不觉中感到肚子撑得难受，一看眼前，已经吃掉了三大盘。 再看铁泉，他吃得眼睛都翻白了，还双手捂着肚子。 孔燕打了一个饱嗝，用纸巾抹一下嘴，说为了对得起你的这餐海鲜，我得跟你说点儿实话。 我侧侧身，倾听着。 她说铁流干坏事的条件已经成熟，你得小心看着，现在危机离你就一毫米了。

到了下午4点多钟，我的胃才出现了缓和迹象。 我提上从海霸王打包的海鲜，来到路塘温泉铁流的房门前，按了门铃，里面传来懒散的脚步声，猫眼黑了一下，门轻轻地打开。 铁流穿着一套崭新的睡衣站在里面，说你怎么来了？ 我扬了扬手里的袋子，说给你送点儿吃的。 铁流把我让进去，锁上房门，接过袋子放到茶几上，说你打断了我的一个好梦。 我看见他的脸有些发红，眼圈也微微红了。 我问他做了什么好梦？ 他一脸坏笑，一头扑过来把我按到床上，粗鲁地捏着，强行解我的纽扣。 我在床上滚了好几圈才把他推开，说你是不是正在做一个下流的梦？ 他滚到一边嘿嘿地咧开嘴巴，说要不是工作忙，我早顶不住了。 我说肯定是和做梦有关，否则怎么连一点儿过渡都没有。 他伸手搂住我，把他的嘴巴凑到我耳朵根，说看你说的，我只不过梦见中了大奖，你想到哪儿去了？

我的耳朵麻酥酥，整个身体软了下来。 我躲开他的嘴巴，说白天里睡大觉的人，怎么还整天喊忙？ 他轻轻地解我的衣扣，说特殊情况，中午喝多了。 我伸手抚摸他的睡衣，问这也是单位发的？ 他说这是我在班木商场买的。 我打开他的睡衣，看了看里面，说挺合身的。 他笑了笑，扒光我的衣裳，猛地扑到我身上。 我闪避没让他得逞。 他变得急躁不安，在我的肩膀狠狠地咬了一口，就像馋了的小孩。 我问他想要吗？ 他说想死了。 我说那你得跟我说实话。 他说我什么时候说假话了？ 我说告诉我，那天晚上你到底去了哪里？ 他说我哪里也没去，回家了。 我说但是铁泉说没看见你。 他说孩子睡着以后往往会犯迷糊，就像我小时候半夜起来撒尿，一边撒还一边睡。

他的解释再加上游动的手指，使我的身体慢慢地放松。我说你真的没骗我？ 他举起双手，说谁骗你谁就被车撞死。我怕他再诅咒下去，赶快伸手捂住他的嘴巴。 他躲开我的手，透了一口气，在我的身上用力地扑着。 扑着扑着，被窝里扑起一阵凉风，一缕似曾相识的气味蹿进我的鼻孔。 我狠狠推开他，把被子捂到他的鼻子上，说这是什么味道？ 他扭过头，说我只不过洒了一点儿香水。 我说怎么和那个领班的香水味一模一样？ 他的嘴唇抖了几下，说是服务员洒的，每天我这里都是服务员打扫。

我看着他撇撇嘴，外加几声冷笑。 他说我们都生活了十年，你不是不了解我。 我说人是可以变的，只要找到合适的土壤，坏念头就会像草一样生长。 他摊开双手耸耸肩，说我们刚刚看到好生活的影子，你就来给我找麻烦，真是的。 我说可是，只短短半个月，我已经摸不透你了。 他跳下床，赤身裸体在地毯上走着，说你尽管大胆地猜疑吧，反正我可以发誓，我不会不爱你。

4

你听到过铁流发誓吗？ 他好像动不动就喜欢发誓，比如喝多了，他会发誓再也不喝，可是没过几天他又烂醉如泥。他跟我发誓不再跟你们赌钱，但是后来他还是跟你们赌个不停。 现在我一听到他发誓，双腿就软得像没有骨头，身上就起一层鸡皮疙瘩，生怕他一不小心发誓不近女色。 你听到过他发誓不近女色吗？

坐在书桌前的李年，把头埋在铁流的小说集上，像没长耳朵似的对我的话毫无反应。 我盯着他那张诚实的脸期待着。 他肥厚的嘴唇微微张开，似乎就要说话了，但是他只翻了一页书，就把张开的嘴巴关闭。 后来我发现他每翻一页书，就张一次嘴巴，这只是他的一种不良习惯，而不是要说话的标志。 我没有心思这么干坐下去，于是进一步启发他：你跟铁流好了这么多年，难道还不知道他有没有外遇？ 他欠了欠身体，藤椅发出一声怪响，都到了这个份儿上，怎么样他也应该说话了，但是他只摇了摇椅子，又把头埋到小说集里。 我想他假模假样地看书，肯定是在故意回避问题。

我的猜测变得越来越像那么回事，书页被他翻得哗啦啦地响，而且越翻越快，已经不像是阅读了。 我说其实你不用为难，如果你怕背上出卖朋友的名声，那你能不能点点头？你只要点点头，我就全明白了。 他咳了两下，像是要做点儿什么，但是咳完了什么也没做。 我恳求道你总得表个态吧，这是我第一次求你，难道你就忍心让我白来一趟？ 他伏在桌上匆忙地写着，额头差不多碰到了面前那几本《英语大辞典》。 我从沙发上站起来，说如果你连头也不想点，那能不能默认？ 在我离开之前，只要你不说话，就算是默认了。他把写满数字的稿纸举起来，终于打破沉默，说刚才我算了一下，还需要四十五天，我就能把铁流的小说翻译完毕，你能不能在这四十五天里，不让我卷入你们的纠纷？ 我说谁叫你是他的朋友？ 除非你给我一个答复，要不我天天都来烦你。

　　他慌忙地晃动脑袋，说铁流有没有外遇我不敢百分之百地保证，但据我观察他不太像是有外遇的人，上个月 23 号，我们十几个朋友喝酒，他当着大家的面说，你为了给他生一个孩子，经历过五次习惯性流产，是个好母亲；还有在肾结石折磨他的那两年，你每天都陪他在楼道上跳几千次，直到把他所有的结石都跳出来，要不是你陪着他跳，他早就没信心了，所以你也算得上是好妻子……

　　李年的嘴巴迅速地翻动，一副滔滔不绝之势。我沉浸在他首先提到的两个事件中，岂止是流产，那简直是非人的生活，为了保胎，我整天躺在床上，连电视都不敢看，生怕肚子里的孩子被好笑的节目弄掉；更别说跳楼梯，好几次我都崴了脚，有一次还差点儿骨折……我在回忆中感到鼻子酸酸的，眼前的李年渐渐地模糊成一个轮廓，丝丝冰凉从两个眼角缓慢地往下滚。李年惊讶地把手伸过来，抹了抹我的眼角，说好好的你怎么哭了？

　　我忽然觉得李年的声音是那么好听，他的手比棉花还柔软。我的身子摇晃着，嘴里发出断断续续的声音：就是这个，我为他付出了那么多的人，在半个月前变了心。我还想再说点儿什么，但是哭声把我想说的压下去了。李年的手从我的眼角移开，绕到身后搂住我，说别哭了，你这一哭，邻居们都听见了，弄不好他们会认为我欺负你。

　　我越哭越伤心，他的双手随着哭声增高搂得越来越紧，让我感到即使是这幢楼倒塌了，他的手也不会松开。我除了感到后背有一点儿紧之外，身体的其他地方全都变成了木头，突然嘴里有了一点儿感觉，发现进来了一根舌头。我的胸部隐隐作痛，那是因为他紧紧地贴着我。因为胸痛，我木然的身体忽然活了过来。我狠狠地扇了他一巴掌，用力推开他，说连你都这样，更别说铁流了。

他跌坐在藤椅里，捂着刚被扇过的左脸，吞吞吐吐地说既然你怀疑铁流，为什么不报复？我这样做是为了帮你报复。我对着他呸了一声，骂道还以为你老实，没想到你是狗屎。他双手捧着脸，说如今谁不在外面开点儿小差，想不到你还这么在乎。我说你们男人都是这样吗？今天我总算明白了。他发出一串怪笑，说明白就好，省得到处去问。我气得又想扇他一巴掌，但是却不想让他弄脏了我的手。现在才明白，原来我来到了一个最不该来的地方。我快速地摔开门，从他肮脏的屋子里逃走。

外面的空气格外新鲜，马路上的行人全都像我的救命恩人，那些往来的车辆似乎也是亲戚们的。我在温馨的街道上一路小跑，不时地抹一把泪水。被我不小心撞了肩膀的恩人们，纷纷侧过头奇怪地看着我，有那么几个毫不客气地骂我神经病。

5

我提着两盒快餐摇摇晃晃地回到家，看见铁流正蹲在客厅里给铁泉扣上衣。 一套鲜艳的唐式童装套在铁泉的身上，把铁泉的小脸映衬得红扑扑的，使整个屋子都有了温暖的色调。 沙发上坐着一个我从来没见过的人，他身穿一套摆在路边店里的那种西服，双手拘谨地放在膝盖上，嘴里不停地表扬铁泉身上的衣裳。 当我的目光跟他的对接时，他略微欠了欠身子。 铁流扣完最后一颗纽扣，摸摸铁泉的小脑袋说，爸爸一领到工资，首先想到的就是你们。 铁流所说的"你们"，不外乎是铁泉和我。 我的目光落到茶几上，发现上面有一个精致的纸盒。

铁泉笑着扑过来，接住我手里的纸饭盒，把它们放到餐桌上。 铁流直起身拍拍蹲皱了的西裤，说这位是我的好兄长王义。 王义向我点头，客气得有些过分。 铁流脱掉上衣，挂在椅子上，伸手打一下偷吃的铁泉，说你不能等一等吗，我就去做好吃的。 铁流走进厨房，把隔门关上，里面依次传来流水声、切肉声、炒菜声……

我递了一杯茶给王义。 王义接过去喝了一口，说招科长，我读过你的散文，比铁流的小说写得有意思。 我还没来得及判断，他便迫不及待地从衣兜里掏出一本书，让我签名。 那是一本若干年前出版的书，里面收入我的五篇散文，在打目录的页面上，我的名字被几十个名字紧紧地夹着，连大气都不敢出。 我说这本书不仅仅是我的，要在上面签我的名字，就好像偷了别人的东西，不太合适吧？ 他把书强行塞到我手里，说这本书我找了好几年，直到上个月才在书城的角落里找到，买它就是为了看你写的这几篇。 我看他不像是撒谎，就在扉页上签了名，但是一签完我立即就后悔了。 我说你拿这个给我签，不是批评我还没出单行本吧？ 其实写作只是我晚上的事，白天八个小时我都要工作，我只是一个上班的，你可千万别把我当成铁流那样的大作家。 他满脸不可思议，说单位的事还要你操心？ 我说不操心谁给我发工资？顺便纠正一下，我不是什么科长，只是一般的职员。 他说拿你这样的才华，去做那些无聊的事真是太可惜了！

突然碰上一个不珍惜好话随便拿它们送礼的人，我感到头微微有些发晕，只见他的嘴巴像嚼瓜子那样不停地嚼着，却没听清楚他还说了些什么。 在他含糊的声音中，铁流拉开隔门，端出一碗香喷喷的菜放到桌上，又把头缩回去，隔门再次关上。 王义从口袋里掏出一张纸片，摆到我面前。 我的注意力移到纸片上。 他说这上面有十二道问题，如果你的回答完全符合标准答案，就能加入我们的俱乐部。 我勾下头，尽量把脖子往茶几上伸，我看见：

第一道问题：在跟朋友或者同事下棋、打牌和打球的时候，你是不是很在乎输赢？

第二道问题：如果你怀疑 A 偷了你的奶酪，那是不是在找到了真正的小偷 B 之后，你还是不肯相信偷你奶酪的人就是 B？

够了，再往下看就是傻×了。 我压住胸膛里正在往外熊熊蔓延的大火，对着厨房叫道：你给我出来。 隔门紧闭，铁泉跑过去拉开它，对着里面叫：爸爸，妈妈叫你。 铁流关了煤气，拧着一张擦手的毛巾走出来。 我说铁流，不就是怀疑你在外面有个女人吗，犯不着把康复医院的叫到家里来测试我的精神呀，如果你认为我的怀疑是神经质的，那我们就用事实说话。

铁流试图解释，但一时找不到语言，支支吾吾地愣在那里。 王义抓起茶几上的那张纸片，说误会了误会了，便紧张地跑出去。 铁流对着王义的背影喊：哎，你怎么走了？ 还没吃呢。 王义说我有事，先走一步。 铁流追出去，两串慌张的脚步声先后直扑楼底。 我走到窗前往下看，那个叫王义的（也不知道他是不是真叫王义）对铁流比画着，他的声音隐隐约约地传上来：绝对有问题，这是那种病的典型前兆，不能再往下发展啦……

竟然认为我有病，真不负责任。 我抓起铁流挂在椅子上的衣服，从窗口扔下去。 衣服展开像一只翅膀，落到他们的身旁。 他们同时抬起头，可能正在把我的这个行动当成有病的新证据。 干脆索性，我走到茶几边，拿起那个精致的纸盒，看都不看扬手甩出窗外。 纸盒分成两瓣，里面的东西赶不上盒子的速度，在空中徐徐铺开，像一团火缓缓坠落。 那是一条红色的丝巾，由于它价格昂贵，我曾经无数次和铁流一道在班木商场抚摸过它，没想到铁流还一直记着。 我的心里一动，打开门，准备下楼去把他们叫回来，让他们好好地吃一顿饭。 但是我的脚刚迈出一步就缩了回来，想这会不会是他的一种策略？ 也许做贼心虚了，才企图用丝巾来弥补，如果不是我怀疑他，这条丝巾肯定还挂在班木商场里。

这么一想，心里的感激顿时烟消云散。 我回过头，看见沙发上多了一床棉被，它像是害怕了不停地颤抖。 我走过去掀开它，铁泉双手捂着耳朵蜷缩在里面。 我把他抱起来，让他哆嗦的身体渐渐地平静。

6

铁泉和我乘坐的出租车停在饮料厂门口，远远地就听到了从厂房那边传来的哐啷哐啷声，跟着声音到达的还有果子的香气。 我打开车门叫铁泉下去。 他扭了扭身子，把屁股牢牢地粘在座椅上。 我说事情一办完我就回来，要不了几天，你不是跟我拉过钩吗？ 他说我不想跟小姨。 我说小姨这里有饮料，随便你喝。 他咽了一下嘴巴，舔了舔舌头，好像那些饮料的残汁就沾在他的嘴唇上。 趁他还在回忆那些味道，我把他从车上抱下来。 他挣脱我的手臂，双脚落在地上，看了我一眼，转身朝厂房走去。 开始他还控制着前进的速度，一边走一边回头，但是这种习惯的速度只坚持了十几米，他便不再坚持，而是撒腿跑了起来。 我看着他跑过操场，进入厂房，仿佛还看见他穿过厂房里排列整齐的饮料罐，扑入正在打包的小姨的怀里。

铁泉的小姨姓招，名玉立，现年二十一岁，中专文化，未婚，爹妈和铁流都说她长得比我漂亮，尽管我心里还有点儿不服气，但是他们毕竟是多数，而且在没有奖金的情况下，他们没有必要对这个问题不负责任。

我像个傻瓜呆站在饮料厂门口，朝厂房那边张望，出租车的喇叭响了一下。我钻进车里，心里老不踏实，总觉得不应该跟铁泉撒谎。我伸手捏住车门把想打开，但是车子已经启动。我摇下车窗盯住厂房的门口，希望能看见点儿什么动静，果然，从门口冲出一个人来。那是铁泉，他手里拿着两听易拉罐朝我这边奔跑，塞在衣兜里的罐子不时地从他奔跑的身上飞落，在地上滚动。我知道他是想送几听饮料给我，但是我怕他拿到饮料后不愿回去，所以没让车子停下。他跑到厂房门口，焦急地四下张望，胸口一起一伏的，嘴里喷出大量的热气。一辆又一辆出租车从他的面前晃过，他打开一听饮料喝了一口，很失望地走回去。

到了夜晚，我穿上一件厚衣服，挎了一个包悄悄来到路塘温泉，坐在院子里的一张石凳上，盯住铁流的那个房间。那个房间黑沉沉的，院子里和走廊上的路灯因为雾气的弥漫，光线不是很明朗。周围的暗影里晃动着成双成对的人，轻微的咂嘴声有时比流水还响，偶尔还听得到男人的哀求。谁都不会相信，在这样一个环境里做总经理的人，不是低级趣味的人。我感到越来越有把握，甚至开始设想抓到现行时铁流的表现——脸色惨白是肯定的，而且极有可能跪下来求饶。我当然是愤怒到了极点，对着他吥一声，说都这样了谁还会原谅你。 由于完全沉醉在想象中，我真的呔了一声，周围的人都扭过头看我，有的甚至跑开了。 我笑了笑，想这仅仅是排练，好看的还在后头。

周围的人渐渐地散去。 懒散的流水声和昏昏欲睡的灯光使等待经受考验，我的眼皮慢慢地沉重，不得不靠挎包里的风油精来撑开它。 但是在擦了十几次的风油精之后，眼皮具备了抗药性，它越来越重越来越重，几乎就要睡去了。 不过在每次即将睡去的一刹那，身体总会一激灵，被一种兴奋的东西惊醒，那种兴奋的东西不是别的，就是马上要抓到的现场。 我靠这种兴奋维持了一段平庸的时间，忽然本能地警觉起来。

远处出现了动静，杂乱的脚步声中夹杂着熟悉的脚步，至少有三个人，正朝着这边走来。 我伸长脖子往那边张望，先是看见一盏气灯在鹅卵石铺成的小径上晃动，接着就看见那个提气灯的人弯着腰，把手里的灯差不多落到了路面。 气灯照着一双锃亮的皮鞋，那是铁流的。 他挺着身板迈着方步，一副吃饱喝足的模样，身后还有一个人给他打伞。 我举头了看，路灯都还亮着，有必要再举一盏气灯吗？ 一个小小经理都要这样的排场，真是太过分了。 抹了一把脸上的水雾，我打起百倍精神。

他们走完院子里的小径，登上那幢楼房。 我把望远镜从包里掏出米，放到眼睛上，对着三楼的走廊观望。 廊灯把他们照得更加清楚，甚至是雪白。 快走到 305 号房时，那个撑伞的抢先一步，从铁流的手里接过钥匙打开房门。 铁流走进去，屋子里的灯光亮起来，陪伴他的人站在门口跟他说了几句，便熄了气灯往回走。 他们一边走一边交头接耳，在穿过院了时，我听到他们说都这么晚了，去哪里帮他找。 他们去帮铁流找什么呢？

迷糊中有一点儿重量落在肩头，我揉揉眼睛，看见面前站着一位穿制服的姑娘。 她在我身上披了一件刚织好的毛衣，毛衣还散发着崭新的气味。 我说你是这里的服务员吧？她点点头，坐下来，指着那边的一株大树，说我一直在那边织毛衣，怕你感冒就给你披上了。 我问她刚才我睡着了吗？她说你睡了大约一个钟头。 我朝铁流的那个房间望去，屋子里的灯光已经熄灭。 我又问刚才有人上楼吗？ 她摇摇头，说没有，自从那两个提灯和撑伞的回去以后，院子里就再也没有人来过。 我说真的没人来过？ 她摇摇头，拿起石桌上的望远镜摆弄着，说你好像是在看对面的房间。 我说我在证明一些事情，我不相信抓不到他。 她用手掌捂住突然张开的嘴巴，说你是在这里抓犯人吧。 我怕吓着她，就说只是开个玩笑，晚上睡不着，出来坐坐。 她说吃安眠药能帮你睡觉，不过不能吃多了，我吃过一瓶，后来被他们送进医院，现在就是通宵合不上眼睛，也不敢吃了。 我说肯定是跟男朋友翻脸了。 她低下头，沉默一会儿，忽然抽泣起来。

她的抽泣让我不好意思，好像是我把她弄哭似的。 我四下望望，生怕她惊动了别人。 我说如果哭能解决问题，我早就哭了。 她可能觉得我说的有一定道理，把抽泣停下，吞吞吐吐地说他跟别的姑娘跑了。 我发出一声苦笑，顿时觉得她比我的亲人还亲。 我跟她慢慢地聊，逐步知道她叫毛金花，来自农村，现在的工作是为温泉宾馆洗床单。 她患有严重的失眠症，为了不打扰同宿舍的工人，每天晚上都躲到路灯底下织毛衣，然后再通过她开服装店的远房亲戚把毛衣卖出去，每一件可以挣五十元人民币。

我们展开来聊，不在乎时间，聊得快要成为好朋友了，才发现天已经麻麻亮。 但是铁流的那个房间门还紧紧地关着，没有一点儿动静。 守了整夜，竟然没抓到铁流的半点儿把柄，我失望地站起来，把望远镜砸进包里，说怎么会没动静，是不是已经知道我在这里了？ 毛金花安慰我说，没关系，说不定明天就有动静了。 我挎上包，说哪会那么简单。她举起手里的毛衣说，如果你认为还需要好几个晚上的话，那最好是带上毛线，这样就能熬夜了。

回到家里，我感到微微有些头晕。 准备倒头睡觉之前，我查听电话的留言，里面传来铁流的声音：婷婷，你去哪里了？ 都深夜两点钟了，怎么还不回家？ 回来后给我来个电话。 接着传来铁泉的声音：妈妈，你出差回来没有？ 我想回家。 听完他们的留言，我拔掉电话线，走进卧室一头扑到床上，仅仅几秒钟，我就什么也不知道了。

7

在后来的几个晚上，毛金花教会我许多种织毛衣的方法。我在她手把手的指导下，能够织出较为复杂的图案，而且能够织出手指、脚趾。

一个白天，我正在呼呼大睡的时候，铁流突然回到家里。他把卧室的门嘭地推到墙壁上。我被撞门声惊醒，吓得坐起来，一定神，看见是他，立即就把脸垮了。他背着双手进入卧室，阴阳怪气地说，能碰上你，算我今天运气好。我用手指梳理头发，扭头看着窗外。窗外正好起了一阵风，吹得树上的叶片哗啦哗啦地响。

他坐到床上，身子跟着席梦思沉下去。他说你不是跟铁泉说出差了吗，怎么还在家里睡大觉？我的手指摸到脸上的一颗痘痘，估摸着掐，没搭理他。他把收在身后的手露出来，手里拎着我快要织完的一只带着五根脚指头的袜子，说前天晚上，我看见沙发上放着一顶织好的男帽，现在又在织袜子了，速度真是快呀，那顶帽子呢？我说送人了。他把袜子摔到床上，气呼呼地站起来，在床前来回走了几趟，然后指着我，说差不多一个星期了，每天晚上你都不在家里，原来是到外面给我织绿帽子去了。我打开他指着我的手，从床上跃起，站得比他还高出一大截。本来我想对他来几句带火药味的，但是就在那些话即将冲出嘴巴的时刻，我突然改变了主意。我做出一副无所谓的态度，在席梦思上晃悠着，说不能光你有女朋友，这就好像天平，只有两边都有了才不倾斜。

他的脸被我气得像涂了红墨水，脖子也憋粗了。我知道他是在憋一句话，可是那句话总也憋不出来。最后他不得不松松领带，凭借巴掌拍到衣柜上的那股力量，把话大声地抖出来：谁说我在外面有了？我说不用谁说，有那些迹象就够了。他说你怀疑来怀疑去，是不是神经出问题了？我说仅仅是差一点儿证据，等我拿到了，就知道谁的神经出问题了。他说那你就去拿证据吧，恐怕你还没拿到，我已经先把你的给拿到了。我学着他举手的样子把双手举起来，说欢迎你拿。他怒气冲冲地转过身，像一团风卷出去，仿佛现在就去拿证据。我想他被激怒了，动起来了，尾巴就要露出来了。

招玉立打电话给我，说铁流已经到爸妈那里去谈了一次，他希望我们招家，能为我近一个星期彻夜不归的行为做出解释。尽管他动用了含蓄的写作技巧，使用了模棱两可的语言，但是多年来一直坚持阅读小说的招玉立，还是听出了他的弦外之音，那就是铁流已经反过来怀疑我了。玉立劝我适当地让让步，以免家庭破碎。我告诉玉立，再给我几天时间，如果他在怀疑我不忠的情况下，还没让我拿到把柄，那我将对他刮目相看。

晚上，我和毛金花并排坐在石凳上，盯住铁流的那个房间织毛衣。 原先只有一双眼睛看着的房间，现在有了两双眼睛看着，而且毛金花还不停地提醒我，她的视力一流，过去在农村时可以清楚地看见几个山头之外的行人。 有了她的这个保证，我想应该是万无一失了。 但是11点钟之前，我们即使有再好的视力也没派上用场，流水的声音还是昨天的声音，行人也仿佛还是昨天的行人，不存在任何值得特别注意的现象。 到了11点钟，两个像是喝醉了的人相互搀扶着，从那边歪歪倒倒地过来，给冷清的小径增添了趣味。 起初我并不在意，但是当他们快走过我面前时，才发现那就是我等待已久的人，其中一个是铁流，另一个是铁流的朋友李年。他们摇摇晃晃地上楼，开门费去了一定时间。 毛金花说起码试了四把钥匙，他们才把门打开。

李年的到来，使我觉得现场一下就近了。 一个连朋友的妻子都想下手的人，怎么会不在夜里干点儿什么坏事，最好他能叫上两个按摩小姐，让我一下逮住四个，那才叫意外收获。 但是他们像死人一般并不理会等待者的心情，我都已经为即将抓到的场面激动不已了，他们的那扇门却如同一块石头，毫无表情地摆在那里，使我和毛金花成了欣赏门板的木匠。 第二天晚上，当我举着被瓷瓶划破的手指，再次坐到这里的时候，才知道门板一动不动的奥秘。 毛金花告诉我，一大早，领班就叫她去收拾铁流的那个房间。 她一进去，就闻到了铺天盖地的酒气，床单上沾满了他们吐出来的脏物。 原来他们是真的喝醉了。

大约就在毛金花收拾房间的那个时间，我回到家里。客厅里到处都是破碎的瓷片，有的钻到了沙发底下，有的飞上了酒柜。结婚十年来，我不间断地在铁流的每一个生日，送给他一只属于他生肖的瓷羊，而他也在我的每个生日，送我一只属于我生肖的瓷狗。那些羊和狗一年一个式样，摆在架子上是 20 种栩栩如生的姿态，可是现在它们全都被铁流砸烂了。

我站在色彩缤纷的瓷片中间发了一会儿呆，然后慢慢地蹲下去，把碎了的瓷片一块一块地捡到手里。每捡一块，我的脑海就浮现一次铁流送礼物时的模样，耳边甚至回响起铁流好听的声音。他一直喜欢从后面搂着我，喜欢把嘴巴贴着我的耳朵根，悄悄地来那么一句，似乎是要让那句话得到麻酥酥的耳根帮助，长久地保存在我的记忆里。他曾经说过一句最好听的：拥有你一次我就够了，多出来的全都是你对我的恩赐。这个声音好像还趴在客厅的墙壁上，现在正回荡在客厅里。我的身体为之一颤，瓷片划破手指，一股鲜血涌出。奇怪的是我一点儿也不觉得痛，只是觉得很伤心，我看见一滴泪打到我手里的瓷片上，它就像是大雨来临时的第一个雨点。

8

如果不是做好了充分的准备，铁流是不敢砸那些生肖的。我和衣倒在床上，不吃不喝，抱头想着家里发生的事情，想得头像撞了墙壁那样使劲儿地痛。 从早想到晚，又从晚想到早，我的肚子首先发出了妥协的信号，它叽里咕噜地叫着，像是在跟我讨饭吃。 我真想爬起来再到海霸王大吃一顿，才不管他在外面有没有女人。 他连我们过去的感情都不要了，我还有什么必要把精力放到他的身上。 这些破罐破摔的想法，使我的身体忽然松弛下来，心胸顿时开阔得像篮球场。

但是我只吃了一碗快餐面，就把刚才的想法给否定了，而且突然明白人在饿着和饱着时的想法是有巨大差别的。 我为了抓到他的现行，已经好几个通宵不知道睡觉的滋味了，如果现在放弃，那前面的工作岂不是白费？ 况且事情往往都是这样的：越到想放弃的时候，越有可能是接近目标的时候。 新的想法像虫子咬着我的脑神经，我重重地放下碗筷，再也没心思吃了。 一股强劲的力量把我推出家门。

这是个在冷天里难得一见的好天气，温泉的上空晴朗透明，蒸气里竟然出现了浅浅的彩虹。 一些人身体泡在温泉的大池里，只露出透气的小洞和眼睛。 我提着布袋绕过大池旁边的小径爬上楼房，对着铁流的门板拍了几下，里面静悄悄的。 走廊上也没有声音，安静得都想哭。 我回头看着院子，院子里的水面、树叶和草片把亮光强烈地反射上来，照得我的眼睛阵阵生疼。 我在走廊上站了一会儿，提着布袋下楼，到总台打听铁流的去向。 其中一个服务员对我摇摇头说，一般我们都不知道经理去哪里。 我说你手上不是有他的手机号码吗？ 她翻翻本子说，我们没有他的号码，除了领班，很少有人知道他的号码。 我说领班呢？ 她说领班也不知道去哪里了。 另一位服务员突然插嘴说，好像领班跟铁经理一起坐车出去了。

我又回到铁流的门前，坐到地毯上等他。 走廊外侧栏杆的影子投射过来，我倒出布袋里的瓷片，光线里浮起一层细小的灰尘。 我的手指，包括一只还贴着创可贴的手指，开始在凌乱的瓷片中寻找相关的瓷片，然后凭借记忆用万能胶水把它们粘在一起。 慢慢地，我的手掌上出现了一头伤痕累累的瓷羊。 我从不同的角度看它，觉得挺不错，就把它摆在面前的栏杆上。 这样栏杆的影子上多出了一头羊，后来又多出了一只狗，再后来又多出了一头羊、一只狗……如此一头一只地摆下去，它们当然没有摆在家里时那么生动，甚至我有可能把1998年的狗腿粘到了1995年的狗身上，也不可避免地把一块狗肚当成了羊背，色彩出现了错乱，但它们似乎更加五彩斑斓。

渐渐地有人把头从温泉里抬起来，往我这边张望。 看的人越来越多，包括一些服务员。 我没理睬他们，把那些能粘的都粘好。 铁流还没有回来，我从地毯上直起身，感到腿脚有些酸麻。 我伏到栏杆上，俯视楼下众多的人头，看见那个领班也挤在里面，而且正拿着手机说话，好像在搞现场直播。 小妖精都回来了，怎么不见铁流？ 我分开栏杆上重新粘好的羊和狗，坐到它们中间，朝温泉的大门瞭望。 底下的那帮人以为我要跳楼，不约而同地发出惊叫，混乱的声音像苍蝇遇到了拍子，从他们的头顶四处飞散。 一种叫作刺激的东西如同冷风，灌进我的脖子，让我的身上冒出了许多鸡皮疙瘩。 我突然有了跟他们玩一玩的想法，当然也包括跟铁流玩。

楼下出现了一阵小小的骚动，我看见毛金花这个大傻瓜扛着五床棉被，挤到楼前，把它们铺在地上。 两个保安扯起一张雪白的被子，对着我正在晃动的双脚，做出一副舍己救人的架势。 几位刚从温泉里跳出来，腆着大肚子只穿着三角裤衩的游客走近保安，一起把被卧拉得像蹦床。 他们的身体挂着水珠，只一眨眼就把站着的地方淋湿了。 我在心里暗暗叫苦：毛金花啊毛金花，你这不是明摆着要我跳下去吗？

小妖精的手机又响了，她仔细地听着。 直觉告诉我，这是铁流打来的。 她听了一会儿，叭地合上手机，从人群中撤出去，慌张地往宾馆那边跑。 我对着她的背影喊：快去把你们的铁经理叫来。 她像是被我的声音绊住了，双腿一闪，几乎跌倒在路上。 但她毕竟有经验，声音吓不倒她，很快她就稳住身子，回头扫了我一眼，接着往前跑。 这时我才看见铁流正拉着铁泉跑过来。

铁流把铁泉丢给小妖精，自己跃过几个路障，以短跑运动员的速度跑到楼前，还没把气喘顺，就对着楼上举起双手，说别别别，千万别跳，婷婷，我们可以商量。 我拿起栏杆上的一只瓷狗，举到阳光里看着。 铁流说我错了，我不应该砸烂它们，但是必须说明一下，砸它们的时候我喝了很多酒。 我晃动双脚，连看都不想看他，一只高跟鞋从我的脚上落下去，掉到他们拉开的被卧上。 人群一片喧哗。 铁流紧张地昂着头，说我明白你的意思，我不应该找理由。 他的检讨并没能阻止我的另一只高跟鞋，它从我的脚上滑下去，和它的同伴躺在一起。

楼下变得繁忙了，被卧移动着，人群晃动着，好多人嘴里发出更为强烈的惊叫。 忽然我听到一个亲切的声音，从嘈杂的声音中脱离出来，那是带着哭腔的铁泉的声音，他在大声地喊我。 我扭头看下去，他站在最前面，抹着眼泪说，妈妈，我记起来了，那天晚上爸爸是回家了。 我说泉儿，这里不用你管，叫你爸爸说话。 铁流结结巴巴地说，只要你不跳，什么条件我都可以满足你。 我说没别的条件，只希望你说实话，你在外面到底有没有？ 铁流低下头。 我说求你别再骗我。 铁流说如果你不跳，那我就认了。

他终于承认了。 要不是给他一点儿压力，他会承认吗？ 我把垂着的双脚收回来踏着栏杆，准备结束这场快要变成真实事件的游戏。 忽然我像被棍子敲了一下，轰地倒到走廊上。

9

铁流的305号房现在被我占用了。 床头柜上除了摆着那些重新粘好的生肖，还放着一篮多少有点儿夸张的鲜花。 我像一个病人躺着，手背处吊着针。 一位刚刚从国外回来的医生在敲过我的手指，翻过我的眼皮，刮过我的脚底，测过我的血压，摸过我的脉搏，听过我的心脏之后，撇撇嘴，露出一丝难以觉察的怪笑，似乎怎么也不理解我为什么还要躺着。 他把听诊器从耳孔移到脖子上，转身对铁流一张嘴，立刻就印证了我的猜测。 他说她的生命指征没任何问题，可能是过于紧张了，休息休息便没事。 铁流放心地点点头，把医生礼貌地送出去。 我的脑海里突然跳出一首诗歌的标题——《送瘟神》。 我知道这个时候，不应该突然想起这样的标题，但是它就像喷嚏一样让你无法阻挡。

看着滴答的药水，我感到百无聊赖，忽然铁泉斜挎着书包跑进来，他的小脸蛋被风吹得红扑扑的。 擦了一把额头，他从书包中掏出一块巧克力递给我，说一放学，爸爸的司机就把我接过来了。 我把巧克力推回去，说你吃吧。 他剥开巧克力，塞到我的嘴里。 我闻到了一股令人讨厌的气味，嘴里的巧克力全都吐了出来。 我说这是什么味道？ 铁泉抽了抽鼻子，说没什么味道。 我四下张望正在寻找味道，味道就出现在门口了。

小妖精提着一袋水果来到床前，脸上的每个地方都是笑的。 她把水果放到茶几上，坐到床边，亲切地喊了一声嫂子。 如果不是她身上那股特殊的香水味，我真愿意被她的那声喊好好地感动一番。 但是，她的香水味让我产生了不愉快的联想，所以我对她声情并茂的喊，不仅不感动，反而排斥。 也许她从我皱着的眉头上看出了我的情绪，原本过于亲切的语言慢慢地缩回去，问候越来越格式化。 她的声音被我忽视，而她的香水味却在我的脑海渐渐膨胀。 那气味重重地压下，几乎把室内的氧气挤光，呼吸变得困难。 我抬手掩住鼻子。 她被我的这个动作弄得脸红了，知趣地走了。

我叫铁泉马上打开抽风机，还叫他把窗口最大限度地敞开。 我举起巴掌不停地驱赶面前的空气，小妖精的香水味像退潮的水，从我的鼻尖前一点一点地隐退。

铁泉坐到我的床边。 我问他刚才闻到了什么？ 他摇摇头。 我抽抽鼻子，把盖在身上的被卧拉到鼻孔底下闻了闻，一股类似于小妖精的那种香水味扑面而来，好像那味道能够传染。 我怕是一种错觉，就把被卧递到铁泉的鼻子前，让他闻。 他闻了一下，木然地看着我。 我说这上面是不是有一股阿姨身上的味道？ 铁泉说我的鼻子还没长大，闻不出来。 我又闻了一下被卧，不是无中生有，那种味道千真万确地贴在上面。

我问铁泉，你是怎么突然记起爸爸回家的？ 他说是爸爸提醒的。 我说那你认真地想一想，那天晚上爸爸到底回没回家？ 以前你是说爸爸没回家，现在怎么又改口了？ 他想了想说好像回了，又好像没回，我都被你们问迷糊了。 我说爸爸是怎么提醒你的？ 他离开床，笔直地站着，摆出讲故事的姿势，清了清嗓子，用手比画着说了起来。

他说那天，爸爸把我从小姨那里接到车上，车子就呜呜呜呜地跑开了。 我问爸爸去什么地方，他说妈妈生气了，要跳楼了，都怪你没跟她说清楚。 我听说妈妈要跳楼，就哭了。爸爸抱着我说没关系，只要你跟她说我记起来了，那天晚上爸爸回家了，妈妈就不跳楼了。

想不到铁流这么卑鄙，我气得拍了一下床铺。 一拍完，我就知道这一巴掌拍错了，它仿佛拍中了铁泉的身体，吓得他双眼紧闭。 我说儿子，妈妈不是生你的气，而是被你的故事打动了。 他的眼皮跳开，黑漆漆的眼珠子飞快地转动，像是获得了一份意外的奖赏，脸上不再有害怕的表情，嘴唇颤动着似乎还要说话。 我说你讲得不错，继续吧。 他又清了清嗓子，比画起来，说还有一个夜晚，妈妈你不在家，爸爸要我和他一起回忆那个晚上。 他把我放到床上，给我盖上被卧，还让我假装打呼噜，然后，他从客厅走进来，掀开我的被卧，把我抱到厕所，为我把了一泡尿，又把我抱回床上。他说那天晚上，我就是这样给你把了一泡尿，你怎么记不得了？

铁泉学着他爸的腔调，双手像为孩子把尿那样把着书包，在我的床边走来走去。 没想到他把他爸学得那么像，我差一点儿就笑起来。 我想铁流明摆着是在给儿子灌输，哪里是在回忆。 我说你和爸爸就回忆了这些？ 他说就这些。 我说没再回忆别的？ 他点点头，没注意我板起来的脸，又开始学他爸爸把尿。 突然，一声呵斥从门口传来：铁泉，你在干什么？ 铁泉一扭头，慌张地丢下书包，倏地钻进我的被卧，用发抖的身体紧紧地搂住我的身体，仿佛一只刚刚从冷水里逃出来的狗崽，一头扑到热乎乎的母狗身上。 铁泉在发抖，我在发抖，被卧也在发抖。 从他抖动的身上我知道他有多害怕，而我的发抖完全是因为气愤。

铁流沉着脸走进来，忽然又咧嘴一笑，说儿子毕竟是儿子。 我说你都已经承认了，何必还要吓唬他。 他说那都是你逼的，如果不是怕你断胳膊缺腿，我何至于当着那么多人的面说假话。 我说你就不要再狡辩了，告诉我，她是谁？他说我正想问你呢，她到底是谁？

10

知道这个问题的重要，所以我在做出决定之前犹豫了好几天。 我先是问来收床单的毛金花，然后又分别问了送开水、吸地毯和抹桌子的服务员。 我问她们路塘温泉是不是统一发香水了？ 她们都摇摇头说没有。 我又问她们谁给铁经理的房间洒香水了？ 她们还是摇头。

就在第五天，当铁流提着鸡汤走进来的时候，我突然从床上欠起身子，拔掉了扎在手背上的针头。 他放下鸡汤蹲到床边，按住我流血的手，说你这是干什么？ 我说不干什么，只想和你商量一件事。 他说我照办就是了，还需要什么商量？ 我说这段时间以来，我对你确实有点儿过分。 他咧开大嘴说哪里哪里。 我说我也不想再这样下去了，但是你能不能答应我一个条件？ 如果你能答应，那就说明我对你的猜测完全是发神经。 他仍然保持着笑容，像逗小孩子那样拍拍我的头，说即使我答应了你的条件，也不能说明你讨去的猜测没道理，现在的这种风气，没理由不让你猜测，好多女人就是因为没看好自己的老公，最后飞了。 我说你尽拣好听的说，是不是还在把我当那种不正常的人？ 他退回去，端过鸡汤，用勺子喂了我一口，说谁把你当那种人，谁就是那种人。 我说那你能不能把那个领班给辞了？ 他手里的勺子一晃荡，鸡汤洒到床单上。 我说我就知道你会为难。 他说这是个大事情，得问舅舅。 我说就不相信你把她辞了，舅舅会拿你怎么样？ 他面露惊讶的表情，说你不知道吗？ 她是舅舅的人。 我打落他手里的勺子，把头扭向一边。 他放好鸡汤，在房间里走来走去，像是面临困难的大人物那样思考着。 尽管我看不起他的思考，但我还是从床上下来，走到屋外的走廊上，让他单独待一会儿。

他以舅舅还没从香港回来为理由，对我交代的事情一拖再拖。 我告诉他随你拖多久，反正我也需要在温泉疗养，你什么时候把这事情办了，我就什么时候回去上班，如果你不想办，那我就辞职陪着你。 他以一种商量的口吻问我，如果把她辞了，那去哪里找一个像她这么能干的领班？ 我说已经为你想好了。 他说谁？ 我说招玉立。

一个太阳炽热的下午，我坐在房间里一边织毛衣一边看着那些酸不溜秋的电视剧，突然一位服务员跑进来通知我，要我赶快到温泉的 8 号山庄。 不用说，我就知道是舅舅从香港回来了。 8 号山庄被围墙严密地圈住，后面是住的，前面是露天小院，院子里有一口鹅卵石砌成的池子，里面长年流淌着温泉。 我站在院门前犹豫了一下，推开门，看见舅舅像一只癞蛤蟆泡在池子里，淡淡的雾气从水面腾起来。 铁流西装革履端着茶杯蹲在池子边，俯身对舅舅说着话。 两位着装整齐的女服务员垂手立在一旁，随时听候吩咐。

舅舅听到了推门声，微微仰起头，说婷婷来了。 我走过去，服务员给我端了一张椅子。 舅舅在水里改变一下姿态，把不太雅观的部位沉到较深的水里。 我坐到椅子上。 铁流对服务员摆摆手，她们低头退出去，把门轻轻地关上。 舅舅说你的要求铁流都跟我讲了，但是这个领班跟了我那么多年，你干吗要跟她过不去？ 我看了一眼铁流，说他不是跟你全都讲了吗？ 舅舅哎了一声，说怎么会呢，我是看着铁流长大的，他即使有这个贼心也没这个贼胆呀。 我说事情都是在不断变化着的，就像过去我一直崇拜你，但自从那个晚上，你在我们家当着我的面跟领班调情之后，我对你的看法就不再是过去的那种看法了。 铁流忽地站起来，对我一瞪眼，说你瞎说些什么呀。 舅舅摆摆手，说没关系，你很真实，既然你那么痛快，那舅舅就直话直说。

我盯着舅舅，看他能说出什么直话来。 他双手掬起一捧水抹到脸上，仿佛要抹掉脸上不好意思的那一部分。 铁流递了一条毛巾给他，他接过去擦干脸，说你已经知道领班跟我的关系了，为什么还怀疑铁流？难道我们舅甥俩会同时去争一个女人吗？我说舅舅，这也不是什么稀奇的事。铁流跳起来，抓起我胸口的衣服，想把我推出去。舅舅抬手制止他，说你让她把话讲完。铁流看了一眼舅舅，松开手。我拍拍被铁流弄皱的衣服，再次坐到椅子上，双手轻轻地压住膝盖，目光从我的脚尖摇到水池，摇过舅舅宽大的肚皮，摇到铁流的脸上。我盯住铁流，说就像铁流的那个朋友，他一直崇拜铁流，说是要把铁流的小说翻译出去，铁流当真了，经常带他到家里来吃吃喝喝，我也觉得这个人挺诚实厚道，可是……就在我和铁流闹事以后，我去找他打听铁流的情况，他竟然，想占我的便宜……

我说得眼泪都想流出来了。铁流的手一颤，说你是说李年吗，他怎么会这样？舅舅扭头瞟了一眼铁流，又瞟了一眼我，似乎现在才明白我和铁流的问题远没有他想象的那么简单。我咬了咬牙，说所以，现在谁也不敢保证有些事情不会发生。舅舅说铁流，既然事情这么复杂，你的意思呢？铁流像被谁戳了一下，慌忙地弯下腰，说什么意思？舅舅说就是换领班的事，我想听听你的意见。铁流支支吾吾，一时拿不定主意。舅舅说你就说你最想说的。铁流说如果单从家庭考虑，我是想把她换掉，但是她很能干……舅舅说但是什么，就这么定了。

铁流抬头看着我，说这下你该放心了吧？我说这也不只是为了我。 舅舅突然打了一个喷嚏，说我也得给你们开一个条件。 铁流把腰弯得更低，我的身子往前倾了倾。 舅舅说从今以后，你们就不要吵了。 铁流不停地点头，一副听话的样子。 我说谢谢舅舅，你不是在开除一个领班，而是在挽救一个家庭。 舅舅露出一个笑，又飞快地收回去。 我觉得舅舅笑得不是时候，而且这像是一个非同一般的笑，里面有一种饱经风霜的气质。

11

招玉立意外地做了温泉度假村的领班，她每天都给我打一个电话汇报铁流的表现。 在她的嘴里，铁流不仅是一个有才能的人，还是一个脱离了低级趣味的人。 她说姐夫从来都不把那些漂亮的姑娘放在眼里。 随着电话次数的增加，招玉立把铁流捧上了天，甚至认为我对铁流的怀疑是多余的。 有了招玉立的这句话，加上铁流每个星期都回家报到一至两次，我的心里呈现了一种大风大浪之后的彻底平静。

每到月中，铁流的存折上就会多出一万块钱，我开始用这些钱更换家具。 我买了一套真皮沙发，一张橡木茶几，一台 34 英寸的彩电，一组红木矮柜，一张雕花玻璃餐桌，一台电脑……它们一件是一件，像尊贵的客人来到我家。 那些从前曾经到过我家的朋友，现在基本上都认不出我的家了，它的变化似乎比中国股票的变化还要快。 当然变化着的还包括我花钱的心理，过去我每花一分钱就心如刀割，现在我花钱越多心里就越痛快，好像那不是在花钱，而是在告诉人们有钱的人也会幸福，并不像书上说的，幸福只属于那些没有钱的人。

后来季节发生了变化，秋天来了，天气逐渐转凉，一个重大的日子正在临近。我利用时间的缝隙，把过去没织完的毛线捡起来，断断续续地织下去，赶在那个日子到来之前把它织完。然后我就坐在家里等待消息，以为铁流会记住那个日子。但是电话像是坏了似的，一天比一天沉默。我想一定是太多的工作，让他忘记了自己的生日。于是我和铁泉达成协议，决定给他一个意外惊喜。

下午，我们换上新装，买好了蛋糕，准备到路塘温泉去。我看了看墙壁上的电子钟，发现时间还很宽裕，就把包里的东西掏出来检查一遍。铁泉好奇地看着，我把那些东西一件一件地往铁泉的身上贴。那是一些米黄色的东西，是我为铁流织的一顶帽子，一个围脖，一件毛衣，一副手套，一条长裤，一双带脚指头的袜子。铁泉把那个围脖从头上套下去，围脖遮住了他的脸。他说爸爸如果把你织的全部穿上，那他就连一个地方也不能露出来了。我笑了笑，想这正是我的意思，我要用这些东西把铁流从头到脚严严实实地罩住，让他不再有多余的想法。

出租车停到温泉门口，我们提着蛋糕、毛线织品从车上下来，就像游客那样一边走一边欣赏路旁的树林和花草。走了十多分钟，我们到达目的地。 我掏出偷偷配制的钥匙朝305号的门锁戳进去，扭了扭，门锁没有动。 我把钥匙掏出来仔细地看了一遍，再次戳进去，门锁稍稍动了一下，但像是被什么东西卡住了没法扭开。 我产生了一种不好的预感，想铁流是不是和什么女人待在里面？ 我按着门铃不放，还用脚不停地踹门板。 表面上屋子里静悄悄的，但仔细一听却有轻微的忙乱声，甚至还夹杂着马桶的冲水声。 这些不容置疑的动静，坚定了我的想法，或许我一直想抓却始终没抓着的现场就要出现了。 我变得异常兴奋，把门拍得比放炮仗还响。

突然，门板闪开一道缝，铁流乱蓬蓬的头发从里面伸出来，接着我看到他慌张的脸，还看到他衬衣扣错了纽扣，没有系领带。 我推门想进去，他顶住门板说，我们正在谈工作，能不能过一会儿再来？ 铁泉举起手里的蛋糕说，爸爸，祝你生日快乐。 夹在门缝里的铁流看了一眼铁泉，发出一丝苦笑，哀求你能不能让儿子回避一下？ 我巴不得铁泉也看看现场，好让他将来为我证明，反正迟早他都会知道，晚知道不如早知道。 我强行推开门，铁流闪到一边，说不管发生什么，我都希望你能冷静。 我对着他大吼：我不想冷静。

我冲进房间，没看到预料中的女人，只看到乱糟糟的被子搭在床上。 我掀开被子，床上有两个枕头斜躺着，一筒卫生纸夹在枕头中间。 床单皱巴巴的，只铺住半边床，显然刚刚遭遇过蹂躏。 我抬起头在房间里寻找，屋子里除了我们一家三口没有多余的人。 铁流忽然笑了起来，说刚才我是故意演给你看的。 我不信，打开衣柜，没看见人。 我冲进卫生间，里面也不见人影。 阳台的门敞开着，我冲到阳台上朝楼下张望，楼下是两排浓密矮小的冬青，它们在风中微微地颤动，像什么事也没发生。 我被眼前的现象给弄糊涂了，从阳台慢慢地走回来，想这到底是怎么回事？

　　铁流绷紧的脸忽然松弛下来，眼睛里出现了看到希望时的那种光芒。 铁泉问妈妈，你在找什么？ 我没回答，目光像尖刀那样盯着铁流。 铁流把手搭到铁泉的头顶，说你妈妈又犯病了。 我指着床铺说，你怎么解释？ 铁流说不就是一张床吗，还需要什么解释？ 我说这就是现场。 铁流说这怎么是现场？ 我一个人睡觉就不能把它搞乱吗？ 难道你连床单也要管吗？ 我说卫生纸呢？ 他说卫生纸也不能说明什么问题，我的鼻子发炎了，有时需要它来擦鼻涕。 我说你抽鼻子给我听听。 他说抽就抽。 他真的抽了抽鼻子，鼻孔里没发出什么惊天动地的声音，不像是患鼻炎的人。 我说这样的鼻子怎么会在睡觉时流鼻涕？ 他说我的鼻子又不是你的鼻子。 我说不管，反正我认为这就是现场。 他说那另外一个呢？ 至少得有两个人才算是现场吧？ 我说干吗一定要同时抓到两个才叫现场，没有杀人犯的现场就不叫现场了吗？ 他说那你还得补充大量的证据。

　　我伏在床上找着，没有发现所谓的长头发。 但我不相信他们没留下任何蛛丝马迹。 我拉开左边的床头柜，没发现什么，又拉开右边的抽屉，一盒避孕套赫然扑来。 我抓起它，打开，看见里面有三个空壳，也就是说在我进门之前他们已经做了三次。 我气得全身哆嗦，抓起那盒已经放在茶几上的蛋糕朝着铁流的头部狠狠地砸去。 蛋糕涂在他的脸上，把他的眼睛全都遮住了。 他伸手抹了一把脸，说不知道是谁要陷害我，竟然在我的抽屉里放那些东西。 我拉着铁泉冲出房间，想都到了这个份儿上，他还在撒谎。

12

当我的泪水差不多流干的时候，门铃被人按响了。 透过猫眼我看见妈妈站在外面，就找了一副墨镜戴上，让妈妈进来。 妈妈说你的眼睛怎么了？ 我说得了红眼病。 妈妈说叫你不要熬夜，你硬要熬，现在把眼睛都熬坏了，那点儿稿费还抵不上买药的钱。 妈妈说着，弯腰收拾乱糟糟的茶几。我想把发生的事情跟妈妈详细地说说，但是妈妈却直起腰来，告诉我一个不幸的消息。 她说玉立住院了，她怕影响你写作，没让我告诉你。

为了不让玉立看到我哭肿的眼睛，走进她病房时，我仍然戴着墨镜。 她躺在洁白的床上，脚上打满了石膏。 一看见我，她想坐起来。 我用手止住她。 她拉住我的手，哭着说都怪那辆摩托车，如果不是它的刹车有问题，我就不会把脚给摔了。 我安慰她，为她掖了掖被子，无意中发现她的身上布满了树枝划破的纹路。她慌忙地把衣角压住，脸上顿时浮起一层红晕。我的脑袋轰的一声炸开，顿时感到房子像发生了地震那样转动。

我摇摇晃晃走出病房，扶着走廊的墙壁站了一会儿，然后来到医生的办公室。翻开招玉立的病历，我看见她住院的时间是10月7日下午6点，那正好是我离开铁流房间后的一个小时。应该说一切都真相大白了，招玉立的脚不是骑什么摩托车跌断的，而是从铁流的那个阳台上跳下去时跌的，要是没有那些冬青树，也许她会伤得更厉害。

这样的猜测遭到了全家人一致的臭骂，除了铁泉，他们都不相信我。我只好躲开他们，带着铁泉到莲花河谷去旅游。在莲花河的游船上，我无心于风景，只是不停地跟铁泉说话。我说，其实我也不想怀疑你爸爸，但是他的漏洞太多了，比如他的那件睡衣到底是谁买的？为什么要砸那些生肖？送他回房间的人半夜里去给他找什么？他床上的香水味和小妖精的香水味干吗要一模一样？他咬定说那个晚上他回家了，还问你他的衣服漂不漂亮，可是后来他跟你一起回忆的时候，只是说帮你把了一泡尿，并没有提起问过你问题。铁泉铁青着脸倾听，随着谈话的深入，他仿佛一下就长大了，变得成熟多了。他咬着牙齿，说妈妈，我突然记起来了，那天晚上爸爸真的回过家。

我抚摸着铁泉的脸蛋，说你又瞎说了。他说这次不是瞎说，是我真的记起来了。我说泉儿，我明白你的意思，你是害怕爸爸和妈妈离婚。他摇摇头，说不是，是因为出来旅游突然就记起来了。我扭头看着流淌的河水，几片黄叶在水面漂荡，就像我的往事。我轻轻地说儿子，即使你记起了那个晚上也没有用了，因为和后面的事情比起来，那个晚上比鸿毛还轻……我，我和你爸爸已经没有爱情了。铁泉紧紧地搂着我，这是他平生第一次搂着一个人。他说我要你们像过去那样还有爱情，我叫爸爸爱你。我摇头，看着那几片黄叶漂远，泪水涌出眼眶。我只知道抓住现场，却从来没想过，抓到现场以后该怎么办。

铁泉一个劲儿地催我回家，他说他不想旅游了。但是我不愿意那么快回去，我需要把乱麻般的思绪整理整理。大部分时间我躺在宾馆的床上看天花板，上面有几只蜘蛛我都数清楚了，却还是不想回去。铁泉不时地问我要钱去买零食。他要的次数太多了，我就吼他，说你真不懂事，妈妈都这样了你还来烦人。铁泉的眼眶一下就潮湿了，最后竟然哭了起来。我把一沓钱给他，说都拿去吧，别来烦我。他抽泣着，从里面抽出几张小票，走出房间。我悄悄地跟踪，看见他进了电话亭。原来他是用吃零食的钱给他爸爸打电话。铁泉在电话里争辩着，还像大人那样一边说一边打着手势。我冲过去，叭地挂断电话，把他从电话亭里拉出来，双手搁在他的肩上，说泉儿，这种事太重了，你还挑不起。

晚上，我木然地躺在床上，电视屏幕闪着雪花点。我也没心思管电视，只是为了让它开着而开着。铁泉从门外走进来，关掉电视机，说妈妈，我已经把回去的时间告诉爸爸了。 我说干吗要告诉他？ 铁泉说我想试试，看他还爱不爱我们。 我说这还用试吗？ 他爱的话，就不会做那些对不起妈妈的事。 铁泉说如果爸爸到火车站来接我们，就说明他还爱。 我说你认为他会来吗？ 铁泉点了点头，像是很有把握。 我拍拍床铺，说除非他的脸皮比棉胎还厚，要不他绝不会来。

出门后的第十五天傍晚，我和铁泉回到生活的城市。 走出火车站，铁泉的目光在攒动的人群里飞快地搜寻，没看见那个我们拔过白头发的脑袋，也没有那张被我用蛋糕涂抹过的脸。 铁泉垂头丧气，跟着我往前走。 突然，他的脸绽开了笑。 他指着一块巨大的崭新广告牌叫道：爸爸。 我抬头看去，那是一块新立的广告牌，以路塘温泉湛蓝的水池为背景，前景是一个和广告牌一样高大的，从头到脚都套着米黄色毛线织品的男人，一看就知道那是铁流。 他把我给他织的全都套在了身上，连眼睛都没露出来，那些毛线像水一样紧紧地缠绕着他。 他的身旁有一行广告词：拥有你一次我就够了，多出来的全都是你对我的恩赐——路塘温泉。

我的头一下就大了，耳朵燃烧起来。 我用双手不停地搓着耳朵，似乎要把铁流说过的话一一搓掉。 铁泉昂起头，咧开嘴，说爸爸原来是用广告牌来迎接我们。 我说你理解错了，这是出卖。 铁泉说我不明白，他不是穿上你给他织的衣服了吗？ 我说泉儿，你一定要记住，有些话只能说给一个人听，有的衣服只能穿给一个人看，当一个人把最秘密的都亮了出来，那和公园里翻开屁股的猴子就没区别了。 铁泉点点头，说妈妈，我好像明白了。

铁泉拉起我的手。 我紧紧地牵着他，坐上一辆出租车。没想到马路两旁，还立了不少路塘温泉的广告牌，爱的悄悄话变成了公开的叫卖。 忽然，窗外闪过人民法院的牌子。我说停车。 飞奔着的出租车滑出去十几米，才怪叫一声打住。 司机问干吗在这儿停? 我走下去，嘭地关了车门，对着大街上那些陌生人喊道：我要离婚。

（原载《人民文学》1998年第1期，《小说选刊》1998年第2期转载，收入辽宁人民出版社的《1998年中国最佳中短篇小说》，漓江出版社与《小说选刊》合编的《98中国年度最佳小说选》，北京十月文艺出版社1999年1月出版的《新生代作家小说精品》，1999年12月长江文艺出版社出版的《中国中篇小说精选》等多个文学选本）

刘井推了一把马男方的膀子，说你怎么还不起床，太阳已经照到你的屁股上了。马男方像一根木头在床上滚了一下，说你的手怎么这么冰凉？刘井说我能不冰凉吗？我从起床到现在已经挑了三挑水，煮了一锅猪潲，熬了一锑锅稀饭，我的手能不冰凉吗？我的手不冰凉才怪呢！这时太阳正穿过屋顶破烂的瓦片，照到马男方的屁股上，他像河马一样张开宽大的嘴巴，然后扬起宽大的手掌重重地拍打屁股。他像是拍打蚊虫又像是拍打阳光，噼噼啪啪的声音比放炮仗还响亮，似有一颗打不到蚊虫誓不下战场的决心。尽管他这么拍打着，已经在屁股上拍出几根香肠一样的手印，但是他还没有醒来，好像那只巴掌不是他的巴掌，那个屁股也不是他的屁股，好像是一个屠夫正在拍打案板上的猪肉。

刘井说今天太阳这么好，我们去把南山上的稻谷收了，如果再不收回来，它们就会全烂在地里，明年我们就没得吃的。马男方好像没有听见，他的鼾声竟然在大清早响亮起来。马男方在床上又滚了一下，说我喝醉了。听他这么一说，刘井真的闻到了一股浓浓的酒味。刘井说你总是说喝醉了，好像喝醉了就可以不劳动，就可以睡大觉，就可以心安理得地剥削我，你就不能不喝吗？马男方扬手在耳朵边不停地扇着，仿佛要把刘井的声音赶跑。刘井知道现在要马男方起床，除非是太阳从西边出来。这么些年为了叫马男方起床，她差不多把嘴巴都说烂了。但是我不得不说，我要生活，我们全家都要生活，刘井嘟囔着，我先去南山的田里割稻子，中午你送饭给我，顺便跟朱正家借打谷机，叫上几个人把谷子全收了。马男方说好的。这一声马男方说得十分清脆响亮，有一点儿男人的样子。等刘井准备好镰刀背篓快出门时，马男方突然在床上叫了起来。刘井说你叫什么，有话你出来跟我说。马男方说现在我还不想起床，我喝醉了，我只是想问你一定怎么办，谁负责带一定。刘井说我带，现在我就把一定带上，这样我也有一个伴。

刘井站在门口喊一定，马一定……她的喊声刚刚落地，马一定就站在她的面前，手里捏着一团黄泥。他的脸上屁股上手上到处都是黄泥，整个人像是用泥巴捏出来的，而不是她从肚子里生下来的。 刘井在马一定的屁股上拍了一巴掌，许多灰尘朝着她的鼻子冲上来，落在她的头发上。 她本来是想把马一定身上的灰尘拍掉，但是现在她只不过是把马一定身上的灰尘转移到了自己的身上。 她说一定我们走吧。 马一定于是跟着他的母亲往南山的方向走去。 他的手里仍然捏着那团泥巴。 泥巴是他最喜欢的玩具。

八岁的马一定只有刘井的腰部高，他的头正好碰到他母亲的背篓底。 他们每向前走一步，背篓就敲打一下马一定的头。 刘井说一定，你在前面吧，你的头又不是铁做的，怎么经得起背篓的敲打。 马一定说不。 马一定不愿走在他母亲的前面，他一手捏着泥巴，一手拉着他母亲的裤子。

南山的稻田在五里地之外，路愈走愈长愈走愈小。 山坡上除了虫子的叫声之外，没有一点儿多余的声音。 太阳照着茅草和树木的头顶，肥大厚实的叶片像打破的玻璃，反射出细碎的光芒。 那些被太阳照着的地方，很快就要烧起来了，并且发出奇怪的吱吱声。 这种声音比虫子的声音更响，比人的声音更亲。 刘井感到自己的裤子被什么咬了一下，脖子很快地扭了回去。 她看见一定倒到地上。 一定说妈，我走不动了。 刘井蹲下来，说一定，你爬到我的背篓里来。 马一定爬进他妈的背篓里，咿咿呀呀地叫喊着，不停地伸手去抓路边的树叶。 他的手里除了那一团泥巴外，现在又多了一把树叶。 他说妈，我要撒尿。 刘井说撒你就撒。 马一定站在背篓里，对着后面撒尿。 他母亲一边往前走，他一边往后面撒尿，路上便留下一道淋湿的水痕。

刘井在稻田里割了一个上午，山路上仍然不见马男方送饭的身影，打谷子的人也没有来。 她想马男方一定是睡过头了，或者又喝醉了。 她的肚子里堆满气，并且发出一串古怪的叫声。 她感到从来没有过的饿，像有一只长着长长的指甲的手，在她的肚子里不停地抓。 她伸长脖子在田野里找一定，没有一定的身影。 她叫一定……声音小得连她自己都听不见。 她又叫了一声一定，一定从别人家已经收获过的稻草堆里钻出来，头上沾着几丝稻草。 刘井说一定你饿了吗？马一定说我已经饿了很久了。 刘井说饿了你先喝几口水，田角那里有一窝水，你先喝喝，一会儿你爸爸就给我们送饭来了。 一定说我已经喝过好几次了，现在我的肚子里全是水，再喝肚子就会胀破。 刘井说那你给我用树叶包一点儿水过来。 马一定从稻田边摘了几片树叶，在水洼里给刘井包水。他刚把树叶从水洼里提起来，水就全漏光了。 他又把树叶放入水中，这次他手里的树叶包住了一点儿水。 他小心地拿着水走向刘井。 刚走几步水又全漏光了，他把树叶扔在地上，说你自己过来喝吧。 刘井说你怎么能够这样，你没看见我忙吗？ 既然你不给我包水，那你就来割稻谷。 刘井把镰刀丢在田里，朝田角的那个水洼走去。 她伏下身体看见自己额头上除了汗就是稻草皮。 她把嘴巴放到水洼上拼命地喝了几口，感到肚子一片冰凉。 喝水后，她感觉有了一点儿精神。

她说一定，你怎么还不去割稻谷，你不要和你爸爸一样懒。你们都懒了，我怎么养活你们。

马一定拿着镰刀仍然站在那里。刘井说你实在割不了，你就过来给我捶捶背。马一定跑过来给刘井捶背。刘井闭着眼睛，说你猜猜你爸爸会给我们做什么菜？马一定说酸菜，除了酸菜还是酸菜。刘井说那不一定，也许我们家的鸡正好下蛋了，你爸爸会给你做个煎鸡蛋。

刘井和马一定到水洼边的次数越来越多，他们喝过之后便不断撒尿。刘井已经没有力气割稻谷了。刘井说马一定你回去叫你爸爸送饭来，你告诉你爸爸如果他今天不来收稻谷，明天我就跟他离婚。这已经不是第一次了，他太欺负人了。一个大男人整天躺在床上，靠一个女人养着，这算怎么一回事？

马一定提着裤子往家里跑。刘井说你要快一点回去，不要在路上玩，要快去快回。马一定嘴里哎哎地答应着。

刘井继续割稻谷，她一边割一边想一定现在应该到枫木坳了，现在已经到紫竹林了，现在肯定进家了。马男方或许还睡在床上，我就算他还睡在床上。马男方还睡在床上不要紧，他本来就是一个靠不住的人。而一定是个聪明的孩子，他会把我的话转告马男方。听到离婚，马男方准会从床上跳起来。跳起来之后他就会记住要给我送饭，就会到南山来收谷子。即使马男方不跳起来，他喝醉了仍然睡在床上，一定也会从锅头里装好饭送给我。

刘井这么想了一次又一次，她故意放慢马一定行走的速度，在脑海里为马一定制造几个困难，甚至想象马一定刚刚出发，以便自己能够耐心地等待。 但是等啊等，马一定还没有送饭来，马男方也没有来。 她想我不能再这样等下去了，再这样等下去我就会饿死。 她捆好一捆割倒的稻谷，放在背篓里，双手试了试重量，看了看回家的路程，然后又多捆了几把。 她想回家的路程很远，而我的力气又只能背这么一点点。 她看着那些割倒的稻谷，心里痛了一下。

刘井背着稻谷来到枫木坳。 她看见马一定睡在一块石板上，马一定的脸上爬着几只蚂蚁。 听着马一定均匀的鼾声，刘井心里一下就硬了。 她大声吼道你原来在这里睡觉，你差不多把我饿死了。 她扬手打了马一定一巴掌，马一定从石板上爬起来，摸摸被刘井打过的头部，好像突然记起了自己的任务。 他说妈妈，我实在是走不动了，其实我和你一样饿。刘井的肚里一阵乱叫，她刚才喝下去的水现在直往外涌。 她往地上吐了一口水，说我现在不想见你，你和你爸爸一个样，你们快把我气死了。 马一定的眼睛里含着泪水，他很想哭但最终没有哭。

刘井背着稻谷往前走，马一定跟在她的身后。 他们谁也不说话，默默地走着。 走了好长一段路，刘井没有听到脚步声。 她回头一看，灰色细小的土路上，没有马一定的身影。她放下背篓往回走，走了大约半里路，才发现马一定又倒在路边的石板上睡着了。 她背着熟睡的马一定往前走，走到背篓边，她把马一定放下来，说走吧，现在你走在前面。 马一定一边打瞌睡一边往前走，有好几次他差不多走到路坎下。 走着走着，刘井突然听到马一定喊痛。 刘井说哪里痛？ 马一定说脚。 刘井现在才看见在马一定走过的路上，有几滴血迹。 马一定的脚板磨破了。 马一定站在说痛的地方，血还在流着。 刘井说你为什么不穿鞋子？ 你出门的时候为什么不穿鞋子？ 马一定说我没有鞋，从天气热之后，我就没有穿过鞋子。 刘井说我不是不想给你买，只是家里没钱，现在你坐到我的背篓上来。 刘井把背篓靠到土坎边，等待马一定坐到稻谷上。 马一定看看刘井背篓里那捆大大的稻谷，摇晃着头说不。 刘井说那怎么办呢？ 你又不上来，你又不能走。 马一定说我能走。 刘井说真的能走？ 马一定说真的能走。 马一定像一只受伤的狗，提着左脚一歪一倒地走着。刘井看着他走出去好远，才跟了上去。

　　回到家里，大门敞开着，天上已经没有太阳了，几只鸡在屋子里走来走去。 刘井看见马男方还躺在床上没有起来，屋子里的酒气比早上出门时还重。 马男方好像醉得很厉害，连刘井回来他都不知道。 刘井故意把声音弄得很响，马男方仍然不知道。 刘井想现在我没有力气跟你吵架，等我吃饱了再收拾你。 刘井揭开锅头，早上她煮的稀饭一粒不剩。 炉子自她离开后没有人动过，猪潲也没有人动过。 看到猪潲刘井才听到猪的嚎叫，现在猪的叫声比有人用刀杀它还难听。这么说马男方除了起来喝稀饭喝酒之外，一直躺在床上，刘井想。

刘井煮了一锅雪白的米饭，它把马一定的眼睛都雪白得痛了。刘井说一定，今晚我们比赛吃饭，能吃多少吃多少，别亏待了自己。刘井还没把话说完，马一定已经把头埋到了碗里。刘井说你也别吃得太猛了，如果自己噎着自己，那才亏上加亏。刘井慢慢地吃下三碗米饭，感到力气又回到自己的身体。她想现在要吵要打我都不会怕谁。她走进卧室，在马男方的膀子上狠狠地拍了一巴掌。马男方的身子抽搐一下，说你要干什么？是不是欠打了？刘井说打吧打吧，再不打你就没有机会了。马男方从来没有看见刘井这么强硬过，他睁开眼睛，有点不相信地看着刘井，说你要干什么？马男方的口气明显疲软了。刘井说我要跟你离婚。马男方说不就是离婚嘛，我以为是什么大不了的事，离就离。马男方说完，又继续睡觉。

一个小时之后，马男方突然从床上爬起来。他说你为什么要离婚？你得找出个理由。刘井说还要找什么理由？你最清楚我的理由。马男方说我冤枉啊我冤枉。马男方叫喊着，跳跃着，好像有天大的冤枉无处申冤，一点儿也没有醉酒的痕迹。马男方说你的理由是不是因为我今天没有给你送饭？可是我告诉你，今天我病了，只要是人都会有病，你敢保证你没有病吗？敢不敢保证？打仗的时候抓到俘虏，如果俘虏有病都要关心他，何况我不是俘虏，而是你的丈夫。在你丈夫有病的时候，你不仅不关心你丈夫的病，而且还要提出跟他离婚，你有没有一点儿良心？ 你以为我不想给你们送饭吗？ 我不给你送也得给我的儿子送，当时我躺在床上想到你们还没有吃饭，心里比谁都急。 只是我怎么也爬不起来，我当时一点儿力气都没有，真的，一点儿力气都没有。如果有的话，我就爬起来给你们送饭了。 我不仅会给你们送饭，还会给你们杀鸡、煎鸡蛋。 你想想天底下哪里还有这么好的丈夫？ 刘井说你的病除了懒，还是懒。 你的这个病有好几年了。

第二天早上，刘井认真地梳了一回头，用香皂抹过脸，从柜子里找出一套平时舍不得穿的衣服穿在身上，然后对着床上的马男方说我先走啦。 马男方说你走去哪里？ 刘井说去乡政府离婚。 马男方说你真的要离？ 刘井说我说话算话，你是大丈夫说话更要算话。

刘井朝乡政府的方向走去。 她的脑子里现在全是那些她昨天割倒的稻谷。 她看见那些稻谷随着时间的推移正在腐烂。 但一想到马上就要跟马男方离婚了，她浑身是劲。 稻谷算什么明年算什么饥饿算什么？ 她离乡政府愈来愈近，离稻谷愈来愈远。 在快要进入乡政府的时候，她回头看了一眼她走过的地方，没看见马男方。 她想他是不是不来了？ 她站在街头等马男方。 街市上基本没什么人，只有几个卖菜的和几个干部走来走去。 她从衣兜里掏出一面小圆镜，偷偷照了一下自己，没有发现不满意的地方。 她看着自己满意的脸蛋，想马男方现在你知道我的厉害了，现在你要后悔了。 她把镜子偏了一下，身后的上路也照到了镜子里。 她看见马男方提着一只酒壶正从镜子里朝她走来。 她张大嘴巴，吐了一下舌头。 她想我为什么要吐舌头呢？ 难道我害怕了吗？ 我一点都不害怕。

　　他们在乡政府二楼找到民政干事谢光明。 谢光明大约有四十多岁，头上已经秃顶。 在刘井的印象中，他们结婚也是他给登的记。 谢光明说你们要干什么？ 离婚。 离婚干什么？ 是不是吃饱了没事干？ 是不是认为离婚好玩？ 是不是觉得乡里的事情太少了？ 首先我问你们，你们晚上在不在一起睡？ 在一起睡。 在一起睡为什么还要离？ 你们还睡在一起这说明你们的感情还很好，感情不好的人会睡在一起吗？ 你们见过没有感情的人睡在同一张床上吗？ 没有。 对吧，没有，绝对没有。 所以你们不能离婚。 还有你们有没有小孩？ 你们考虑过没有，离婚对小孩有多么大的伤害。 小孩是跟爸爸呢还是跟妈妈，你们考虑过没有？ 没有考虑。 没有考虑怎么来离婚？ 还有家产什么的都得考虑，你们把这些都考虑好了再来找我。 刘井说谢干事，你说一张床是怎么回事？ 谢光明说就是说你们要离婚的话，两年之内不能睡在一张床上。 刘井说我们家只有一张床，我们的儿子也跟我们一起睡。 谢光明把手一挥说那就别离了。

他们从乡政府的二楼走下来，马男方竟然吹起了口哨。刘井说你别太得意了，离是迟早的问题，不就是两年吗？谢干事说只要两年不睡在一起，我们就可以离婚。从今天起，你睡你的我睡我的。马男方说想离，没那么容易，谢干事不同意我们离，你就别想离，还有孩子，我要他永远姓马不姓刘。刘井说你连自己都养不活，还有什么资格提孩子。刘井想还有两年时间，我还要被他剥削两年时间，还要为他种两季水稻、四次玉米。刘井突然想起田里没有收割的稻谷，那是他们的稻谷，既然没有离婚那就是他们一家人的稻谷，是全家明年的口粮。如果我知道是白跑一趟乡政府，还不如叫人去把稻谷收了。刘井挽起裤脚，开始往家里跑步前进。马男方站在小卖部打酒，他对着奔跑的刘井说马一定是属于我的，如果你愿意把马一定让给我，我就跟你离婚。刘井说君子报仇，两年不晚。

刘井手里提着镰刀，站在朱正家的门口。朱正坐在堂屋抽烟，烟雾像一团乱麻缠着他的脑袋，而且愈缠愈大，好像他的脑袋正在生长。但是他的眼睛是明亮的，他能透过烟雾看见刘井的脸。他说刘井你的眼睛红得快出血了，你的镰刀磨得那么锋利，你是不是想把谁杀了？我们朱家可没有人得罪你。刘井举起镰刀说我想把马男方杀了。朱正说杀不得杀不得，他是你的丈夫。朱正从烟雾里走过来，夺下刘井的镰刀。

　　刘井借了朱正和朱正的弟弟朱木朗两个劳力，还借了朱家的打谷机。　他们一行三人朝南山的稻田走去。　朱家的兄弟抬着打谷机走在前面，刘井背着背篓提着镰刀走在后面，许多碰上他们的人都问马男方呢？　马男方怎么不去收谷子？刘井说马男方已经死了。

　　等马男方从乡里回到村里，人们告诉他朱家的兄弟为他收谷子去了。　马男方说去就去了，有什么大惊小怪的。　中午，朱木朗送回来一担谷子，顺便回来拿午饭。　马男方问朱木朗现在田里还有些什么人？　朱木朗抹着汗水，张大嘴巴很久说不出话来。　他的嘴张了很久，终于合到了一起。　他说你让我喘一口气，你先让我喘一口气再问好吗？　马男方看着朱木朗的这副模样，竟然笑了起来。　马男方说你真不中用，我像你这年纪的时候，一天来回跑六趟也没有累成你这副模样，现在的年轻人愈来愈不像劳动人民了。　朱木朗正在喝一大瓢冷水，他的脸和头全被瓢瓜盖住。　当他听到马男方说他不像劳动人民的时候，他被水呛了一下，瓢瓜里没有喝完的水从他的两个嘴角流出，就像瀑布一样飞流直下。　朱木朗说你像劳动人民你为什么不去收你家的谷子？　为什么还要我们帮你收？　要说不像你才不像。

　　马男方突然记起了刚才的话题，他再次问稻田里还有什么人？　朱木朗说我哥，还有你老婆。　马男方双手拍着屁股，像被人捅了一刀子，原地跳起一尺多高。　他在跳跃中张大嘴巴，做出一副要哭的样子，说你怎么能把他们两个留在田里？ 你这不是害我吗？ 你不是成心要使我们夫妻关系破裂吗？ 他们两个在田里不知道要闹出些什么名堂，你难道还不知道他们的关系吗？ 他们一直在找这样的机会，现在你把机会白白地送给他们了。 这种机会用钱都买不来，打着灯笼都找不到。 如果你给我这样的机会，我愿意出钱收买你。 你为什么不让朱正回来，你留在田里？ 朱木朗说你不放心，现在你就到田里去。 马男方说现在去还有什么用？ 那只不过是几分钟的事情，该做的他们已经做了，我去还有什么用？ 为了他们的几分钟，我要跑五里路。 马男方看看天上的太阳，好像是在计算一下为了那几分钟跑五里路划不划算。 马男方甚至站到阳光之下，朝南山的方向张望。 他说现在一切都晚了，都没有办法补救了，你快一点儿回到田里去，最好是跑着回去，愈快愈好，否则他们会来好几个几分钟。 那样田里的稻谷今天收不完，明天也收不完，后天也收不完，子子孙孙都收不完。

马男方对着朱木朗的背影喊朱木朗，你走快一点儿，你怎么有气无力的像一头瘟猪。 你走快一点儿，我求你了。朱木朗带着刘井和他哥的午饭往南山方向走去。 他故意放慢脚步，让马男方着急。 他想要跑你自己跑，刘井又不是我的老婆，为什么要我跑步前进？

朱木朗走了大约半个多小时后，王桂林迈进了马男方家的门槛。 王桂林的身上冒着热汗。 他用一把树叶充当扇子，不停地给自己扇凉风。 王桂林说这鬼天气，怎么这么热？ 马男方问王桂林刚才去了什么地方，王桂林说去南山看了一下我的稻田。 马男方说你看见刘井和朱正了吗？ 王桂林不阴不阳地笑了一下，说怎么会看不见？ 马男方说你看见他们怎么了？ 王桂林又笑了一下。 马男方好像被这一笑刺痛了，说他们是不是那个了？ 王桂林说我不知道，你自己去看一看吧，你一去什么都知道了。 马男方说他们肯定那个了，你这么一说我就知道了。 王桂林说我可没告诉你什么。马男方说不用你告诉，我要宰了他们。 马男方说要宰了他们的时候已经从墙壁上拿下一把刀，在空中做了一个劈砍的动作，好像已经把他想要劈的人劈成了几截。 王桂林说你现在就去劈他们？ 马男方说不，让他们把稻谷收回来了我才劈他们。

　　王桂林走后，马男方站在门口朝南山的方向张望，其实他什么也望不见，南山太遥远了，他只是这么望着心里才感到舒服。 望着望着，他感到自己的脖子不够用了，脖子上的皮肤把他的咽喉勒得生疼，连出气都十分困难。 这时他看见李民兵拿着一根长长的竹竿，从南山方向走来。 他把竹竿举在手里，就像举旗杆那样举着，于是他手里的竹竿高出路旁的树木好一大截。 有时竹竿会碰着树木横生的枝叶，李民兵照样坚强地直挺地举着，把挡住他的树枝扫断，许多树叶落到他走过的路上。 李民兵渐渐地走近马男方，马男方看见李民兵举着的竹竿上刻着尺寸。 马男方说你去了南山是吗？

李民兵说去了，我去丈量我的稻田。 马男方说你看见什么了？ 李民兵说我看见他们，唉，太不像话了。 李民兵摇晃着脑袋，一直往前走。 马男方想拦住他了解一些情况，但李民兵没有停下来交谈的意思。 他说我没你那么闲，我还要去北坡量我的地。 李民兵手里的竹竿仍然高高地举着，在走过屋角时，碰落了马男方家屋檐上的一片瓦。

又过了一个多小时，太阳往西边下落一竹竿，马男方看见赵凡骑着一匹枣红色大马，走过他的门口。 拴马的绳索稍长，所以赵凡就着绳索的长度骑到了马屁股上。 赵凡说我刚买了一匹好马。 马男方说你路过南山时看见什么了吗？ 赵凡撇撇嘴，什么也没说就晃了过去。 整个下午南山的消息源源不断地到来，马男方想他们由暗示到不说话，事情已发展到不必说话的地步。 赵凡连话都不想说了，可见事情是多么的严重。 马男方爬上屋顶，站在瓦梁上。 他的脖子愈伸愈长。 他想我就不相信看不见你们。 他的目光越过山梁，看见朱正和刘井钻进稻草堆里，看见刘井肥大的臀部，听到刘井发出被捅了刀子似的号叫。 他还闻到了禾秆和新谷的气味。 马男方终于看到了这么一个答案，他的眼睛一黑，双腿一软，跌坐在瓦梁上，差一点就从屋顶上摔了下来。

马男方从火坑里钳出一块烧红的铁板，在刘井的眼前晃动着，说你跟朱正到底那没那个？ 铁板由红色变为暗色，这已是马男方第三次举起铁块了。 刘井说我已经说过了不知多少遍，没有就是没有，你难道要我睁着眼睛说瞎话吗？ 马男方把铁块往前靠近一步。 刘井已感觉到铁块的热气，正烙着她的某个地方。 马男方说你再不说我就下手了。 刘井的脸往前动了一下，说来吧，你下手吧，即使你杀了我，我也没和朱正那个。 马男方想你是不见棺材不掉泪，不被火烧不承认。 马男方把铁块朝刘井的大腿按下去，一股焦味自下而上，刘井发出一声惨喊，倒在地上，被铁块烙过的那条腿抽搐着，像一只垂死的鸡那样抽搐。 马男方说现在你还说没有吗？ 刘井的眼睛和嘴巴紧紧地闭着，仿佛马上就要死了。马男方把一盆冷水泼到刘井的身上。 刘井慢慢地睁开眼睛，说没有就是没有。 说完，她又闭上眼睛，痛得连睁开眼睛的力气都没有了。

夜已经很深，刘井还没有从地上爬起来。 马男方坐在一旁看她，他看得眼皮叠上眼皮，最后他睡了过去。 到了后半夜，马男方被刘井的哼哼声吵醒，他问她你们到底那个没有？ 只要你告诉我实话，我就会放过你。 刘井的嘴巴尽管动着，但发不出一点儿声音。 马男方把她的手和脚捆住，把她的头发悬在梁上。 他说你什么时候招了，你什么时候叫我。 你不招我也知道，只有你们两个在田里，就像干柴和烈火，岂有不那个之理，是我，都忍不住会那个，何况是你们。 马男方扔下刘井，躺到床上睡大觉去了。

马男方和马一定几乎是同时醒来的，他们听到刘井喊一定，快来救我。 马一定翻身下床，被马男方抓了回去。 刘井听到马一定在卧室里哭。 马一定哭着说爸爸你为什么要捆我，你为什么要捆我？ 马一定被马男方用绳子捆到床上，他不知道刘井出了什么事。 马男方说你是我的儿子，现在你不要浪费你的眼泪，现在我不准你哭。 听见了吗？ 不要哭，你的每一滴眼泪都是马家的。 她早已不是你的妈妈了，她的儿子姓朱不姓马。 马一定的哭泣声渐渐消失，他在哭泣声中睡了过去。

马男方听到刘井说，姓马的你给我松绑吧。 马男方说我为什么要给你松绑？ 刘井说我招，我都快要死了，我想我还是全招了。 马男方给刘井松绑。 刘井晃动着脖子，说你把我扶到椅子上去。 马男方哎了一声，把刘井扶到椅子上。刘井说你去找药来敷一敷伤口，现在我的伤口还像烧着那样难受，连出气都痛。 马男方说痛是没的说的，不说是你，就是我们大男人也会受不住。 马男方一边说着一边在柜子里找草药。 他把找出来的草药捶细，敷到刘井的伤口上。 他说如果你早一点招，就不会受这么多苦。 刘井说如果我知道你对我这么好，我早就招了。 马男方说那么说你们那个啦？刘井说那个了。 马男方右手握成拳头，打了一下自己的左手掌。 他说你终于招了，嘿嘿，你还是招了，嘿嘿。

马男方从地上跳起来，他突然意识到问题的严重。 他说这不公平，这一点儿都不公平，你们都可以那个，我为什么不可以那个？ 你们这是欺负我。 从明天起我也和你们一样，跟别人那个。 刘井说你只管那个，我没有意见，我绝对不会像你这样，用烧红的铁块去烙你的大腿。 马男方说真的？ 刘井说真的。

马男方从床上爬起来的时候，天还没有完全明亮。 马男方伸头看看窗外，门前的那条土路已经灰得像一条带子，飘动着召唤他上路。 他带着一本算命书和他的酒壶拉开了大门。 刘井被大门的呀呀声吵醒，她说马男方，你要去哪里？ 马男方说我要去找女人，去做你和朱正做的事情。 刘井说你能不能晚两天再去？ 马男方说我为什么要晚两天再去？ 刘井说我不是不让你去，我绝对没有这个意思，只是我的伤口还没有好，我还不能下床行走。 你能不能等我的伤口好了再去，这种事情也不在乎一天两天。 马男方说我一天也不能等了，我恨不得现在就那个。 我如果把你服侍好了再去，那你不是太幸福了吗？ 你做了这么好的事情，还不想付出一点儿代价，那是不可能的。 我如果现在不走，那就太便宜你了。

马男方就这么走了，他没有洗脸没有关上大门。 刘井感到他走的时候门口特别明亮，等他的脚步声消失，灰蒙蒙的天空又合拢起来，挡住了马男方远去的背影。

这天中午，刘井想爬下床做饭，但她那条被烙伤的腿像不是她的腿，一点也不听她的使唤。 她只好用嘴巴指挥马一定干活。 她说一定你先把水烧开。 马一定说什么叫把水烧开？ 刘井说就是用火把锅头里的水烧得滚动。 马一定说妈，现在水已经烧开了。 刘井说你往锅头里倒上一碗米。

马一定说我已经倒了。 刘井说现在你不停地用铲子搅拌锅子里的米。 马一定说现在我已经搅拌米了。 刘井说现在你把锅头盖好，等锅子里的水再滚了，你就把水舀出来，舀到锅里只剩下一点水为止。 马一定说一点水是多少？ 刘井说高出米一筷条。 马一定说然后呢？ 刘井说然后你把火弄小，让火慢慢地把饭烤熟。

厨房里没有一点声音，马一定坐在火炉旁看那些明亮的火，静静地烤着锅底，锅底被火烤红了。 马一定说妈现在饭已经熟了。 刘井说你从坛子里掏出几颗酸辣椒。 马一定说我已经掏出来了，它们都是红的。 刘井说你这么一说，我就想吃饭了，现在我的口水都流出来了。 马一定说我马上把饭送到你的床头去。 刘井说你送进来吧。 马一定舀好一碗饭，准备送进卧室。 刘井突然叫道一定，你先把饭放下，给我送一只尿盆进来，我的尿胀得很厉害。 马一定送了一只尿盆进去。 刘井说不行，你还是帮我拿一根拐杖来。 马一定说你要拐杖干什么？ 刘井说我要上厕所。 马一定说我不是给你拿盆了吗？ 刘井说我不习惯，我非上厕所不可。 马一定找来一根拐杖，刘井慢慢挪到床边，差点就从床上跌下来。

刘井拄着拐杖往前挪动，她那条烫伤的右腿不敢使劲。只要那只脚触到地面，她的嘴角就像被什么刺了一下，夸张地咧开。 她的拐杖摇晃了几下。 她站在原地一动不动。 她丢掉拐杖把手扶到马一定的肩膀上，这让她多少有了一点安全感。 现在马一定成了她的拐杖，成了她的右脚。 她每向前迈一步，马一定就要咧一下嘴角，嘴里发出哒哒声。 刘井不知道马一定摇摇晃晃的肩膀能够支撑多久，但是她又不得不上厕所。 她想还是走一步算一步吧。 刘井说一定，你的肩膀受得了吗？ 马一定说受得了。 马一定说受得了的时候，双腿晃动着像是被风吹得快要倒下去的禾草。 他们就这么摇晃着，朝厕所走去。 刘井一边走一边说都是你爸爸作的孽，你爸爸不是人，他连禽兽都不如，怪只怪我没有给你找到一个好爸爸。

一个时期内，马一定成了刘井形影不离的拐杖。 刘井常常让这根拐杖带着她来到大门口乘凉。 他们望着门前灰白的土路和那些远处的山，一句话也说不出来或者一句话也不想说，而且这样一望就是一个下午。 刘井说马一定你玩一玩泥巴吧。 马一定说我不玩。 刘井说你不玩泥巴干什么？ 马一定说不干什么，就陪你这么坐着。 刘井说你爸爸不知道到哪里去了，你猜你爸爸现在在干什么？ 马一定望一眼山那边的村庄，村庄传来一阵孩子们的喊叫，像是送给他们一个模模糊糊的消息。 马一定说我怎么知道他在干什么？ 刘井说如果我嫁的不是现在你这个爸爸，而是一个勤劳的爸爸，那么我们的生活说不定会和现在不一样，说不定会和皇帝差不了多少。 那样你既可以读书，我也不用下地劳动，你是少爷我是太太，一定，你说那样的生活有多好。 马一定说我想读书，我做梦都想读书，但是我们没有钱。 刘井说这事都怪你的外公，因为你的外公喜欢喝酒，所以他把我嫁给了一个酒鬼。

　一提到外公，马一定就朝村外跑去。 刘井看见他跑的时候，那件没有扣好的黑衣服往身后飞了起来。 他像一只鸟那样飞了起来，双脚几乎离开了地面。 刘井只看到他在跑，却看不清他是怎么样跑。 刘井对着他的背影喊一定，你要到什么地方去？ 从土路上吹过来一阵风和一片尘土，风和尘土把马一定的声音灌进刘井的耳朵。 刘井听到马一定说我要去找外公。 刘井的目光跟随马一定的背影跑了一里多路。 马一定站在外公的面前，说外公你是一个坏人，我和我妈都恨死你了。 你为什么把我妈妈嫁给一个喜欢喝酒的，你为什么不给我找一个好爸爸？ 如果你不把妈妈嫁给我爸爸，我们就会过上皇帝一样的生活，我就会有钱读书，我现在就不用光着脚板走路，你就会有好多酒喝。 外公，我们现在后悔都来不及了，我们现在无比地恨你，恨得我都不想喊你外公。 马一定看见外公坟墓上的青草，像老人们长长的胡须在风中摆来摆去。 外公只不过是一堆泥巴，他在几年前就变成泥巴了，现在他根本听不到马一定的声音。

　渐渐地刘井看见出村的道路上，有几个稀稀拉拉的人在走动。 他们肩扛农具背着水壶，从劳动的地方归来，脸上沾满黄色的泥巴。 只有极少数人穿着崭新的衣服，迈着平时不迈的细小步伐，由里向外走去。 一天又一天，在一个迷迷糊糊的秋天下午，刘井看见一个人来到门口，放下肩上的担子，说刘嫂借一口水喝。他的担子里装着斧头、刨刀、凿子、铅笔、磨刀石、圆规、木尺等用具，刘井由这些用具想起木匠，由木匠想起聂文广这个名字。刘井说文广，你去哪里做木工回来？聂文广的嘴里含着瓢瓜，他听到了刘井的询问，却不能回答。他的喉结上下移动着，把水快速地送进食道，像是好几天没喝水了。喝饱水后，他长长地出一口气，说水还是家乡的甜。刘井说你尽管喝吧，这些水都是一定用盆一点一点地端回来的，我有好长一段时间都不能干活了。聂文广抹了一把湿漉漉的嘴皮，说对啦，我在太阳村做木工时，看见你们家的马大哥了。刘井问他，马男方在那里干么？聂文广说好像也没干什么，好像在给别人算命。我不太清楚他在那里干什么，他只待了三四天就离开了那个地方。他说如果我回家的话就向你们问好，就说他过得很好。刘井说他还说了些什么？聂文广说他再也没对我说什么了。

第二天，兽医苟日给刘井带来了关于马男方更确切的消息。苟日说马男方的身边多了一个女人，好像是老风山王恩情的大女儿王美兰。他们手挽手从这个村走到那个村，给别人算命，其实那哪里是给别人算命，分明是在骗人家的吃。我在好几个村子里与他们相遇，转来转去总碰在一起，世界真是太小了。我看见他时，都为他感到脸红害羞，都不好意思认他做老乡，但是他却无所谓，照样和那个女的手拉手，从这个村庄走向那个村庄。有时他们就在路边……简直太不像话了。 我都不忍心说给你听。 刘井说说吧，我不会怎么样的。 苟日说还是不说的好。 刘井说你既然说了一半，为什么不把情况说完？ 要不说，你就应该一点儿也不说。 现在我只听了一半，就像饥饿的人只吃了半碗饭，你却把他的碗抢走了，这还不如当初不给他吃，还不如当初一点儿也不说。 苟日闭紧嘴巴，生怕嘴里再漏出点儿什么。 刘井说你难道要我给你磕头吗？

刘井真的想伏在地上给苟日磕头，但是她那条受伤的腿仅仅能让她身子动一下，就再也不理睬她了，她的腿无法实现她的想法。 苟日被刘井的举动吓了一跳，转身欲走。 刘井说一定，你抱住苟叔叔的大腿，千万别让他走了，除非他把他知道的全部说出来。 马一定追上苟日，双手像铁夹子一样抱住苟日的大腿。 苟日每想前进一步，就必须用马一定抱住的那条腿把马一定从地上抬起来，这样走了三步，马一定愈来愈重，他的腿愈来愈沉，再也走不动了。 苟日说马男方要我告诉你，他回来后就跟你离婚。 这也不是什么好消息，为什么一定要我告诉你？ 刘井呜的一声哭了，眼泪从两个眼角涌出，像是天空突然被划破了口子，雨水大颗大颗地掉下来，就像血脉被刀片割断，再厚的棉花也被浸透。 苟日说不能怪我，是你自己要我告诉你的，这不能怪我。 马一定，你把手松开，去看看你妈妈，她怎么哭了？ 马一定把手松开，听到他妈妈哭着说，他不配，他不配做爸爸，也不配做丈夫。 苟日回头看了一眼，撒腿便跑，好像有谁用刀子抵住他后腰，愈跑愈快。 路面扬起一行尘土。

　　刘井常常坐在门口往远处看，有时天边白得像纸，那些飞过的雁或鸟就像是写在纸上的消息，让她的眼睛愉快心情愉快。 有一天下午她终于睡过去了。 她用手撑住脑袋，口水从她的嘴角不自觉地流出，舌头在嘴唇上舔来舔去，好像是在梦中吃到了什么好东西。 有一个人走到她面前，叫了她一声嫂子。 她没有听见。 来人再叫了一声嫂子。 刘井睁开眼睛，看见马红英站在面前，她弯着腰，身上挂着三个旅行包，头发上全是汽油的味道。 刘井想站起来牵住她的手，但是刘井的腿晃荡着，怎么也站不起来。 马红英说嫂子你怎么了？ 刘井挽起她的裤管，露出烫伤的大腿。 在马红英看到她伤口的瞬间，她的眼泪哗哗地流出。 红英呀，她说，你终于回来了。 马红英说这是怎么搞的，伤口都化脓了，也不去医一医？ 是谁把你搞成这样？ 刘井说还有谁，除了你哥哥，还会有谁？

　　马红英从衣兜里掏出两张大钱递给刘井，说你快到医院去治治你的伤口吧。 刘井把钱推回来，说怎么能要你的钱呢？ 这是你打工的钱，是你用汗水换来的，我怎么能要呢？ 伤口烂了还会长出肉来，但是钱花出去就再也回不来了。 马红英和刘井把钱推来推去，像是在较量她们的手劲，那两张钱差不多被她们的手揉烂了。 马红英的手最终软下来，她捏着那两张皱巴巴的钱，从张家走到赵家，从赵家走到李家，从李家走到朱家，她要请人把她的嫂子抬到乡医院去。

朱家兄弟做了一副担架，跟着马红英来到刘井面前。刘井看见担架，问是谁叫你们做的？朱正说马红英。刘井说她给你们多少钱？朱正说二十元。刘井说你们回去吧，医院我不去了。马红英说为什么不去？刘井说我的药费都用不到二十元，何必要坐担架呢？马红英说那你怎么去医院？刘井说让一定扶着我去。马一定像一根拐杖，被刘井捏在手里，他们都拒绝坐担架，开始往乡医院的方向走。朱木朗扛着担架跟在刘井和马一定的身后。朱木朗说钱已经付过了，我们是不会退的，你不坐白不坐。刘井他们走得很慢，她每向前迈进一步，马一定的牙齿就会打一次战，走了大约一百米，马一定快支持不住了，他像一根即将被折断的拐杖，在刘井的手里晃动。刘井坐到路边的草地上伸伸腿，说朱木朗，你回去吧。朱木朗说即使扛着空担架，我们也要走到乡医院再走回来，做人就讲个信用。刘井说我不坐你们的担架，你把钱还给她。朱木朗说那是不可能的，担架我们编了差不多一个小时，现在不是我们不抬你，而是你自己不愿坐。不坐担架的责任在你，不在我们，如果你怕吃亏的话，就赶快坐上来。刘井说早知道你们不退钱，我就不走这一百多米了。朱木朗把担架放到地上，说现在你后悔了吧，后悔还来得及。刘井坐到担架上，说你们让一定也坐上来吧，这孩子为我受了不少苦，你们也给他享享受受。朱木朗说两个太重了，我们抬不起，除非你叫马红英加钱。刘井望着担架下的马一定，说一定，等我有钱了，专门请人给你做一副担架，把你抬来抬去。

朱正在前，朱木朗在后，他们把刘井抬起来。 马一定没有担架高，他走在担架的下面，远远看过去，好像是三人抬着一副担架往前走。 刘井说一定，你一定要记住，马家没有一个好人，只有你的姑姑马红英对我们好。 你一定要记住，是谁给我们请担架哎，是姑姑马红英；是谁给我们医伤口哎，是姑姑马红英。 你一定要记住，这个世上没有几个好人，有的人他占了你的便宜还要收你的钱。

一个星期后刘井出院。 马红英和马一定到山坡上采了一大堆野花。 他们抱着野花往乡医院走。 野花撑着马一定的下巴，他一手抱着野花，一手提着下滑的裤子。 直到把花递给刘井，他的一只手才解放出来。

马红英说嫂子，不给一定读书实在是可惜。 刘井说我没有办法，我连钱的一个角角都拿不出来。 你又不是不知道你哥哥，他好吃懒做，找不出一分钱来给一定读书。 一定摊上这样一个爸爸真是倒霉。 我恨不得跟你哥哥离了。 马红英和刘井一边说一边由乡医院往家里走。 马一定走在前面，他一手抱着野花，一手提着下滑的裤子。

晚上，马红英给刘井一个信封。 刘井说这是什么，是谁写来的信吗？ 马红英说不是信，是钱。 刘井说你为什么要拿钱给我？ 马红英说我要把一定带走。 刘井说你要带他到什么地方去？ 马红英说带他到城里，让他读书，我不能眼睁睁地看着你们把一定的前途给毁了。 刘井说带你就带，干吗要给我钱？ 我又不是卖儿卖女。 马红英说钱也不多，你收下吧，我知道你现在很困难。 你拿这钱去买一条裤子，你的裤子已经破了好几个洞，它已经不能为你遮羞。 刘井拍拍自己的裤子，说这有什么可羞的，脱了衣服人和人都一样。 马红英把信封留在桌子上，说不一样，绝对不一样，你还是去买一条裤子吧。 我明天就走，再拖一天就超假了，只要一超假就不能在厂里打工了。

刘井打开信封，看见信封里装着五十元钱。 她把这钱缝在马一定的衣兜里。 她一边缝一边说，一定，你的姑姑真是个好人，像她这样的人，现在打着灯笼也难找。 你跟着她将来有吃有穿有文化，说不定还会当上大官。 如果你有钱了，就给妈妈做一幢房子；如果你当官了，就让妈妈到你的单位去扫地。 这五十元钱我把它缝在你的衣兜里，不到关键的时候不能用，不能因为嘴馋而用了，不能因为玩具而用了，除非是生病或者是姑姑不理你的时候才能用。 尽管她是你的姑姑，但她毕竟不比妈妈亲，久了她也会讨厌你，会生你的气，会打你。 但是无论怎么样她都是为了你好，你不要惹她生气，听她的话，跟她走。 她指到哪里你走到哪里，她叫干什么你就干什么。 马一定说我走了你怎么办，谁跟你讲话谁扶你走路谁跟你去南山收谷子？ 我不跟姑姑走，我宁可不读书也不跟她走。

第二天早晨天还没亮，刘井就被马红英叫醒了。 刘井伸手去摸马一定，床上空空荡荡的，马一定已经不见了。 刘井想天都还没有亮，一定会去什么地方呢？ 刘井一边穿衣服一边叫马一定，等她穿好衣服，仍然没听到马一定的声音。 于是来不及洗脸的刘井站在门口对着大路喊，对着高山喊，对着森林喊：一定，你在哪里呀，你在哪里？ 你别错过了这样的好机会，你会后悔一辈子的。 你难道不想发财吗？ 你难道不想升官吗？ 如果不是你姑姑这么好心，你会有这样的机会吗？ 其实我也舍不得你，但是为了将来，为了你好，我不得不这样。 你快出来吧，再不出来就误了你姑姑的时间，她就去不成广州了。

村庄静悄悄的，只有刘井的声音被夸大了好几十倍在空中飘荡。 等她的声音一停，村庄里什么声音也没有了。 马红英说他再不出来，我就要走了。 刘井说你再等一等，我去把他找出来，他一定躲到牛棚里去了。

刘井发现马一定睡在牛棚上的稻草堆里。 她把他从牛棚里抱出来，他仍然熟睡着。 他试图睁开眼睛，但像有什么东西粘住了他的眼皮，无论怎么努力也睁不开。 马红英说嫂子，你把他放到我背上来，我背着他走。 刘井说这怎么行？你还要拿行李。 这个仔好像一夜没睡，现在刚刚睡着，还是我背着他送你一程吧。 马红英说等会儿他醒来看见你，他又不走了，还是我背着他走。 刘井把马一定放到马红英的背上。 马一定的脑袋在马红英的背上晃来晃去。 天愈来愈亮，他们的脑袋愈晃愈远。 他们的脑袋愈远刘井看得愈清晰。 渐渐地他们的脑袋变成了一个脑袋，马红英的行李包再也不飞起来落下去了。 刘井看不见他们了。 刘井踮起脚，才又看见他们的背影。 他们继续往前走，他们愈来愈小。刘井向前跑了几步，站在一个土坡上。 他们的背影又清晰起来。 现在她可以看着他们走很长的一段路。 终于，他们转了一个弯，从刘井的目光里彻底消失。 刘井说一定，你就这么走了，你连一句话都没有跟我说就走了。

突然，刘井看见路的尽头出现了一个小黑点，在小黑点的后面出现了一个大黑点，两个黑点都朝着她飞跑过来。 她知道那个小黑点是马一定，那个大黑点是马红英。 刘井手里捏着一根细小的鞭子，站在大路的中间。 凉风穿过她破开的裤洞和头发，她的手上一片冰凉。 马一定的面孔愈来愈清楚了，刘井听到他叫了一声"妈……"看见他正扑向自己。 刘井闭上眼睛，举起鞭子狠狠地甩去，马一定发出一声叫喊，转身跑开。 刘井举着鞭子追赶马一定。 马一定往他跑过来的方向跑。 他一边跑一边回头，双脚被鞭子抽得一跳一跳的，好像路面成心不让他落脚。 刘井说你为什么要回来？你爸爸是个懒汉，是个酒鬼，我都不想跟他过一辈子，你还想跟他过一辈子吗？ 你爸爸从来不下地劳动，你回来喝西北风吗？ 你不是我的儿子，你给我滚。 如果你是我儿子的话，就不要回来，就去过你的好生活，就去读书去发财。 刘井在说这一连串的话时，始终没有睁开眼睛，她害怕一看见马一定心就软。 她的鞭子上下横飞。 马一定站在路上再也不跑了，他像承受雨点一样承受着刘井的鞭子。 终于刘井听到了哭声，她的鞭子甩到了马一定的眼角上。 马一定用手掌捧着眼角，离开刘井往前走，紧追而来的马红英拉住马一定再一次离开。 刘井说你滚吧，你给我滚得越远越好。 刘井听着哭声慢慢地变小变细，以至消失，但她始终不敢睁开眼睛，她像盲人一样捏着鞭子一动不动地站在那里，站了差不多一个上午。

刘井对着这个上午从她身边走过的每一个人说，如果你们碰上马男方，那么你们给我告诉他，他的孩子跟他姑姑去城市了。

第二年春天，当山上的树叶和青草全都长起来的时候，刘井的脸上也开始有了红色。 她在另一间屋子里铺了一张小床，跟马男方过着分居的生活。 她相信只要分居两年，就能跟马男方离婚。 一天中午，她看见屋角的那棵李树上挂了许多青色细小的李果。 她的嘴里突然冒出好多口水。 她想吃那些没有成熟的李子。 她爬上李子树去采摘它们。 她只吃了一颗，就被李子酸得咧开了嘴巴，感觉李子已酸到了牙根。 她正准备下树，忽然看见一个警察朝村子走来。 警察一边往村子里走一边吹着口哨，还一边摇晃着手铐。 警察警察你拿着手枪，口哨口哨你吹得嘹亮，我没有偷也没有抢，我不怕你的手铐也不怕你的枪。

刘井呆呆地站在树丫上忘了下来，她被人民警察的身材口哨大盖帽吸引。她折断眼前的树叶，看着警察的步伐和他身上摆来摆去的挎包。警察来到她家门口，眼睛往四周望望，像是观察地形。他看见刘井站在树上，说这是马男方家吗？刘井的身子突然抖动起来，像是被警察的声音吓怕了。警察又问了一句，这是马男方的家吗？刘井说是的，你找他干什么？他犯了什么错误？警察说你是谁？刘井的身子抖得更加厉害。刘井说我是他的老婆。警察说叫什么名字？刘井说叫刘井。警察说我告诉你，不过你先下来。刘井往树上缩了一下，说我不下来，你要干什么？你要抓我吗？如果是马男方犯错误，你可不能抓我。警察说我怎么会抓你呢，我只是要告诉你一个消息。刘井说什么消息？是好消息还是坏消息？警察说你先下来，我才告诉你。刘井说我不下来，你不先告诉我我就不下来。你别骗我了，你肯定是想抓我。警察笑了一下，说我骗你又没有什么好处，我干吗要骗你？下来吧，刘井同志，下来吧。警察甚至向刘井伸出了一只手。

说不下来就是不下来，我说话算话，刘井抱住树枝看着警察说。警察说那么好吧，你们是不是有一个儿子，叫……警察翻了一下笔记本，咳嗽了一声接着说，你们是不是有一个儿子叫马一定的？刘井说他怎么了？警察说他被一个名叫马红英的拐卖了。刘井眼睛一黑，从树上栽了下来。

　　从邻村赶回来的马男方冲进家门，说什么什么，一定被谁拐卖了？ 你为什么让他被拐卖了？ 你是不是故意让他被拐卖的？ 马男方在屋子里走来走去，想找点儿事情干干，他想我应该惩罚一下刘井，她怎么敢把我的儿子卖掉？ 他从屋角拿起一根棍子，来到刘井的床前，说我要把你的身子戳烂。 刘井张开大腿躺在床上，说戳吧戳吧，我早就希望有人戳了，有人戳了我会好受一些，我早就希望有人戳了。 是我卖了一定，他本来不想跟他的姑姑走，是我用鞭子把他赶走的。 我打伤了他的眼角，还叫他滚，滚得越远越好。 可是谁会想到他的姑姑会卖掉他？

　　马男方丢下棍子朝乡政府跑去。 他的屁股上晃动着一只酒壶，他跑得越快，酒壶飞得越高。 很快他就坐到了乡派出所的门口。 他对着所里唯一的警察说，你把马红英给我抓回来，我要拿她下油锅，要拿她来点天灯，要拿她来喂狗，要拿她来给所有的男人强奸。 警察说她已经被关到笼子里去了。 但是她毕竟是你妹妹，你真的舍得给别人强奸？ 马男方说可是她把我的儿子卖了，她做得初一，我做得十五。 警察笑了笑，说你先回去吧，有什么消息我会及时告诉你。 马男方说你不把我的儿子找回来，我就不走。 马男方干脆睡到了地板上，他说你快点儿给我找啊。 警察说我去哪里找去？ 马男方说你不去找你不是白拿国家的工资了吗？ 我们每年都要上交公粮，你吃了我的公粮，为什么不去给我找孩子？ 马男方说着说着慢慢闭上眼睛，他不知不觉在地板上睡着了。

马男方醒来时，天已经完全黑了，街上除了有两只狗走动外，已没有其他动物。他拍拍派出所的门板，里面没有任何反应。汪警察不知道到哪里去了。马男方骂了一声，便开始摸黑回家。还没有进村他就对着村子喊刘井，我回来了，现在我一点都看不见，我的眼睛黑黢黢的什么也看不见，你快点拿手电筒来接我，听见没有，快点来接我。他的喊声不仅刘井听见了，村子里的人都听见了。刘井以为马男方找到了马一定，立即跟赵凡家借了电筒去接马男方。好多人从自己家钻出来，站在村头观看。马男方从人群中穿过，好像是一位刚从战场上归来的英雄，还对着大家挥了挥手。找到了吗？找到了吗？周围全是"找到了吗"的声音。马男方只挥手，一句话也没说，脸上挂着十分生动的悲伤。

刘井说怎么样了，有消息吗？马男方说有，但我不会告诉你，除非你给我煎一个鸡蛋。刘井说现在我就给你煎鸡蛋，我知道你忙了一天也该喝一杯了。一阵油的尖叫之后，屋子里飘扬着鸡蛋的味道。马男方开始用煎鸡蛋下酒，喝了起来。他一边喝一边说我已经跟汪警察说过了，要他把马红英找回来，我要拿她来下油锅，要拿她来点天灯。他说一句话就狠狠地喝一口酒，仿佛已把马红英下了油锅。刘井说那一定呢，有没有一定的消息？马男方说我已经跟汪警察说了，一有一定的消息就立即跟我们讲，他现在就在跟外面联系，说不定明天就有消息了。

第二天，第三天，一天又一天，马男方从不下地干活，每天都到乡派出所门口睡觉。 汪警察进出的时候总会用脚轻轻地踢他一下，说喂，起床喽。 马男方睁开一道眼缝，接着又睡。 汪警察说你总这样睡也不是个办法，你先回去吧。马男方说不，我不回去，我要等我的儿子。 每次说到这里，他总会用力地哭几声，并流下几滴眼泪。 马男方就这样不停地给刘井带来消息。 马男方说睡到我的床上来。 刘井说我们还是各睡各的好，我们已经分睡了那么久，现在睡到一起，前面的分睡不是没有用了吗？ 早知道今晚要睡在一起，又何必当初呢？ 刘井这么说着的时候，已经来到马男方的床前。 马男方说上来吧。 刘井说你先告诉我消息，我才上来。 马男方说不，你先上来我再告诉你。 刘井说上来就上来，这床本来就是我的，我又不是没上来过。 马男方说汪警察说了，只要能找到的，他们都会设法找到，万一找不到他也没有办法。

马男方说汪警察今天打了三次电话，都是说一定的事情。

马男方说汪警察是个好人，他今天给我喝了一杯酒。

马男方说那些干部都很同情我，他们下班的时候总问我找到了吗？ 就像问我吃过了吗一样。

刘井从床上爬起来，说这些消息都没有用，我跟你白睡了好几个晚上，明天晚上我要回到我的床上去。 我的一定，你的消息怎么一点儿都没有？ 刘井坐在床上又哭了起来。她哭的时候没有眼泪，她已经没有眼泪了。

刘井睡到自己的床上。 马男方每晚回来看到的是刘井紧闭的房门。 马男方拍打刘井的门板，说开开门吧，刘井，你给我煎鸡蛋，你睡到我的床上来，我有重要的事情告诉你。 刘井说你不会有什么重要的事情告诉我，你每天只不过是去派出所门口睡觉，他们已经全部告诉我了。 马男方说不过今天确实有重要的消息。 刘井说那你说吧，说出来看是不是重要。 马男方说你得先打开你的房门。 刘井说我不会打开。马男方说你真的不打开？ 刘井说真不打开。 马男方说那我可要说了。 刘井说你说吧。 马男方说汪警察说他们已经把一定的眼珠挖出来卖掉了。 刘井像是被刀子截了一下，从床上滚到地上。 马男方似乎已听到刘井跌到地上的声音。 马男方说他们还砍断了一定的一只手。 刘井感到心脏紧缩，呼吸困难。 她试图站起来，但只站起半条腿又跌倒了。 马男方又一次听到刘井跌倒的声音，而且这次比上次跌得更响，好像连脑袋都撞到了地上。 马男方说然后他们每天把一定放在城市最显眼的地方，让他讨钱。 讨得钱以后，他们把钱全装进他们的口袋，一定吃不饱穿不暖，一天一天地瘦了，现在瘦得就像个猴子。 房门无声地打开，刘井像一根木头从屋子里跌出，像一根木头横躺在地上。 刘井躺了好长一段时间才醒过来，她说马男方你不要说了，我的气已经出不来了，我的胸口快要裂开了。

刘井从地上爬起来，朝乡政府走去。 她没有借电筒也没打火把，只走出村庄几百米就跌下路坎。 她感到头被什么敲了一下，然后什么也不知道了。 等她知道了的时候，她觉得额头冰凉，伸手一摸是湿漉漉的血。 休息一会儿，她又开始往前走。 她不停地走不停地跌，在两公里长的路上，一共跌倒十次。 当她扑到汪警察的门上时，她已经没了拍门的力气。 战士死于战场，刘井倒在汪警察的门口。 刘井没说一句话就晕倒了。

　第二天早上，汪警察开门时被刘井吓得往后退了一步。汪警察说怎么了，你怎么了？ 谁打破了你的额头？ 刘井说汪警察我问你，马一定是不是被别人挖了眼睛？ 是不是被别人砍断了一只手？ 是一只还是两只？ 是不是在为别人讨钱？ 汪警察说是谁告诉你这些？ 刘井说是马男方。 汪警察说真是岂有此理，我对他说在国外，有的坏人简直不是人，他们买到儿童后就像你刚才说的这么干。 我们是社会主义国家，怎么会有这样的事？ 何况我们还没有马一定的消息。刘井说你说的都是真的？ 汪警察说看在你跌破额头的份儿上，我会跟你开玩笑吗？ 刘井啊了一声，说原来没有，原来是这样。 刘井出了一口长长的气，出了一口像公路那么长的气。 她的双腿由硬变软，身体由站着变为坐着。

　　坐着的刘井突然听到远处传来救命的喊声。 喊声像从发出喊声的地方伸过来的一条路，她沿着这条时断时续的路往前走，看见一个水库，水库上有几个人撑着竹排正在打捞什么。 有几个人脱光衣服，在水面上浮起来又沉下去。 他们说有一个小孩掉进水库了。 刘井问他们是不是一个八到九岁的孩子？ 他们说是的。 刘井说他是不是有这么高？ 刘井用手比画一下。 他们说是的。 刘井说那一定是我家的一定，一定哎，我来救你来了。 刘井喊着准备往水库里跳。 一个陌生的男人一把拉住她，说她不是你的孩子，她是我的女儿，你来凑什么热闹？ 刘井说掉下去的是你女儿？ 拉住她的人点了点头，眼睛红得像出了血。 刘井说你的女儿掉进去了，你为什么不往里面跳？ 那个人好像是被刘井问得不好意思了，低头看自己的裤裆，两只手抱住后颈。

刘井坐到水库边，太阳正好出来。 水面被太阳照得红红的，一个波浪就像一面镜子。 刘井想太阳出来得真不是时候。 那个拉过她的男人说我不知道她来这里干什么，这么早她来这里干什么？ 她如果不是专门来跳水库，她来这里干什么？ 在男人哭泣的伴奏下，刘井看见他们从红彤彤的水面捞起一个女孩。 她的目光在这个女孩的脸上抹来抹去，一直抹了九遍，才把目光从女孩的脸上拿开。

汪警察踢了一下睡在门口的马男方，说我真的不想踢你，我一踢你我的皮鞋就像喝了酒一样。 现在踢你，不，严格地说这不是踢，而是碰，现在碰你是因为不得不碰你。 你带个口信给你老婆，前几天县公安局从外地解救了几个被拐卖的儿童，但是没有马一定。 加速村一农户的儿子被拐卖后，自己出去寻找，也在前几天把儿子找了回来。 可见你们的儿子并不是没有回到你们身边的可能，只是我们在寻找的同时，你们也想办法找一找。

刘井望了一眼天边，说可是我们去哪里找他？ 我们去哪里找到找他的钱呢？ 坐在门口已两个多小时的刘井，坐在一块冷冰冰的石头上。 她的皱纹像众多的蚂蚁瞬间爬满她的脸皮，那些皱纹又像是裂开的土地，现在正一点一点地裂着，并且发出喊喊喳喳的声音。 她感到皮肤绷得像快要扯断的橡皮筋，皮肤已经不够用了。 她像一只破裂的瓷碗，在碎片分开之前的几万万分之一秒内，勉强地凑合着。 她的目光从她的眼眶里飞出，看着前面山梁上一排高矮不齐的树，那些树叶以及树叶上的纹路都像摆在眼前一样清清楚楚。 她不太相信自己有这么好的眼力，于是用手揉揉眼睛。 揉过之后，她的眼睛看得更远了，她看见山那边的一个村落，看见一条大河波浪宽，风吹稻花香两岸。 那个村落就是加速村，她曾经到过那里，听马男方说那里的一个小孩失踪之后又找了回来。 她想如果我的眼睛一直能看到城市，看到一定那该多好。

她绷紧眼皮，拼命地想往更远的地方看，但是她的目光像一支飞箭的末尾，被一排瓦檐挡住了去路，再也无法翻越那道屋梁。 她的目光在屋梁上挣扎一阵，就倒下了，就像一个累坏了的长跑运动员倒在跑道上，心里不停地想跑，身体却没有力气让她再跑下去。 那个屋顶是被拐卖的孩子家的屋顶，现在他们全家把孩子锁在卧室里，不让他乱说乱动，以免再次走失。 刘井把目光收回来，放到自己的脚尖。 她的目光像一团火，烤着她的脚尖，她看见左脚的鞋子开了一个破洞，大脚拇指头伸出来，它的指甲慢慢变大，就像操场那么大。

这时木匠聂文广挑着他的工具往村外走，他又要外出做木工去了。 聂文广走过刘井的身旁时说刘嫂，我听说城市里的人吃的都是黑色的馒头，他们没有肉吃，像狗一样天天啃食骨头。 啃过一次的骨头他们舍不得丢，他们把骨头再次放到锅里熬，熬啊熬，他们一共熬了三次啃过三次，才舍得把骨头丢掉。 他们个个脸色发黄，瘦得皮肤贴着骨头，眼窝深得像酒杯，走起路来像苇草，风一吹就倒。 他们没有土地，所以他们比农村困难一百倍。 他们每天要用一半的时间来睡觉，比你们家的马大哥还要懒惰。 他们从来不洗澡不梳头，最可怕的是他们只有四个脚趾。 聂文广也不管刘井听不听，相信不相信，他低着头一边说一边往前走，好像他刚从城市回来，他的说法千真万确不容置疑。

等聂文广走远了，刘井想马一定现在是不是坐在一座天桥上，正在捡地上的骨头啃食？ 那些被别人丢掉的骨头，就像是被剥光树皮的树，已经没有什么东西可啃了，马一定捡起来又丢下去，不知道内情的人又把它捡起来。 马一定明知道骨头没什么啃头，但还是啃着，这说明他实在是饿得不行了。 马一定的眼睛还是眼睛，马一定的手还是手，它们都完整地保留在马一定的身上，只是比原先小了一圈。 刘井想谣言不可信。 刘井刚把谣言不可信想完，就出了一身冷汗，因为刚才她没有看见马一定膝盖以下的两只脚，马一定的脚被剁掉了，现在正坐在天桥上讨钱。 他的面前放着一个纸盒，钱已经堆到了纸盒口，纸盒再也装不下钱，钱就落到桥面上。 刘井一辈子都没见过那么多钱。 有一个肥胖的女人，这是城市中唯一肥胖的女人，她躲在人群中监视马一定的工作。 每当纸盒里的钱满得不能再满的时候，她就提着包跑过来把钱收走。 马一定说我饿，你给我吃一个黑馒头吧。 胖女人说少啰唆。 马一定的眼睛就跟随胖女人走，他的舌头舔着干裂的嘴唇。 一定，她怎么连一个馒头都不给你吃，你给她挣了那么多钱，她怎么连一个馒头都不给你？ 刘井闭上眼睛大喊一声，呜呜地哭了。 刘井说马男方，我们还是把我们的牛卖了。 马男方从屋子里冲出来，说为什么要把牛卖了？刘井说我们需要钱找一定。

刘井把卖牛所得的钱和跟别人借的钱堆在一起，推到兽医苟日的面前，说苟大哥，马一定就全拜托你了。 刘井感到这一沓钱是那么的重，那么的真实可信，那么的可亲，它使拥有它的人一下子有了富裕的感觉。 苟日用衣袖抹一抹沾满油花的嘴角，那个嘴角是刘井家的鸡肉给涂油的，它现在闪闪发光，比他身体的任何一个部位都光彩夺目，嘴角简直不是嘴角而是招牌。 苟日用衣袖又抹了抹嘴角，说放心吧刘井，还有马男方，你们放心吧，马一定的事情就包在我的身上。 你们的事也是我的事。 你们也知道我在外边有熟人，你们只管放心地睡觉，放心地喝酒，等着我把马一定带回来吧。 苟日把钱揣进衣兜里，马男方的嘴角咧开了一下，好像是得了牙痛。 苟日揣好钱，按紧衣兜倒退着出门。 他的头不停地点着，小心得像是他求刘井和马男方办事，而不是刘井和马男方求他办事。

等苟日退出大门，马男方就用手在刘井的大腿上狠狠地拧了一下，刘井发出一声尖叫。 尖叫未毕，马男方又扇了刘井一个耳光。 刘井说你怎么了？ 马男方竖起两个指头说，两千，那可是两千元啦，我一分都没有花，他就把它全拿走了。 刘井说是你叫我拿给他的，你怎么打我？

马男方紧跟着苟日出了大门，他一直跟着他。 苟日说你跟着我干什么？ 马男方只是笑。 苟日走，他就走。 苟日停，他也停。 苟日说你到底要干什么？ 你说出来，你不要光笑，你一笑我的心里就没底。 马男方说也没什么，只是，只是……苟日说只是什么？ 你说呀。 苟日急得双脚在地上跺来跺去。 马男方说只是，你一下子就拿走我们那么多钱，能不能给我一点回扣？ 我曾经割草喂过那头牛，卖牛的钱我也是有股份的。 但为了找马一定，我一分钱都舍不得花，就全给了你。 你把钱拿走时，你猜我怎么样了？ 苟日摇摇头。 马男方说你刚把它揣在怀里，我的心就痛了一下。 我想那么多钱被你拿走了，还不知道你找不找得到一定。 我没留下几十元钱给我自己，实在是亏了。 你能不能给我一点打酒喝，只一点点。 苟日从口袋里抽出二十元递给马男方，说你要留钱为什么不在给我之前留下来？ 马男方说当时只想到要你去帮我们找儿子，没想到喝酒，能不能再给一点？ 苟日说你还找不找你的马一定？ 马男方说找，找。

马男方拿着二十元钱走回家里。 他进门之后，又扇了刘井一个耳光。 刘井说扇吧扇吧，现在不扇将来你就没机会了。 只要一定一找回来，我就跟你离婚。

第二天早上，苟日出发了，他的肩上挎着兽医药箱。 马男方说你是去找马一定，又不是去出诊，干吗挎着药箱？ 苟日打开药箱让马男方检查。 马男方看见他的药箱里装满衣服和洗漱用具以及钱。 在药箱的一角藏着一包避孕药，它使药箱成为名副其实的药箱。

苟日每到一个地方就给汪警察打一个电话，汪警察再把他的电话内容告诉马男方，马男方再转告刘井。 苟日的电话内容如下：

我已到县城，你们放心。

我已到达柳州。

我已到广州，正在托亲戚熟人设法寻找马一定，估计不要几天就会有好消息告诉你们。

根据别人提供的线索，今天我到一所学校去看了一个被拐卖来的孩子。 刚一看有点儿像马一定，但仔细一看……汪警察说苟日的电话突然断了。

但仔细一看，他长得一点儿也不像马一定。 我很失望。

我不得不求别人，我送他们烟酒，请他们吃喝，钱已经全部花光了。 但他们告诉我一个好消息。

我已经知道马一定的下落。

马一定被拐卖到一个工人家庭。 昨天我已悄悄观察了他们的家。 估计要把马一定领走得花几万块钱。 你们赶快筹钱，过两天我再告诉你们把钱汇到哪里。

这个晚上马男方没有回家，消息到此突然中断。 刘井想他会回来的，说不定他得到了好消息，多喝了几杯；说不定一定已经找到，他去接他们了。 他总是很晚才回来，他会回来的。 刘井觉得这个晚上过得很慢，村庄也比往日安静了几百倍，安静得连狗都不发出叫声。 屋子外没有脚步走动，会走的似乎都死了。 他会不会因为喝多了，栽倒在什么地方？ 他是不是已经栽死了？ 刘井愈想愈感到不对，好像哪里出了差错，不是一定就是马男方。 她从床上爬起来，打着火把沿着通往乡政府的路找马男方。 她一路喊着马男方的名字。她这样喊道：马男方你死了吗？ 你躲在什么地方？ 你快点儿出来。 你别吓唬我。 你是不是去别的村睡女人了？ 你要死也等我们离婚之后再死，现在死了我可说不清楚。 而且我们还要找一定，我需要你帮忙。 刘井用这些喊声壮胆，一直喊到乡政府门口，也没发现马男方。 刘井拍拍汪警察的门板，拍了很久都没有反应。 隔壁的人被刘井的拍门声弄烦了，他们隔着窗玻璃大声喊道：拍，拍，你拍什么？ 死人了吗？ 你拍得那么响。 姓汪的去县城了，你拍得再响也没有人给你开门。

刘井又打着火把往家走，回到家时，天已经大亮。 她坐在门口歇了一会儿，看着早起的人们下地的下地，干活的干活。 她对着那些走过她面前的男人说，你们谁给我找到一定，我就嫁给谁。 有的年轻人对着她发笑，说你都结过婚了，谁还会要你。 刘井说我和马男方很快就要离婚了。 马男方不是一个好丈夫，你们看看他，一点也不关心我的感受，在这么关键的时刻，在一定要找到的时刻，他不仅不把消息告诉我，而且还跑了，跑得连人影子都不见了。 年轻人说你年纪太大，不适合我们。 刘井说不结婚也可以，只要你们给我找到一定，你们爱怎么样就怎么样。 有人说又能怎么样？ 说完大家就约好似的大笑。

笑声从刘井的耳边消失，人们渐次离开刘井。 刘井想一定现在过得怎么样？ 苟日和马男方他们都在什么地方？ 他们为什么不把消息告诉我？ 刘井从石凳上站起来，突然发觉自己的眼睛又能往远处看了。 她看见山梁上的树，看见加速村的屋顶，看见乡政府，看见长长的公路，看见县城旅馆里的一个房间。 房间的窗口上遮着一层窗帘，窗帘之后隐约可见两个不穿衣服的男女。 那个男的像是苟日。

刘井想进一步看清楚里面的情况，但她目光有限，没办法穿透那一层薄薄的窗帘。 她踮起脚，发现里面的情况清楚了许多。 于是她搬来一张椅子。 她站到椅子上，里面的情况全部袒露在她的眼前。 她简直不想看，简直不忍看，简直愤怒到了极点。 她说好个苟日的，你竟敢拿我的钱来包女人！ 你竟然没有去找一定！ 你竟然骗了我们！ 刘井紧紧地闭上眼睛，恨不得把苟日夹死在眼睛里。 她闭了很久，估计苟日被夹死在眼睛里了才睁开眼睛。 苟日消失了，县城消失了，她的目光正一点一点地缩回来。 刘井想再往远处看，但是她什么也看不见，她只看见自己的脚尖。

两天之后的中午，马男方跑回家里。 他没有看见刘井，便向邻居打听刘井的去向。 邻居告诉他刘井到南山的稻田干活去了。 马男方又跑了五里多路，来到南山的稻田。 他看见刘井站在稻田里耘田，秧苗遮住了她的下半身。 刘井说马男方你跑到什么地方去了，怎么现在才回来？ 马男方没有回答刘井，跑到田角伏下身子喝了几分钟的水。 他喝水时发出的咕咚咕咚声，十分响亮。 响亮之后，他从田角站起来，嘴巴张着，舌头吊着，像是大热天里的一只狗那样吊着舌头。站了一会儿，他说刘井，我们被苟日骗了。 刘井说我已经知道了。 马男方说你怎么知道？ 刘井说我看见了。 马男方抹一把脸上的汗，发出一声冷笑，说不管你是怎么知道的，反正苟日骗我们是真的。 我去了一趟县城，在街上碰见他了。他一看见我就跑，根本没有去广州帮我们找一定。 刘井说他不仅没去广州，还用我们的钱养了一个女人。 马男方说我们不能就这样被他骗了，我们要找他算账。 刘井说怎么个算法？ 马男方说我们去把他家值钱的东西全搬了。

第二天上午，马男方和刘井来到苟日家。 苟日的老婆杨花坐在门口，说你们谁想搬我家的东西，得先把我搬掉。 说着，她从身后亮出一把斧头，斧头磨得十分锋利，上面可以照见人物和树木的影子。 马男方和刘井谁也不敢靠前，他们和杨花对骂着，说一些陈谷子烂芝麻的往事，说你家会怎么怎么样，杨花你跟谁谁睡过……杨花说刘井你也不是好货，你想一想你的腿是怎么被你的丈夫烫伤的……架越吵越没有意思，他们只是为吵而吵。 他们把太阳从东边吵到西边，谁也没有吃喝拉撒。

几个爬在树上看热闹的小孩突然大叫：马一定回来了。喊完，小孩全都从树上滑到地面，然后朝村头跑去。 刘井说什么？ 他们说什么？ 杨花说马一定回来了，我们家苟日帮你把马一定找回来了，现在我看你们还有什么话说？ 你们用你们的手掌打你们自己的嘴巴吧。 刘井和马男方呆呆地站在那里。 杨花说打呀，快打呀。

汪警察把马一定送到家门口，全村的人都围了上来。 他们像一个句号围着汪警察和马一定。 刘井说这是真的吗？这是真的吗？ 刘井不停地用衣袖抹着眼泪，同时也腾出手来把马一定从头到脚摸了一遍。 当她的手摸到马一定那双厚厚的鞋子时，她就把手停在了那双鞋子上。 许多人望着马一定的那双鞋子，它是那样的白，那样的厚实。 刘井说一定，他们没有打你吧？ 他们是怎么找到你的？ 你想妈妈吗？ 他们没有从你的身上拿走什么吧?

刘井用她的右手掐了一下她的左手,她的嘴巴歪了一下,好像是感到痛了。她说这是真的。说完,她又捡起一块石头,狠狠地砸在自己的脚背上。石头刚一落下,她便惊叫,双手捧着被砸的脚背,用另一只没有受伤的脚在地上跳着,像金鸡独立。她跳了一会儿,把脚放下来,说这是真的,这真是真的。哈哈,这是真的。哈哈哈哈……刘井笑得喘不过气来了。

马男方问汪警察,马一定是苟日帮着找回来的吗?汪警察说什么苟日?是公安局找回来的,你在这上面签个字,说明我们已经把马一定送到家了。马男方说我不会写字。汪警察说按一个手印也行。马男方在汪警察的本子上按了一个手印。马男方按完手印,对着人群喊杨花,你听到了吗,马一定是公安局找回来的,不是苟日找回来的。苟日他骗了我们两千块钱。

马一定回来的这个下午,刘井高兴得搓着手走进走出,不知道要干点儿什么。她见人就笑,笑过之后就说一定回来了。光这样说一说她还不过瘾,她说一定,我们到村子里走一走吧。她牵着一定的手,从张家走到李家,从李家走到赵家,从赵家走到聂家。她问一定,城市里的人是不是只有四个脚趾?没有,他们和我们一样,每一只脚都有五个脚趾,五个,知道吗?马一定举起五个手指说。刘井说我也不相信，是聂文广放的屁。

从在村子里串门开始，刘井的手一刻也没有离开马一定的手，她生怕马一定再走丢了。马一定说妈，我要撒尿。刘井说妈妈跟你去。马一定说我要玩泥巴。刘井说妈妈跟你玩。马一定说我想吃鸡肉。刘井说爸爸正在杀鸡。这一切都做过之后，刘井还是觉得没有高兴够。她说一定，今晚我们应该高兴，你最想做的事是什么？什么样的事能使你高兴？马一定说我想捉迷藏。刘井说那就捉迷藏吧。马一定和刘井开始在家里捉迷藏，他们躲在门角、藏在床铺下、被子中、水缸旁……到处都是他们的声音和跑动的身影。有一次，刘井怎么也找不到马一定。她说一定，你在哪里？你发出一点儿声音，要不然我不找你了。马一定叫了一声。刘井听到声音是从卧室里传出来的。但是她在卧室里转来转去，始终找不到马一定。她说马一定你躲在什么地方？你无论躲到什么地方，都逃不过我的眼睛，你给我出来，我看见你了，你在楼上，你在床铺底，你在尿桶边。不管刘井怎么喊马一定就是不出来。刘井也没有真的看见他，她只是虚张了一下声势。匆忙中刘井碰翻了一个酒瓶，马男方听到酒瓶破碎的声音，像刀子割他的心脏一样难受。他说你们别躲了，你们把我的酒瓶碰烂了，再躲下去我的酒瓶会被你们全部打烂的。一定，你再不出来，我就用鞭子抽你。马一定大叫一声，从米桶里跳出来，吓得刘井跌倒在地上。刘井说原来你躲在米桶里，我怎么没有想到呢？你赢了，一定，妈妈输了。

刘井和马一定从卧室走出来，看见马男方黑着脸，好像要下雨的天气。 刘井说一定刚回来，今晚谁也不准生气，我们高兴过了，你也应该高兴高兴。 马男方说一定你去给我拿酒来。 马一定从卧室里拿出一瓶酒。 马男方说一定过来，今晚我要跟你喝一杯。 马男方真的灌了一小杯酒进马一定的嘴里。 马一定不停地咳着，又把酒吐出来。 马男方说可惜呀可惜，你怎么吐了出来，我有时想喝都没有。

马一定的那双鞋子慢慢地变黑了。 一天，刘井带着马一定去南山第二次耘田。 快走到南山时，马一定的鞋裂开了一个大大的口子，脚指头从裂口钻出来。 他把裂开的鞋提在手里，一只脚穿着鞋一只脚光着，一只脚高一只脚低地往南山走。 他看着那只破鞋想哭。 刘井说晚上我给你补一补又可以穿了。 马一定说补了就不好看了。 马一定终于哭了起来。 刘井说要不我再给你买一双，再穷也不能穷了你的这双鞋子。 马一定说这种鞋这里根本没有卖的。

马一定赤脚站在稻田里，秧苗遮住了他的身子。 他只有秧苗那么高。 他的裤子上沾满了稀泥。 太阳像火一样烤着他们。 马一定站在稻田里打瞌睡。 刘井说一定，你困了就到树荫下睡一会儿。 马一定把腿从稀泥里拔出来。 他的腿上沾满厚厚的泥巴，像是一层脱不掉的铠甲。 看着田坎上张开大口的鞋，马一定说妈妈，你还我鞋子，我要我的鞋子。

刘井说哭什么哭，不是有一只鞋还是好的吗？ 马一定说我又不能只穿一只鞋，我要两只一样新的鞋子。 刘井说你不是说我们这里没有这样的鞋卖吗？ 马一定说如果你不叫我来南山，那我的鞋子就不会走烂。 刘井说一双鞋子不可能穿一辈子，它总会被穿烂的。 马一定说我才不管穿不穿烂，我只要你还我的鞋子。 说完，他开始往家里跑。 刘井说你要去哪里？ 马一定说我要去找新鞋子，我要和你再见了。 马一定愈跑愈快，一种不祥之兆涌上刘井的心头。 刘井想莫不是马一定又要离开我了？ 她从田里冲出来，追赶马一定。 他们像两个在小路上赛跑的运动员，拼命地往前面跑着。 但是，刘井很快就被马一定甩到了身后。 刘井的脚绊到了一块石头，整个人摔倒在路上。 刘井说一定，你给我回来。 马一定站在远处回头看着刘井，看了一会儿，他扭头跑开了。 他的脚上、腿上带着稻田里的泥巴，就像戴着铠甲。 刘井的嘴里发出老马一样的嘶鸣。

　　一定出走之后，刘井就躺到了床上。 她已经这样躺了半个多月。 夏天正在悄悄地过去。 夏天的最后一场暴雨现在落在瓦片上，雨点穿过屋顶上的空隙滴下来，滴到刘井的下巴上、眼睛上。 刘井怎么也想不到马一定会离开她。 她的脑袋想痛了，还是想不清楚。 她的目光透过瓦片上的大洞，看着雨水落下来的天上，怎么也想不清楚。 她想屋顶上开了那么多的洞，好多地方已无法挡住雨水了，等身体好的时候，要到屋顶上去整一整那些滑落的瓦片。

刘井不知道现在是什么时候，一束阳光从屋顶的漏洞跑进来，打着她的脸，天不知道什么时候放晴了。 刘井说马男方，现在天晴了，你爬上屋顶去整整那些瓦片，免得再下雨时，雨水淋坏我们的衣服和粮食。 刘井没有听到马男方的声音，她想他也许已经跑到什么地方喝酒去了。 刘井从床上爬起来，来到门口。 太阳很明亮。 她想天气怎么这么好，一点灰尘都没有。 这么透明的天气，我能不能看到一定？

她伸长脖子，没有看见马一定。 她踮起脚也没看到马一定。 她站到椅子上，仍然看不见马一定。 她找了一把梯子架到屋檐上。 她想屋顶那么高，如果站在屋顶上，肯定能够看得更远一些，说不定能看到一定。 她沿着梯子爬上去，站在屋顶上，由于阳光太强烈，她的眼睛一时半会儿还不太适应。 她歪头看了一下太阳，觉得眼睛好了一些。 她站在自家的屋顶上，感觉自己特别高大。 她伸长脖子，拼命往远处望。 她看见山梁上的树，看见加速村，看见乡政府、县城，看见长长的铁路，看见高高的楼房。 她的目光愈拉愈长，看见马一定坐在一张好看的餐桌旁吃午饭。 餐桌上摆满了鱼虾和洁白的米饭。 马一定的身上穿着一件白得像白纸那样的衣服，脚下穿着一双白得像白纸那样的球鞋。 刘井不相信这是真的，就用手在额头上搭了一个凉棚，又仔细地看了又看，然后自言自语：真的，这是真的，他妈的马一定，你比我们还吃得好，穿得好。

刘井刚一说完，就感到脚下打飘。 瓦片哗啦哗啦地往下滑，还没等反应过来，她就从屋顶摔下去。 瓦片争先恐后地掉落，砸在她的头上、身上，她被掩埋在瓦片之中。 她把头从瓦片里拱出来，头上鼓着一个大包。 她说他竟然比我们还吃得好，穿得好，他竟然过着比我们还好的生活，真是岂有此理。

　　谋子从对方身上拔出凿刀时，周围的声音全都消失。 他感到手上一阵湿热，凿刀离他而去，像鸡毛那样轻轻地掉在地上。

　　发生在这个秋夜里的案件，仿佛没有任何声音作为背景，没有惊叫声绝望声，没有女人的慌乱声和油灯的破碎声。 屋外屋内漆黑如墨，只有微风在门缝间静静地穿梭。谋子像一截木头那样站着，似乎站了很久很久，才有一双手摇晃他的肩膀，恨不得连根拔起。 渐渐地，谋子被那双手摇松了，双腿开始颤抖，开始发软。 终于，他发出一声惊叫，打破了深夜的寂静。

　　他先是听到自己的惊叫，然后听到孔力的叫喊：杀人偿命。 孔力一丝不挂地伏在门板上，不停地喊"杀人偿命"。谋子想她连衣裤都还没穿上，就想到给丈夫报仇，真是个良心媳妇。 孔力的喊声此起彼伏。 谋子感到失望，他走过去，哗地推开大门，凉风像一盆冷水泼过来。 孔力转身从床上捞起一团衣服，砸在谋子的头上。

　　谋子抱着衣服朝后山奔跑，跑了好远，才听到孔力的哭声像一场大火在身后嘹亮。　她的哭声把整个村庄都点燃了。

　　六小时前，谋子的母亲秦娥迈过了五十岁的门槛。　儿女们为她摆了十桌寿宴。　在寿宴的喧嚣中，秦娥心烦意乱，好像是讨厌自己的衰老，又好像是担心儿女们出事。　她在酒席间穿梭，像母鸡看护雏鸡一样看护着她的儿女。　尽管儿女们笑脸相迎，尽管儿女们说了许多吉祥的话，但秦娥依然感到心里慌乱。　饭后，祝寿的客人们相继离去。　秦娥在打扫杯盘碗盏的时候，失手摔烂了一个酒杯。

　　或许是因为寿宴做得像婚宴，秦娥的男人八贡有些兴奋。　满屋还飘浮着酒席的余香，那些粮食、肉类的气息残剩在夜的角落。　八贡忽然想起三十年前他娶秦娥的那个日子。那个日子，实在寒酸得不像是个结婚的日子。　现在什么都有了，而女人却已经不再是当年的女人。　八贡看着床上的秦娥，她的身体像一只空了的布袋，不仅粗糙，还松松垮垮。这个身体，八贡已经好久没打理了。　但今晚趁着酒兴，他扑到了秦娥的身上。

　　秦娥说都老了，你还这么喜欢。　八贡说难得有这么一次想头。　秦娥想把八贡推开，但八贡紧紧地贴着，一点也不服老。　秦娥说我累得全身都快散架了，没吃一口饭，你就饶了我吧。　八贡把右掌捂到秦娥的嘴上，生怕她的声音被儿女们听见。　儿女们似乎都进入了睡眠。　在风的嘶吼声中，从萧家那边传来一声门响，谁也没有在意。　秦娥说你把灯吹了吧。 八贡噗地吹灭油灯。 忽然就听到孔力的哭喊：杀人啦，杀人啦，快来救命呀……

秦娥跑到孔力家，拨开人群，看见萧玉良倒在血泊中，右手死死地捏着床单。 一把沾满鲜血的凿刀横陈地面。 两行带血的脚印从萧玉良的身边走向大门。 秦娥一惊，意识到那是三儿谋子的脚印。 天气这么凉了，他还光着脚板。 他往哪里去了？ 秦娥整个下午的慌乱终于停泊。 这时她才记起寿宴的后半截没看见谋子，当时她总觉得少了点什么，现在才明白原来是少了谋子。 秦娥喉咙一紧，哇地呕吐起来。由于她没吃东西，呕出来的全是黄水。 哇哇，哇哇……她像刚刚怀孕的女人那样干呕，整个人瘫坐在地上。

谋子蜷缩在后山的坑洞里。 黑夜已经过去，天空已经泛白，四周都是鸟声虫鸣。 茂盛的茅草密封了洞口，一团雾在洞外的沟畔起起落落，阴沟里浅水浸泡着枯藤，一潭静静的水面浮动着黄色的铁锈。 谋子想只要我不出去，谁都不会知道我在这里。

太阳慢慢升上山梁。 透过茅草树木网状的空隙，谋子看见母亲秦娥手挽竹篮，在对面的山坡上走着奇怪的路线。 她像一只负重的虫子，步子凌乱，神色慌张，一会儿没入苍黄的玉米地，一会儿又浮游在厚实的茅草上，衣服全被早上的露珠打湿了。 噗的一声，谋子再也看不到母亲的身影。 母亲似乎已经跌入沟底。 重重叠叠的树木藤蔓，遮挡住谋子的视线。 静静地听了许久，突然传来一丝尿响。 谋子看见母亲已经来到洞前，头帕在坑洞的边缘晃动，身子埋在草丛里。 母亲害怕别人跟踪，故意用屙尿来掩人耳目。 风从母亲的身边吹来，谋子闻到了尿的气味。

母亲把竹篮塞进坑洞，说吃吧，谋子。 母亲的双眼像沤烂的蜜桃，快要从眼眶流出来了。 谋子问警察来了吗？ 母亲说还没来，他们到镇上报案去了，萧玉良还倒在血泊中，要等警察来验尸。 说完，母亲站了一会儿，用手扯扯衣襟，退出洞口，钻进沟底，说我得回去了，恐怕警察已经进村了，再不回去就引起他们怀疑了。 母亲的声音听起来虽然很小，却像锋利的刀片割着谋子的耳朵。 谋子停止嚼食，含着一口饭看母亲爬上沟坎，没入草坡，直至消失，他才又开始吃起来。 他觉得嚼食声特别响亮，仿佛铺天盖地，仿佛能把警察引来。 于是，他放慢了咀嚼的速度，轻轻地慢慢地吃。

又是一个太阳天，但阳光看上去显得有气无力。 秦娥打开那些常年紧闭的木箱，晾晒衣物，泡桐板的陈香和秦娥的干呕交集在一起。 八贡在秦娥的干呕声中病倒了。 他说你又没怀孕，为什么会不停地呕？ 你以为呕就能解决问题吗？

从木箱里拿出来的各色衣物，现在全都晾到了竹竿上。秋风牵动它们，就像牵动往事。 秦娥看着不同年代里曾经包装过她的衣物，心里充满悲凉。 秦娥手里捏着一团布带，这些布带过去总被她悄悄地挂在屋后，慢慢阴干。 它们羞于见人，也从来没见过阳光，是成年女性的专用品。 秦娥最后一次来红已经过去四十多天了，她知道自己已进入更年期，再也不需要这些布带了。 她拿起剪刀，把布带剪成一团毛茸茸的布球。 她想现在谁也看不出它是什么，它还可以用来做拖把。 秦娥把布球挂在竹竿上，终于让它晒了一回太阳。

孔力惶恐不安，她的身子正在发生变化。 她厌食，呕吐，例假不来，跟秦娥构成一种微妙的呼应。 孔力的家婆，也就是受害人萧玉良的母亲六甲暂时忘了失子之痛，把中医金光请进家门。 金光微眯双目，把他那三根干瘦的手指搭到孔力的手腕子上，谛听孔力的脉搏。 像是过足了烟瘾，金光长长地吐一口气，说六甲，你的儿媳妇有喜了。 六甲的眼球突地定在眼眶，然后缓慢地上移，移到不能再移了，才对着屋梁叫了一声：苍天有眼。

六甲掀开被窝，把孔力扶下床来，说快给金医生磕个响头，是他给了我们希望，是他告诉我们玉良没有绝后。 六甲的双手不停地压迫孔力的头。 孔力的头磕了四下五下，六甲依然没有放手的意思。 孔力想你只管叫我磕头，却不知道是谁真正医好了你的心病。 六甲的声音在头顶嗡嗡盘旋，像一堆马蜂同时振动翅膀。 六甲说孔力一直都怀不上，我都盼了几年，要不是吃了你金医生的药，她哪会有今天。 六甲一边说一边又按压孔力的头，孔力的头就像水里的浮标，按下去又浮上来。 金光张着一嘴黑牙，满心承领六甲的献媚。 金光说六甲，你松手吧，孔力的头都快要磕破了。 这时，六甲才记起手里还按着一颗人头。

金光说我走啦。 六甲说别急，再喝一盅。 金光把手一挥，酒盅滚落，酒水慢慢地浸入地面。 金光说我醉了，不能再喝了，六甲，你看没在地上的酒多像一摊娃仔的尿，再等九个月，你的屋子里到处都会撒满你孙子的尿。 六甲哎哎地应着，把金光扶到门外。 秋阳之下，六甲看见对门的晒楼上，秦娥正在晾晒衣物。 这么高兴的一个下午，偏让她看到了仇人家晾晒的黑黑白白红红绿绿的衣物，心口猛地痛了几下。 六甲在仇恨中松开手，金光摇摇晃晃地告辞。 六甲忽然想起没给金光带礼物，转身进门，拿出二十个鸡蛋，说孔力，快给金医生送去。 孔力没动。 六甲就把鸡蛋塞进孔力的衣襟，轻轻地推了她一下。 孔力的身子一歪，倒在门边，破碎的鸡蛋染黄了她的衣襟。

你以为我的病真是金光医好的吗？ 他有那个本事吗？孔力一边抱怨，一边扶着门框站起来。 蛋白蛋黄沿着衣襟滑落，构出奇形怪状的图案。

谋子去向不明。 警察龙坪时不时出现在谷里村。 谷里村有龙家的亲戚，他们悄悄跟龙坪说谋子绝对不会离开村庄，他一定在方圆十里之内的某个地方藏身。 龙坪对这一点坚信无疑。

龙坪只要一来，就坐在窗下与卧床不起的八贡聊天。 龙坪说你老人家有三男两女，是最好的福气了，只可惜你的三儿子糊里糊涂，犯了人命。 如果他自首，恐怕罪责要轻些。

龙坪的话像锯子在八贡的脑海拉来拉去。 八贡有时大号不止，有时又低声抽泣。 八贡把成串的眼泪和鼻涕毫不吝啬地抹在被子上。 龙坪发现床上的这个老人在案件的打击下，已经变成了一个小孩。

龙坪从来没有放弃对秦娥的监视。 村前屋后的庄稼都已经收割干净，树叶也在慢慢地变黄，任何一个可疑的黑点，都走不出龙坪的视线。 日子久了，龙坪看见八贡被窝上的鼻涕全部结成了硬块，闪闪发亮。 窗口的光线或明或暗。 八贡说谋子还年轻，还不满十八岁，他还没有结婚就要去坐牢，真是遗憾终身……每当他唠叨的时候，秦娥总是把一团抹布递到八贡手上，说你拿这个抹抹鼻涕吧，你怎么像娃仔一样把鼻涕抹在被子上，真恶心。 八贡从秦娥手上接过那团毛茸茸的浅灰色的抹布，拿到嘴鼻处擦了又擦。 打了一个喷嚏，八贡说快煮饭吧，龙警察饿了。 秦娥说下多少米？ 八贡说两碗，煮两碗米就够吃了。 龙坪知道八贡强调两碗米，就是为了表明他们没有煮多余的饭。 没煮多余的饭，就意味着没有窝藏谋子。 每顿饭，龙坪都会把锅头刮得干干净净，一口吃的都不剩。

龙坪还留意深夜里的各种响动。 八贡再也承受不了失眠的煎熬，双手抓住秦娥的头发摇来晃去。 秦娥的哀鸣穿墙而过。 八贡说你叫他出来吧，我受不了啦。 我一天要哭三到四回，还要整夜整夜地失眠，你是留着你的仔呢，还是让我就这样活活地被折磨死？ 秦娥说我去哪里叫他？ 我和你一样不知道他的下落。 八贡说你知道的，你一定把他藏在什么地方了。 我记得你曾经说过后山有一个洞，你一定是把他藏在那里了。 你这样做是害他，你知道吗？ 如果你不叫他出来自首，那就救不了他了。 秦娥说你疯了吗？ 你怎么血口喷人？ 秦娥把八贡的头捂到充斥着鼻涕和泪水的被窝里。八贡在被窝里呻吟。 他的呻吟一声比一声小，好像马上就要断气似的。 忽然，他把手伸到秦娥的胯下，用力地抠了起来，好像这么抠着就能抠出谋子。 秦娥感到一阵剧痛从两胯间出发，快速扩散到全身。

伴随下身的刺痛，秦娥听到时断时续的蟋蟀声。 蟋蟀声有气无力，却永不歇息，一直叫到天亮。 已经几天没给谋子送饭了，秦娥担心、着急。 她拉开房门，看见龙坪坐在门外，双眼充满了血丝。 龙坪问谋子藏在什么洞里？ 你告诉我吧。 秦娥说你问八贡，我不知道。 龙坪说昨晚你们说的那个洞，在什么地方？ 秦娥说昨晚我们说的是脏话，昨晚我们说的那个洞在我身上，你想看一看吗？ 龙坪的脸唰地红了。 秦娥说这么丑的话，你竟然也偷听。 龙坪说今天别煮我的饭了，我想到桃村谋子的女朋友家里去看看，说不定他藏在那里。 秦娥说你去吧，但你放得下心吗？ 你不要半路杀回来吓死八贡，他的神经绷得差不多要断了。

谋子缩在坑洞的角落，已经饿晕了。 秦娥说谋子，我来晚了，警察和你爹天天都把眼睛放在我身上，我没有自由。

谋子把一只拳头伸出洞口，打开，手心里伏着一只蟋蟀。 蟋蟀从手心跳落到他的肩上。 秦娥想难怪这几天我的耳边全是蟋蟀的叫声。 谋子说妈，让我出去吧，我饿，我怕。 秦娥舀起一勺饭，喂到谋子的嘴里。 谋子的牙床像家里那副用了多年的老磨，慢慢地磨着粗黑的饭粒。 秦娥说你再挺一段日子吧，警察已经走了，他们有许多案要办，说不定一忙他们就把你忘了。 用力地咽了几口饭，谋子吐了。 他说妈，你怎么拿臭馊的饭给我吃。 秦娥说他们不让我多煮米饭，他们想把你饿出去，这些饭全是我从嘴里偷偷省下来的，每餐省一点，才省出这么一碗。 我怕你吃不下，还放油炒了，还放辣椒。 听妈的话，你千万别出去，一出去就没命啦。

说完，秦娥退出洞口。 谋子说妈，你不能陪我再坐一会儿吗？ 秦娥说待久了，他们会怀疑。 谋子问桃村的腊妹呢，她好不好？ 秦娥说好，她三两天来一次我们家，她说她爱你。 放心，妈一定帮你看住她，将来把她娶进家门。 谋子想这句话很勉强，她是在安慰我。 秦娥转身，窸窸窣窣地爬上沟坎，回身把刚才拨开的茅草复原，生怕留下什么破绽。 谋子说妈，你给我买一块手表送来，我不知道现在几点了。

清晨，拖拉机慢吞吞地爬进村庄，驾驶座挤着两个人，拖斗里是空的。 近了，秦娥才看清楚驾驶座上的那两个人一个是腊妹，一个是桃村的拖拉机手向阳。 腊妹从驾驶座跳下来，准确地说是从向阳的屁股边跳下来，转身从拖斗里捞起一个包袱，摔到秦娥的脚边，说这是你们家的聘礼，现在我把它还给你，这样谁也不欠谁了，没想到谋子这么坏，几个月前我还和他约定到县城去照相，现在永远去不成了，你告诉他，我不会爱一个有野老婆的男人，更不会爱一个杀人犯。 秦娥说你现在不是也有野老公了吗？ 腊妹说就算我有野老公，但我没杀人。 说完，她跳上驾驶座，和向阳紧紧地挨着。 停在门前的拖拉机始终没熄火，一直突突突的，好像在催促。 向阳轻轻拐了一下腊妹。 腊妹忽然记起什么，又跳下来，从左手取下一块女式手表，说还有这个，是谋子送我的，差点忘了。 秦娥没接。 腊妹把手表放到包袱上，又跳上拖拉机。 拖拉机掉头走了。 秦娥觉得包袱上的手表像一只睁开的眼睛。

几个想搭便车的村人挽着口袋跑出家门，追赶拖拉机。但向阳一轰油门，拖拉机跑了，只留下几团黑烟。 黑烟喷在追赶者的身上。 他们纷纷开骂：狗日的，不得好死。

不幸言中，腊妹和向阳离开谷里三里多地便车翻人亡。有人跑来把这个消息告诉秦娥。 直到这时，秦娥才颤颤巍巍地打开腊妹送回来的那个包袱。 包袱里整整齐齐地叠着两年来他们送给腊妹的布料，一块也没少。 布料上放着一双还没完工的布鞋，那是腊妹给谋子做的，可惜谋子没有福分享用。 秦娥想腊妹你又何必送这些布料回来？ 不送这些布料你就不会坐拖拉机，不会死，唉……原来你不是退彩礼，而是来跟我们讨一口棺材。

秦娥敲开大儿张双的门，看见儿子儿媳妇正围着火炉吃早饭。 张双说妈，有事吗？ 我吃完饭想去赶街，你想买什么吗？ 秦娥说腊妹死了，你和张单把你爹的棺材送过去吧。 张双说那可是爹的棺材，你问过爹了吗？ 爹的身体也不好。 秦娥说你爹一时半会儿死不了，你把棺材送过去吧。 张双说腊妹是自讨苦吃，你不见她和向阳坐在一起吗？ 她和他俩人挤坐在驾驶座上，那是违章驾驶，死有余辜，不关我们张家屁事，再说，她没过门，今早上她已经把婚事退了。 秦娥说谋子做了对不起她的事，你照我说的去办吧。

张双和张单把那口漆黑的棺材从厢房里抬出来。 八贡哎呀一声，从床上跌到地上。 八贡扶住墙壁，迈着虚弱的步子，走到大门边，说逆子，你们怎么把你爹的寿木抬走了，要知道我油过三道生漆，是本村最好的棺木，你们不问问我，就敢拿去送人？ 张双和张单把棺材停到门口，目光在爹与妈之间移动，他们不知道听谁的。 秦娥说听我的。 棺材于是离开地面，慢慢上升。 八贡扑到棺材上，说你们硬要送给腊妹，还不如我先死，我舍不得这口棺材。 秦娥说要不是谋子犯事，腊妹也是我们家的人，你要是真死了，我再打一口比这个大的，帮你上五道生漆。 秦娥像诓娃仔那样把八贡从棺材上诓下来。 张双和张单抬起棺材走去。 八贡靠在门框上，直看到棺材消失，才瘫坐到门槛上。

秦娥把腊妹留下的布鞋和女式手表送到谋子手里。 谋子说她还记着我？ 秦娥说记着呢，她要你好好活下去。 谋子的脸上浮起一层薄红。 他把手表贴到脸上，好像是把腊妹的手贴到脸上。 他说妈，我好糊涂，如果我没杀人，那才像个人。 秦娥说腊妹还等着，等某一天跟你去县城照相。 谋子叹了一声。 秦娥想如果谋子没杀人，他今天会和腊妹一起进县城吗？ 他们也会坐向阳的拖拉机吗？ 拖拉机会翻下路坎吗？ 谋子会像向阳那样被拖拉机砸成肉酱吗？ 这么想着，秦娥吓了一跳，说这都是命呀。

谋子人去床空，只有一床暗黄的蚊帐像一张破网，在床板上随风晃动。 冷风从北窗吹进来之前，八贡便把谋子的被卧卷到自己床上。 八贡像一个保安，终日看守那床厚实的棉被。

秦娥想趁八贡熟睡时，拉出一床被卧。 但只要她一拉被卧，哪怕是轻轻地拉，八贡也会醒来。 八贡说你拉被卧干什么，想冷死我吗？ 秦娥说我想做一件棉衣。 八贡说给谁做？ 秦娥说不管给谁做，家里总得有一件厚实的棉衣，天气越来越冷了。 八贡说我不需要棉衣，我只要这么躺着，一直躺到你的三儿子出来。 秦娥说你像个爹吗？ 你还有没有一点良心？ 八贡说你像个妈吗？ 你这是害他，纸是包不住火的。

整个冬天，秦娥在为一件棉衣坐卧不安。 树木由黄而黑，田野上的禾苑在每天早上结出淡白的霜花。 金光以恩人的身份，常常出入六甲家。 孔力的腹部在冷风中慢慢撑大。

每当看见孔力，秦娥总下意识地摸着自己的腹部，好像怀孕的不是孔力而是她自己。 她听到手表的滴答声从腹部深处传来。 她相信时间会改变一切。

一天，秦娥来到金光家门前。 金光正低头拔着鸡毛，身旁放着一盆热水，水汽弥漫。 鸡毛已拔去三分之二。 秦娥站在他面前耐心地看着。 鸡毛终于拔完了，金光的目光在地面找来找去。 秦娥估计他是在找刀子，就从金光的屁股后面捡起一把小刀，递到金光的手上。 金光说你找我有事吗？ 秦娥说八贡的病一直不好，想请你抓几服中药。 金光说你为什么不早点来找我？ 秦娥说你是六甲的恩人，我怕你跟她一样恨我。 金光说六甲哪有你长得好看，她的声音也没你的好听。 秦娥忽然感到害羞，一时找不到话说。 金光甩了甩手上的水珠，站起来，进屋拿出一张凳子，说你坐吧，我一会儿就干完了。 对啦，听说你需要一件棉衣，我这里有一件军用的，是别人送给我的。 秦娥说多少钱？ 金光说不要钱，要你就行了。 秦娥说开什么玩笑，我们都老了。 金光说谁说我老了，孔力的不孕症就是我治好的。 不孕症用药是治不好的，得用人来治，你知道吗？

秦娥说你开玩笑我陪不起，我走了。 金光看见秦娥从凳子上站起来，身子晃了两晃。 金光说晚上我送药送棉衣给你，人心都是肉长的，你不能让谋子冻死了。 虽然我是一个孤人，但我知道做娘的心。 秦娥在金光的声音里像鸡毛那样飘起来。 她想金光真是个懂得爱的男人，自从谋子出事后，这是我第一次听到这么中听的话。 想着想着，她的眼里噙满了泪水。

　金光没有送药来。 秦娥在呼啸的冷风中想金光一定是开个玩笑而已，他已经把八贡的病和谋子需要的棉衣忘了。 张双和张单在八贡的隔壁，与几个年轻的小伙搓麻将，油灯的光亮和咒骂声飞越窗口。 他们已经搓了一个白天，现在还没有停止的意思。 骨牌声吸引八贡，他裹着被子，把脑袋从窗口伸出去，指挥张单出牌。 张单不听，说输了你又不替我出钱，你看看得了，嚷什么嚷？ 在八贡的意料中，张单又放了一炮。 八贡说败家子，你怎么就不听我的。 说完，他缩回脑袋，在床底摸了一阵，摸出两张票子，砸在张单的头顶，说老子给你钱，但你得听我的。 张双把目光丢过来，说爹，只要你肯拿钱，我就帮你赌。 八贡说我没钱了，这几块是拿来买药的，我连药都舍不得买，你可不能输。 听到他们的对话，秦娥把八贡从窗口抓回去。 八贡说让我再看一局，这局可是我的钱。 秦娥说还没看够呀？ 你从早上看到中午，从中午看到晚上，怎么一看赌博，你就没病了？ 你看看这些败家子，从秋天到冬天都没出过屋子，整天都在赌，有什么出息。 张单说粮食收完了，年猪养肥了，妈你还要我们做什么？ 一年不就一个冬闲吗？ 秦娥说我要你们明天帮我找牛，家里的那头母牛已经好几天没回来了，它肚子里还怀了个牛崽，再不找恐怕就要冷死了。 张双说我的那头牛夜夜都懂得回家。

2017 年 6 月与韩少功 (右一) 先生在长沙梅溪书院

2023 年 5 月, 在陕西神木县领取首届石峁文学奖, 右一为颁奖嘉宾邱华栋先生

在作代会与李洱 (左一)、艾伟 (左二)、毕飞宇 (左三) 相遇

2019年，在北师大珠海校区参加"新生代四重奏"对话，与张清华（左一）、毕飞宇（左二）、李洱（左三）、艾伟（右一）

2019年冬，广西作家小聚。从左至右：朱山坡、红日、凡一平、张仁胜、林白、作者、胡红一、田耳、梁晓阳

2013年，在阿尔及利亚

2018年参加广西书展阅读分享活动

与章明导演(左)、作家凡一平(右)在
家门口

在越南西贡市图书街

在越南图书街

2017年，在佛罗伦萨但丁故居

在家乡天峨的溪水边（章明摄）

在书房（黄河摄）

在肖邦故居

在朋友家的小院泡茶

酷爱乒乓球

凝视

拍摄于拉萨往林芝途中的某一河谷

秦娥怒气冲冲地离开窗口，向八贡丢了两个白眼。 窗口泄过来的灯光扑到秦娥的肩膀上、腰肢上、小脚上，最后灯光再也追不上她。 八贡说我连管他们出牌都管不了，难道还能管他们找牛吗？ 他们翅膀硬了。 秦娥摔门而去。 门板来回晃荡。

清晨，秦娥拉开大门时，隔壁张双、张单他们才开始收牌。 他们打着哈欠，排在屋檐下，对着阳沟拉尿，尿声像一阵急雨声。 秦娥想再也别指望他们找牛了。

金光抱着军大衣走到门前，犹豫了一下，再走到八贡的床头，把草药放在枕边。 八贡还在睡觉，呼吸均匀。 金光说你睡得这么安稳，恐怕病要好了吧。 秦娥说他看了一夜麻将，刚刚才合眼。 金光说棉衣送来了，现在没钱不要紧，杀年猪的时候砍一半给我就行了。 秦娥接过棉衣，说先欠你吧，你又是抓药又是棉衣，砍一半年猪不过分。 秦娥转身欲走，八贡突然从床上坐起来，抢过棉衣，说这个你不能拿走，既然是用猪肉换的，就得留给我穿。 秦娥说你穿吧，但你得穿着它去找牛，这么冷的天，你不能让我冷着身子满山遍野地跑。 金光说一头牛可比一件棉衣珍贵，更何况牛还怀着一头牛崽。 八贡想想也是，就把棉衣抛过来，说既然你要找牛，那就穿吧。

秦娥穿着黄色的军用大衣，在落满枯枝败叶的山坡走来走去。 大家都不认为她是在找牛，而是在找她的三儿子。

　　第五天，秦娥还没找到那头母牛。 夜幕降临，秦娥扑进家门。 八贡发现她身上少了那件棉衣，就问你是不是找到谋子了？ 你把棉衣给谋子了？ 秦娥摇摇头，说我饿了，眼睛一黑，打了一个趴扑，从半坡滚到沟底，醒来时才发现身上没有棉衣。 不信你看我的脸，上面全是伤口。 八贡看见秦娥的脸上纵横几道紫色的口子，鲜血结成硬块变了颜色。 八贡说是谋子害了你，你不要管他了，现在他还不如那头母牛重要，你快去把牛找回来吧，明年我们还指望它犁地耙田。

　　第八天正午，山区下过一场薄雪之后，慷慨地有了一片阳光。 秦娥看见自己的右脚拇指像一枚紫姜，撑破胶鞋露了出来。 为了找牛，她把这双厚实的胶鞋跑破了。 正当她在惋惜胶鞋时，忽然听到一声牛哞。 抬起头，她看见自家的母牛横卧在沟坎上。 一刹那，她竟然没有勇气走过去。

　　定了一会儿，她看见母牛的身下有一团活物。 秦娥看到了希望，走过去，一头牛崽从母牛的身下昂起头来，轻轻地叫唤。 秦娥用手搭在母牛的鼻穴，母牛已经断气，它的身上覆盖着一层白雪，但还残留着余温，像是刚死不久。 母牛用它的身子挡住寒冷，保住了它的孩子。 真是一头善良的母牛呀。

　　秦娥抱着牛崽走走停停，脚上的胶鞋不堪重负，最后彻底地破裂了。 秦娥像抱自己的娃仔那样抱着牛崽，光脚走了四里地，在太阳西偏时回到村庄。 张双和张单从麻将桌边挪到门外，他们像是第一次走出冬天的大门，不停地打着寒战。 张单看见秦娥的双脚变成了乌黑的洋芋，说妈你这不是抱牛，而是给我们抱回了一个弟弟。 八贡焦急地把头从窗口伸出来。 秦娥说我把棉衣搞丢了，但我找回了一头牛崽。 八贡问母牛呢？ 秦娥说死了。 八贡像被抽了骨头，一节一节地从窗口矮下去。 张双和张单反身进屋，各人拉出一把大刀。 张双说妈，牛死在什么地方？ 我们去剥它回来。 秦娥说在交怀沟。 张双、张单挥舞着银光闪闪的大刀，朝交怀沟飞奔而去。 秦娥想只有去剥牛皮的时候，他们才舍得丢下他们的麻将。

张双和张单挑着殷红的牛肉，从白雪上走回村庄。 他们夜夜翻动大铲，炒出鲜美可口的牛肉，为麻将桌添了许多活气。 八贡常常在更深人静的时候，把一只大瓷碗伸过窗去，那边的人便给他装上一碗满满的牛肉。 八贡不用筷条，在窗口漏泄的微光中，用五只手爪贪婪地抓食，吧唧吧唧的咀嚼声像水波在家里荡漾，就像一只猫在吃一只耗子。

秦娥从来不吃牛肉，更不吃死牛肉，但她禁不起气味的诱惑，把碗伸过窗口。 打麻将的人们以为这是八贡的碗，都惊诧他的食量。 八贡说我的碗是黄的，白瓷碗是你妈的。 张双说妈，你开戒了？ 也吃牛肉了？ 张双不知道，秦娥碗里的牛肉都送给了谋子。

吃了四天牛肉，八贡开始了长达半个月的呻吟。 他因吃了过量的死牛肉，病情加重，脸色憋得一会儿青一会儿紫。

他说我要死了，你们得给我做一口棺材。张双和张单在八贡逼债似的声音里，丧失了玩麻将的斗志。张单说爹，我们欠了好多赌债，哪里有钱给你做棺材。张双说棺材已经做过的，妈拿去送人了，你问妈要吧。八贡在两个儿子的牢骚声中惊叫，说我不能死，我连棺材都没有，我不能死呀。

秦娥抓起桌上的骨制麻将，撒豆似的丢进火盆，一股呛人的烟弥漫在灯光里。另外两个赌客悻悻地迈出门槛。秦娥说你们怎么这样对待你们的老爹，明天，你们把山上的那棵枫树砍了，为你爹做口棺材。

张单和张双在屋檐下搭起木架，枫树被切为三截，地面铺满枫树皮，白生生的树干在张单和张双的锯子下，分解成一片片木板，木板泛起木香。八贡在木香和锯声的包围里渐渐平静。秦娥看见宽大的木板像白生生的布或者纸，摆在晒楼上，觉得很不吉祥。几个孩童手持牛肋骨，像挥舞大刀一样在屋檐下对打。牛骨头和枫木板一样惨白。秦娥想一头活生生的母牛就剩下那么几根骨头留在世上，慢慢地孩子们玩腻了骨头，最后连骨头也将消失。

随着八贡病情的好转，枫木板被冷落在晒楼上，任风吹雨淋日晒，木板的颜色渐渐变得暗淡无光。张家两兄弟像探子在后山进出。秦娥听人说这是六甲的诡计。六甲说了只要他们找到谋子，她就替他们偿还那一千块钱赌债。

秦娥从桌子下面拖出那个被冷落了的火盆，在灰烬里翻找烧焦的骨牌。很快，一桌麻将找齐了，秦娥把它们码在桌上，说你们怎么不打麻将了？ 两个儿子都不回话，脸上挂着不便公开的秘密。 秦娥失眠了，除了为谋子担心，还有另一个原因，那就是谋子杀死的萧玉良在年关来临之际，不时光临她的脑海，啮咬她，咒骂她。 秦娥想我还欠萧玉良一个猪头。

萧玉良的坟头插了一挂硕大的白纸，风吹起来像一只大鸟在舞动。 秦娥在坟前摆了半边猪头，跪下，把头磕到地面，然后一动不动，仿佛一尊赎罪的塑像。 她不知道该说些什么。 当初她和六甲先后只差一年嫁到谷里村，张双和萧玉良就像是孪生的兄弟，奔跑在年轻的妈妈们的目光里……正回忆着，她听到一阵轻轻的脚步走过来，停在她身后。 不用看，她就知道那是六甲的脚步。 六甲从竹篮里端出半只猪头，摆在萧玉良的坟前。

秦娥说我的猪头一半给了金光，他换棉衣给我，猪身上的每个器官他都要分走一半。 六甲说金光医好了孔力的病，快过年了，我得谢他半只猪头。 秦娥发现金光要了自家的右边猪头，要了六甲家的左边猪头，坟前的两个半只猪头刚好可以合成一个完整的。 秦娥把自家的猪头移到六甲的猪头边，因大小不一，合起来的猪头像一张扭曲的脸。 猪头虽然扭曲，但毕竟完整了。 秦娥站起身，说这下玉良总算吃到一只完整的猪头了。 说完，她便挽起空篮子轻步离开。 六甲对着秦娥远去的背影说，我只有一个儿子，他却死了，你有三个儿子，全都活着，太不公平了。

　　秦娥走到村头，迎面碰上几个扛枫木板的。 由于枫木板宽大，他们的脸都被挡住了。 秦娥问你们扛的是谁家的木板？ 木板后面回答，扛张双家的，他把枫木板全卖了，要钱还债。 秦娥想也好，卖老子的棺材板还债，总比出卖亲兄弟领赏强。

　　过年的气氛还没完全消失，村里就来了一批干部。 他们穿红戴绿，走家串户，一边工作一边散步。 开始秦娥担心他们是冲着谋子来的，后来发现他们的目标是孕妇。 经过几天的调查、摸底、比对，他们把三个超生孕妇集中在村口，准备带她们到县城去做人流。 但是，干部们觉得还不够圆满，还在对另一位超生孕妇的家属做最后的努力。 他们说坦白从宽，抗拒从严；少生孩子多养猪，少生娃娃多种树；计划生育好，国家来养老；一人流产，全家光荣……家属们通情达理，纷纷表态支持，可是他们也不知道贵英躲在什么地方。

　　干部们分头去找贵英。 秦娥也跟着他们找。 她一边找一边喊贵英，快出来吧，别冷着了，流了一次还可以怀，冷坏身体划不来。 秦娥比干部们还着急的原因，是怕他们在找贵英时找到谋子。 秦娥对着高山喊贵英呀贵英，别学我家母牛，为了孩子连命都丢了。 贵英在秦娥的喊声中从茶林里钻出来。 她像个害羞的新媳妇双手蒙脸，斜着步子走到村口。这样，谷里村的所有超生孕妇全部到齐。 其中一个孕妇问做人流痛不痛？ 过去我们只晓得张腿就生，从来没见过铁器刀叉。 一位干部说不痛。 孕妇说你也没做过，你是男人怎么知道不痛？ 人们就笑。 笑声冲淡了紧张气氛。 孕妇们像鸭群似的被干部们领出了村庄。 看着他们远去，秦娥松了一口气。

秦娥赶到后山坑洞，看见谋子的头已伸出洞口，棉衣斜挂在他的右膀上，随时准备掉落。 谋子用微弱的声音说妈，你怎么现在才来？ 秦娥把手贴到他的额头。 他的额头像一团火，把她冰冷的手板都烫热了。 几个月来，谋子浓密的头发一点一点地掉，现在已全部掉光，头皮秃得像濯濯童山。秦娥把谋子推回坑洞，说这两天村里来了干部，我得躲着他们。 谋子说我看见二哥张单了，整个上午他都在山腰上转来转去，像是在找什么。 他从离我十丈远的沟里走过，我叫二哥，叫得很大声，他却没有反应。 怎么我看得见他，他却看不见我呢？ 秦娥说你别叫他，他心术不正，想害你。

秦娥感到下腹越来越重，越来越胀，就像当年怀孕那样。 她常常听到谋子的胡言乱语从子宫里传来，即使谋子不在身边。 过去她听到的是蟋蟀声、手表声，现在她听到的是谋子的胡言乱语。 谋子的身体严重衰退，牙龈红肿，牙齿松动，进食困难，身子越缩越小。

金光正在家里捣草药。 秦娥走进来，把门关上。 金光说大白天的，难道你不怕别人说闲话吗？ 秦娥忽地跪下，说求你救谋子一命。 金光说这种事最好别找我，救了他，我就是窝藏犯。 秦娥说天知地知，你知我知，求你躲在远处偷偷看一眼，然后再给谋子开个药方。 只要我不讲，就没人知道你见过他。

金光远远地跟在秦娥的身后。 秦娥的手上仍然挽着她常挽的那个提篮。 金光想虽然她的臀部肥大，但时间这把刀子迟早会把她削得骨瘦如柴。 秦娥蹚过阴沟。 金光看见沟畔的衰草伏在泥浆里，坑洞的边缘布满了秦娥的脚印。 突然，秦娥警觉地回头，看见张单像一只狗那样，正抽着鼻子朝沟底走来。 秦娥说金光，你不是说要我吗？ 现在我就把你想要的给你。 金光从树后闪出，说开、开什么玩笑，我早就不行了。 秦娥说不行了你可以摸一摸，摸你总还可以吧。 金光走过来，伸手在秦娥的身上摸了起来。 张单在沟边看了一会儿，折断一根树枝，转身走了。

谋子靠在洞口。 泛黄的皮肤，秃顶的脑袋，软弱无力的身板，看上去就像一个婴儿。 秦娥先给他把尿，再给他擦身，然后再喂他吃饭。 饭是干的、硬的，秦娥要把饭先放到自己的嘴里嚼碎，再吐出来喂到谋子的嘴里。 金光看着秦娥的嘴巴，觉得她的嚼食声响遏行云，感天动地。 金光说我一定要救活谋子。 金光把手搭到谋子的手腕上，谋子感觉到这是陌生人的手，微微睁开眼皮，目光里有强烈的求生欲望。金光说孩子，你要挺住。 谋子轻轻地点了点头。

秦娥走出后山，看见张单坐在路边的一个树桩上。 秦娥不想跟他打招呼，昂头走过去。 张单拦在路上，用脚拼命地踢那个干黑的木桩，声音愈演愈响。 秦娥说你为什么像狗一样跟着我？ 张单说大哥把棺材板卖了还债，我的债还没有还。 秦娥说你跟着我就找得到赌债吗？ 你以为六甲真的拿得出一千块钱吗？ 等你把谋子交出去，那就由不得你了。到时，连我这把老骨头，也跟着进牢房。 张单说妈你不是人，你对不起我们兄弟。 秦娥说我怎么对不起你们了？ 养大你们我错了吗？ 张单说你偷人，大白天的也敢偷人。 秦娥说我不偷人，谁救你弟弟？ 张单的脚停在半空中，片刻，又踢向那个木桩。 木桩终于哗的一声飞离地面，滚了好远。

龙坪再次进入村庄，寻找谋子的下落。 他把摩托车直接开到秦娥的家门口。 八贡说你来啦。 龙坪说叫你家里的准备衣裳日用品，跟我去一趟县城。 说着，他从摩托车上跳下来。 摩托车弹了几弹，断了气，没了声响。 秦娥说我一闻到汽油味就想吐，我坐不得车，你叫八贡跟你去县城吧。 八贡说我连床都不能下，怎么去得了县城？

龙坪没有理会八贡和秦娥的争执，拍了拍屁股上的手枪，甩手朝六甲家走去。 等龙坪从六甲家走出时，那团昏黄的太阳已升起两竹竿高。 这时节，村子里还显得懒散而没有活力，只有村旁刚刚绽开的几树桃花，露出了一点儿生机。龙坪从六甲家屋角的树上折下一枝桃花，一边走一边闻。 六甲从家里扛出一袋黄豆，紧紧跟在龙坪身后。 龙坪看见秦娥站在门口伸长脖颈遥望，远远地便喊上车上车。

六甲把黄豆放到摩托车的拖斗里，说龙公安你辛苦了。

龙坪没有答话，摩托车在他的摆弄下吼叫起来。秦娥正要上车，腰杆突地弯下，一摊黄水从她嘴里喷射出来，全部溅落到拖斗里的口袋上。龙坪蹙了蹙眉头，说吐也得上车，你把头伸到外边，吐一会儿就好了。

看着龙坪和秦娥渐渐远去，六甲的双眼忽然潮湿。六甲觉得眼睛有些痛，便把目光落在自家屋角的桃树上。她看见孔力站在桃树下唱歌。六甲说你就那么高兴，人家龙公安还记着萧玉良，你却好像早忘了。孔力说记着又有什么用，记着他能活过来吗？我好好帮你生一个孙子，就算对得起萧家了。

六甲的眼睛本来就有病，常常莫名其妙地眨个不停。自从秦娥被龙坪拉走以后，她的眼睛眨得更频繁了。天一黑，她便眨着眼睛出门，中途眨着眼睛折回，跟孔力没头没脑地说几句之后，又眨着眼睛出去。她不停地出去，不停地回来，像个幽灵。她说他们在打麻将，八贡在床上哼喊，没有可疑行为。孔力听烦了，就看火坑边的那只猫。猫被炉火烘得暖暖的，伸了伸懒腰，弯身如弓，叫了一声，跑到楼上捉耗子去了。孔力说妈，你给我烘一下床铺。说完，孔力才发现六甲又出去了。屋子里只剩下她和那只猫，她有些恐慌和烦躁。

六甲再次推门进来时，村里已没什么响动。深夜了，动物和植物都在静静地养精神，所以，六甲的推门声异常清脆。孔力说你这样整夜整夜地让风吹，就不怕吹出病来吗？

六甲把脑袋凑到孔力的床头，说奇怪了，他们谁都没离开家门，如果谋子真的还藏着，那他们应该有人离开家门，他们一个都不离开，等秦娥回来谋子还不得饿死呀……孔力说他死了或者活着，对你已经不重要了。你还想不想抱孙子？想抱孙子，你就给我烘床铺。

六甲从床底提起一个小小的烘笼，走到火坑边，用铁钳夹起明亮的火子。火子映照着她苍老的面容。她夹完火子，提着烘笼回到床前，把烘笼塞到孔力的脚边。她看见被卧烧了一个洞，说你怎么把被子烧了？孔力说谁叫你总不回家，我提心吊胆地等你回来，在被子里放了烘笼却忘记拿开，后来闻到焦味，才记起被子里还有一盆火，差一点就把整个床铺都烧了。六甲说你怎么连烘床铺都不会？你怀孕以后就不再把我当妈了，而是把我当你的仆人，不是叫我帮你捏腿，就是叫我帮你捏背，我怀萧玉良的时候，哪有你这么娇气。孔力说我不叫你做点事情，你总是溜出去，把我一个人留在家里，我害怕，你要是再出去，我也跟你出去，难道你就不怕你的孙子冻坏吗？六甲说你知道什么狗屁？这是一个千载难逢的机会，是逼谋子自投罗网的机会，只要张家没人送吃的，谋子就得出来，萧玉良的仇就可以报了。孔力说那我跟你一起去监视他们，一起去后山帮你找凶手。六甲说你想害死我孙子呀。

谋子在半梦半醒之中，看见孔力从沟边走过，她的肚皮圆得就像成熟的南瓜，饱满透亮。她的白脸上有两团粉红，就像那个晚上害羞时起的红晕，现在都还没有褪去。 孔力艰难地迈动双脚，爬坎时慢慢地把那盘肥大的屁股挪上土坎。谋子忽然有了一丝冲动，几个月来自己要死不活地待在洞里，不明不白地渴望活下去，现在似乎有了答案。 他想孔力是让他活下去的一条重要理由，而腊妹是虚幻的影子，孔力才是实实在在的女人。 谋子对着孔力大声喊叫。 孔力似乎没有听到他的喊声，默默地从草丛滑过。

谋子突然听到金光的声音在头顶炸响。 金光说你喊什么，你想死吗？ 谋子说为什么孔力听不到我喊她？ 她隔我隔得那么近。 为什么张单从沟底走过，我喊他他也听不见，而你却听得到我的声音？ 金光说因为你妈托付我照看你。谋子说我妈怎么了？ 金光说你妈被警察叫走了，你这样活着真是害了你妈。 谋子把金光篮子里的药汤和饭食掀翻在地，装药的瓷碗一直滚到沟底，斜卧在水边，药汤像尿泼洒在草尖。 谋子说金伯，你走吧，我知道我应该怎么做了。 金光说你可别糊涂啊。 金光拾起药碗，留给谋子一个古怪的笑。谋子轻轻地说，你不是希望我糊涂吗？

七天之后，秦娥由县城直奔后山坑洞。 谋子没有饿死，这在她意料之外。 秦娥说是谁送饭给你吃？ 谋子说是金伯。 秦娥说金伯是个好人。 谋子的眼眶里滚出两串泪，掉在下巴尖。 谋子说我想死却死不成，我的双脚不听我指使，连走出坑洞的气力都不够。 我对着那些找牛的孩童喊叫，对那些打柴的人喊叫，他们都听不到我的声音。 金伯一天来一趟，见我没有死，一定很失望。 妈，他也是为了你好。 秦娥说他说了些什么？ 谋子说我连脚都指挥不动了，活着又有什么意思？ 秦娥说我一定饶不了金光，一定不饶他，他到底对你说了些什么？

谋子看见周围的青草冒出了泥土，蚂蚁和蟋蟀在坑洞频频往来，各种春天的声音从沉睡中拱出来了。 村人背着背篓扛着柴刀，在山坡上开荒，劳动的声音飘来荡去。 人们穿着黑色的厚实的衣服。 黑色的身影走在青色的草坡，就像是走动的老树桩。 烧坡的浓烟散发出陈旧的草香，草灰漫天飞舞，像有无数飞鸟的羽毛从天而降。

秦娥把张双他们丢弃的麻将带到坑洞来。 谋子握着麻将仿佛握住往昔的自由。 春天不是玩麻将的季节，但谋子靠麻将打发日子。 他闭着眼睛摸麻将上的纹路，然后猜牌，猜对了得意，猜错了再猜。 在这种小小的刺激里，谋子还学会了吸烟。 秦娥把八贡的烟叶偷出来，送到谋子的手里，说谋子，你闷了就吸烟，男人是靠烟来解闷的。 烟雾轻轻飘出洞口，谋子的身子也似乎随烟而去。 谋子想爹一定还蒙在鼓里，不知道我已像一只家鼠开始侵吞他的烟叶。

谋子渴望说话，他对秦娥说想见腊妹。 秦娥说这样太危险，你躲了这么久，现在被人抓走，不划算。 谋子显得急躁不安，说你让我偷偷地看她一眼吧。

某些晚上，秦娥把谋子背上山梁，让谋子从她的肩膀上瞭望村庄黄色的灯火，静静地听村庄杂乱的声音。 谋子似乎只剩下一副骨架，趴在秦娥的背上一动不动，细心体会从村落传递上来的生活气息。 无数个深夜，谋子看着村里的灯一盏 盏地熄灭，秦娥的头发却雪亮起来。 谋子说妈，你的头发全白了。 秦娥说我老了，再过几年就背不动你了。

阴雨连绵的春天，八贡闻到谷种霉烂的气味。 张双和张单都在自己的田里忙，秦娥慌慌张张地进出家门，却没有把那箩泡涨的谷种撒到田里去。 八贡说该撒谷种了。 秦娥说没有牛耙田，没有秧田，谷种没地方撒。

谷种的霉烂味一天比一天重，最后连谷子的味道都没有了。 秦娥把箩筐端出家门，说我现在就去播种，你安心地躺着吧。 八贡说秧田耙了？ 秦娥说耙了。 八贡的脑海浮现汪汪的水田，仿佛看见秧苗茁壮成长。

晚上，秦娥回来了，她的双脚沾满泥浆，小腿大腿以及上身全被泥水泡过似的，连那头白发都沾满了泥浆。 八贡说你跟谁去撒种了？ 秦娥说腊妹，我跟腊妹一起撒谷种。 八贡没有听出什么反常，这种对话在去年的春天曾经进行过。但片刻之后，八贡发觉不妙，想腊妹不是死了吗？ 八贡于是捶响了板壁。 张单把头伸过窗来，问爹，有什么事？ 八贡说吃完饭你给我准备一副担架，我要死了，你们把我抬出去埋了。

张双和张单放下手中的农活，开始为八贡编担架。 他们摸不透八贡的心思，尽量把担架编得精心一点儿，以此消磨时光，好让八贡打消出游的念头。 但八贡一声强过一声，丝毫没有放弃的意思。 担架只编了八成，八贡便扑到窗口上喊，快，把我抬出去。

午后的田野上，到处都是劳作的人们。 人们看见张单在前张双在后，抬着八贡从村庄慢慢地出来。 阳光放大他们的身影，牛尾巴甩起的稀泥溅落到担架上。 担架穿越牛群田埂，最后落到八贡家的田边。 八贡看见自家的田里荒草茂盛地摇动着，蟋蟀和飞虫在草间跳跃飞翔。 八贡双手不停地捶打担架，说明年，我们吃什么呀？ 说完，便开始呜呜地哭，声音像荒草一样杂乱。 人们在八贡的哭声伴奏下，紧张地耙田播种。

看看八贡哭得差不多了，张双问爹，想回家了吗？ 八贡没答应。 张双一挥手，张单回到担架前。 张单说别哭了，有我们两兄弟，饿不死你。 八贡说你妈为什么骗我？ 田里的活她一点都没干，她到底在做什么？

快要进村时，八贡从担架上跌下来。 张单说担架本来就没编好，爹，你的心也太急了。 要是等担架编好了再抬你出来，那你就不会挨跌了……

秦娥冬天里抱回来的那头牛崽愈长愈壮实，但壮实的牛崽在春天的一个早上突然死去。 天刚麻亮，秦娥端了一盆豆浆让牛喝，牛崽喝得正起劲，突然就栽倒在地上，那些白色的豆浆沿着它的嘴角流出来，流了满满的一地。 牛崽断气了却睁着眼睛，死不瞑目。　秦娥想是因为前世欠了牛的债，所以它来折磨我。　它把债收完了，就死了。

　　秦娥把牛崽埋到路边的土坡上，像是埋自己的小孩，很认真地垒了黄土砌了石头。　秦娥想牛就这么断子绝孙了……正想着，秦娥听到身后有响亮的牛蹄声走来。　一转身，她看见腊妹的爹带着他的三个儿子，牵着三头强健的水牛走向她家的水田。　秦娥想腊妹爹还记着那口棺材的情。

　　中午，秦娥把饭送到田头，还专门给腊妹爹带了一壶水酒。　秦娥本来是满脸微笑地叫他们吃饭，但眼圈不争气地红润起来。　看见腊妹家的人和那些牛，如见故人往事，秦娥想这种帮工，也许是最后一次了。

　　趁腊妹爹他们吃午饭，秦娥赶紧提着镰刀到田埂边割草。　秦娥把鲜嫩的草抱到牛的面前，牛们便争抢着吃。　腊妹爹想秦娥还是那么善良那么爱畜生，过去帮她做活，人没有亏畜生也没有亏。　秦娥在田埂上来回割了三趟草，便像一只鸟扑到水田里，整个身子成大字摆着。　腊妹爹以为是她不小心跌了一跤，但好久还不见她起来，便丢下饭碗跳进田里，看见秦娥双目紧闭，嘴唇发白。　秦娥轻声地说，我眼睛一黑，就栽倒了。

　　秦娥和八贡都卧床不起。　腊妹爹和他的三个儿子在田里忙了一天，便悄悄地离开谷里村。　他们没有跟秦娥打招呼，生怕给她添麻烦。　秦娥的目光越过窗口，看着他们在暮色中走远，心想等我能够下床了，一定做一餐好饭好菜请他们来吃。

谋子再次见到秦娥时，秦娥手里多了一根拐棍。 秦娥的步子迈得慢迈得艰难，走路的姿势像个临产的妇人。 秦娥没有丧失警惕，在山坡上走着奇怪的路线。 谋子看见秦娥摔倒了，像一截木头那样轰隆隆地滚到沟里。

寂静，寂静了好久，谋子才听到一阵轻微的响动。 谋子听到秦娥说，仔哎，我要死了。 循着声音望去，谋子看见秦娥顶着一头白发朝自己爬来。 离坑洞还有一丈远，秦娥抬起头，说仔哎，你怎么像泡在血水里？ 这个洞怎么会是红的？我的眼里怎么全是红色？ 谋子打了一个寒战，看见秦娥的左眼角流着鲜血。 一根细木棍扎在她的眼角上，随着她的爬行而摇晃。 谋子说妈，你别来了，你再爬我就死给你看，你别管我了。

秦娥爬到洞口，说谋子你看看妈的眼睛，快瞎了吧？ 你千万别死，你死了我就没想头了。 谋子说反正我迟早都得死，活着只是暂时的。 秦娥说要死，也要让妈先死。 秦娥从衣兜里掏出一团饭，递到谋子的手上，说快吃吧，我已经几天没来了，你一定饿坏了。 谋子说你走吧，你走了我再吃，你快去找金伯帮你治眼睛。 秦娥不停地抬手抹眼角的血。 谋子从胸口摸出那块女式手表，塞到秦娥的手里，说妈，我再也不需要时间了，你拿去卖一点钱，买药治你的眼睛吧。 秦娥滑向沟底，带着满头的鲜血爬过草坡。 她爬过的地方，草都变成了红色。

八贡用他高亢的哼喊声与家庭的灾难对抗，他的声音常常把秦娥淹没了，使人们忽略秦娥的存在。 串门的村人走进八贡家，一听到八贡的哼喊，便飞快地逃离。 再也没人来串门了，只有金光进入秦娥的房间，为秦娥治眼伤。

面对金光的喂药熬汤，秦娥再也拿不出什么来感谢他，家里再也没值钱的东西了。 秦娥说金光，现在我就指望你了，八贡他喊得那么厉害，恐怕挨不过几天了，你这辈子也没找个伴，等八贡死了我就去陪你。 金光说八贡一时半会儿死不了，他是心病。 秦娥从衣兜里掏出那块女式手表递给金光，说这个你拿走吧，虽然不值多少钱，但是我的一点心意，现在我就指望你了，还有谋子也指望你了。 金光把手表掂了掂，说我只能给你治病，别的你就别指望了。

离那个灾难的日子已经八个多月了。 孔力走路越来越吃力，但孔力不爱惜自己的身体，频繁出入后山，去摘野果子吃。 一天，孔力用树枝和野花编了一个花环戴在头上，花里胡哨地又朝后山走去。 六甲说你去后山做什么？ 孔力说去玩，去会野汉子，去偷人。

六甲远远地跟在孔力的身后。 孔力一边哼着山歌，一边捧着肚子漫无目的地游荡。 孔力走过草坡，走过山沟，最后停在一棵酸杨梅树前，像一只笨熊把手伸了许久，仍然够不着杨梅，险些跌倒了。 六甲站在山这边喊别跌坏宝贝，别摔坏我孙子。 她一边喊着一边朝孔力跑来。 孔力顿时没了兴致，一屁股坐在树下。 乌黑的杨梅在阳光照射下，像一盏盏小小的灯笼挂满枝头。 六甲来到树下，说我爬上去，我去帮你摘。 说完，六甲吐了一口酸水，开始朝树上爬。 孔力觉得她像一只苍老的母猴。

秦娥在六甲和孔力进入后山的这个中午，腹部开始疼痛。 阳光从窗口打进来照到床上。 秦娥在床上滚来滚去，感到腹如刀绞，剧痛从身体的内部传出，一阵强过一阵。 她终于呻吟起来。

八贡听到秦娥呻吟觉得奇怪，想多少苦她都熬过来了，多少痛她都没有呻吟，为什么今天却呻吟不止？ 八贡头皮发麻，脊背发凉，他想下床过去看看秦娥。 他刚这么一想，竟然就坐了起来，竟然就能下床，竟然不用扶墙也能行走。 八贡弄不明白自己为什么在这个中午病情突然好转。

秦娥见有一个人跨进房门，以为是金光。 但当她在疼痛中再次睁开眼时，看见站在床前的却是八贡。 她吓了一跳，连呻吟声都被吓跑了。 她想难道八贡卧床不起是装的吗？ 如果不是装的，那是什么妖魔鬼怪让他忽然站起来了？ 秦娥有一种不祥的预感。

后山，孔力捡了一衣兜杨梅，欢天喜地往回走。 阳光愈来愈刺目，孔力头上的花环已经晒蔫儿了。 六甲一边走一边捡地上的干柴。 谋子看见手里抱着干柴的六甲，身影酷似母亲。 他好像听到了母亲的呼唤。 母亲好像在山坡上喊谋子，谋子，多好的太阳呀，你出来晒晒吧。 谋子把六甲的声音和母亲的声音混为一谈，最终被温暖的呼喊牵出了坑洞。

　　孔力，慢点儿走，别摔坏我的宝贝，别摔坏我孙子。 六甲对着孔力的背影猛喊两声，突然看见谋子像一个未足月的婴儿，从坑洞里爬出来。 谋子像是不适应阳光的照射，对着太阳厌恶地眯上双眼，然后摇摇晃晃地朝六甲走来。 六甲全身发麻，惊叫：凶手，杀人犯，鬼……慌乱中，六甲举起木棒朝谋子的头部劈过去。 谋子像一根朽木，扑倒在沟里，鲜血涌出他的鼻穴嘴巴，锃亮的头皮裂开了红色的笑口。

　　孔力在惨叫声中回头，看见六甲的脸都变形了。 六甲对着谋子不停地劈，一下两下三下……孔力喊别杀啦，杀人是要偿命的。 愤怒的被惊吓了的六甲没有听见孔力的喊声，机械麻木地挥动着木棒，仿佛在劈南瓜。 孔力惊叫着从草坡奔向坑洞。 六甲突然回过神来，软坐在血泊上，哇地哭了。孔力看见坑洞周围洇满鲜血，血光笼罩整个山沟。 孔力在血红色的波涛中，看见了去年秋天的那个下午……

　　那天，萧玉良肩挑做木工的各种用具，离开谷里去帮桃村的王本超做衣柜。 眼看萧玉良就要出村了，孔力忙从屋角拉出一张塑料布追上去。 孔力把塑料布放到萧玉良的担子上，说你把这个带上，可以遮风挡雨，可以垫在地上睡觉。萧玉良感动地望着孔力，说到了年关，我会把做木工挣的钱带回来，你好好服侍妈。 说完，萧玉良肩披塑料布，像一只鸟飞出孔力的视线。

　　萧玉良外出做工，是迫于母亲六甲的压力。 那时孔力已开始服用金光的草药，六甲希望他们夫妻分开一段日子。 孔力嫁过来三年，一直没怀上小孩。 金光悄悄告诉六甲，孔力怀不上不是孔力的原因。 于是，六甲就想给孔力一点自由，或者一些机会，好让她借别家的种子为萧家传宗接代。 孔力送走萧玉良，转身看见谋子站在她身后。 谋子露出一张诡秘的笑脸，说他走了。 孔力说你笑什么，你怎么笑得像个小偷？ 有本事你晚上来偷呀。

那天夜晚，谋子爬窗进入孔力的房间。 谋子说小偷来了。 孔力一听到谋子的声音，全身就软了，好像一件物品任凭谋子偷盗。 谋子钻进被窝，按亮了手电筒，看见孔力的脸颊泛起一阵潮红。 孔力说你开手电筒干什么？ 谋子说平时见你那么漂亮，想看又不敢看，今晚我要看个够。 谋子一边在孔力身上动作，一边把手电筒晃来晃去。 孔力那张好看的脸像秋天的苹果，在手电光里慢慢地熟透。

萧玉良在谋子和孔力完事后，摸进了房间。 谁都没想到，萧玉良会杀一个回马枪。 孔力庆幸萧玉良没早点回来，否则萧家便真的断子绝孙了。 她不知道，其实萧玉良早就回到了门外，他一直在等他们把事情办完。 谋子被响声惊吓，跳下床。 萧玉良像一堵墙堵住他的去路。 谋子打开手电筒，看见萧玉良手里捏着一把寒光闪闪的凿刀，朝他戳过来。 显然，萧玉良是想要谋子的命。 谋子躲闪，夺过萧玉良手里的凿刀，反向萧玉良戳去。 打斗中，萧玉良一声不吭，不喊不叫，原因是他怕惊动母亲六甲，他以为他打得过谋子。

盛夏，孔力的儿子出生了。 六甲还没见到孙子的模样，便被龙坪带走了。 六甲出村的这天，拼命地对着萧禾良的坟墓喊：仔哎，妈给你报仇了。 喊过之后，人们看见六甲用手抓自己花白的头发。 大家都说六甲已经有了疯子的迹象，总有一天，她会变成一个疯婆娘。

为孔力操办满月酒的是她的母亲以及兄弟姐妹。 村人都早早地收工，挤进萧家的大门道喜。 秦娥也随人流而来。金光高坐在萧家的堂屋，以一副恩人的面孔俯视众生。 秦娥抱着小孩坐在门口，每个进出的村人都在小孩的脸上轻轻地摸一把。 襁褓中的婴儿睁开眼睛，像是被秦娥瞎了的左眼吓怕了，大声地哭喊起来。 秦娥想难道连婴儿也懂得记恨仇人？ 但是，就在婴孩哭喊的瞬间，秦娥记忆深处的一些东西被唤醒了，她觉得这张婴儿的面孔似曾相识，长得像她的谋子。

金光喝多了，提着裤带从宴席上退下。 金光刚一走出后门，尿便从裤子里漏出来，他一边屙尿一边往茅厕的方向走。 秦娥紧跟在金光的身后，说金光，你不是人。 金光说你是指我把尿屙在裤裆里吗？ 秦娥说你出卖了谋子，是你告诉六甲，谋子藏在什么地方的。 你害了谋子，也害了六甲。金光说笑话，孔力早就知道谋子藏身的地方了，他们的关系早就不一般了。 你以为孔力的病是我治好的吗？ 我有那个能耐吗？ 告诉你，孔力的病是谋子治好的。 今天是你的孙子满月呢。 猜测终被证实，秦娥愣在茅厕旁。 金光屙完尿，收了工具，紧了裤带，又朝宴席走去。 秦娥抬头看着满天的星光，轻轻地说：苍天保佑……

　　我对着仇饼、马哈哈和肖丽一挥手说你们看了吗？ 今天的报纸。 我像过去问朋友们"吃了吗"一样问你们看了吗？ 我挥手的时刻，手中的报纸哗啦哗啦地响起来，像是一面白旗在风中飞舞。 他们说看什么，现在的报纸有什么好看的？ 我说报纸上登了一则征婚广告，现在我来跟你们复述一下，当然我必须向你们申明，我并不认识这个名叫阳爽朗的女人，只是觉得这个征婚广告非常特别。

　　说这些废话的时候，挥动自己手臂的时候，我正站在十八层高的地方大厦楼顶。 那时我们刚喝完一箱啤酒，从铺满报纸的地板上摇摇晃晃地站起来，带着满肚子的坏水和心眼一样细小的醉意来到护栏边。 我们四个人八只鼠眼一齐往楼下看，看见轿车们色彩丰富的坚硬的背，看见一辆警车闪着红灯呼啸而过，看见渺小如蟑螂的行走的人群，电线成群结队不怀好意地划破灰蒙蒙的天空，远处的一列火车像儿童们手中的玩具在楼房的夹缝中无声地快速地滑翔。 我们站得高看得远，女人们肥美的长腿和高耸的胸脯，男人们的头发或秃顶扑面而来似乎清晰可认。

　　一阵风抬起一张我们刚才坐过的报纸，它像一位老熟人来到我的脚尖。我踢了一下报纸，它没有走开的意思。我又踢了一下，它不但不走反而在风中飞了起来。我仿佛看见一个女人飞了起来，于是一把抓住，看了一会儿便对仇饼、马哈哈和肖丽说你们看了吗？今天的报纸。阳爽朗要找的对象，可以没有端正的相貌，没有高大的身材，没有文凭、工作和人民币，但必须拥有痛苦。她决定明年三月八日上午九点在市人民大会堂举行一次应征者痛苦比赛，胜者获得她的爱情，联系地址建设路 72 号，电话 5337788。

　　仇饼、马哈哈和肖丽的嘴巴慢慢地张开，他们嘴巴张开的程度和我说话的速度成正比，和他们所拥有的信息成正比，最后他们的嘴巴都张得和乒乓球一样大。我看见三个乒乓球挂在我的面前。不……马哈哈的乒乓球最先破碎，不，不，不太可能，现在哪还有这么傻的姑娘。在说话的过程中马哈哈的手臂逐步变长，一直延伸过来抓过我手中的报纸。咻的一声，报纸被他断为两截。他的目光像饥饿的嘴巴，很快地在他抓过去的半张报纸上舔了一遍。

　　仇饼说真是岂有此理，不用比赛，我就是阳爽朗的最佳人选。我说我也是。肖丽说我也是。我们说肖丽你又不是男的，怎么也是？肖丽说她的征婚广告上又没注明女选手不准参赛，它注明了吗？我的痛苦就不是痛苦吗？而且我的痛苦一点儿也不逊色于你们的痛苦。仇饼说马哈哈，你怎么看？马哈哈摆动着他的头部说这不是真的，这是个货真价实的骗局，你们千万别被骗了。

我们决定对阳爽朗进行调查。这个晚上我们相约来到马哈哈的办公室。马哈哈是《方方面面》杂志社的编辑，他的办公室里有一部白色的经得起时间考验的免提电话。我们把马哈哈围在中间，就像围住一个重要人物。尽管天气有些凉了，马哈哈的额头上还是咕咚咕咚地冒出了一层细汗。我们谁也不敢说话，生怕因为说话影响了大家的情绪。准备拨电话之前，马哈哈不停地搓着他的手掌，他的手掌因为搓着发出沙沙声。这种声音就像空气无孔不入，从我们的左耳到达我们的右耳。我说马哈哈请你别搓你的手掌了，再搓下去就要搓出火来了。马哈哈清清嗓子，说那么我就不客气啦，那么我就拨电话啦。肖丽说拨吧拨吧，反正天要下雨娘要嫁人。

马哈哈在我们的注视下，庄严地抬起他的右手……眼看右手食指快要触到按键了，他忽然回过头来，说那我真的拨啦？但必须声明，拨过之后我们哥儿几个就得有难同当有福同享，无论发生什么事情，无论贫穷还是贵贱，无论祸福还是疾病，无论好的还是不良的后果，大家都得共同承担。仇饼用双手蒙住眼睛，说马哈哈你再等几分钟，让我考虑考虑。马哈哈的手指悬在电话上方，好像他面对的不是电话按键而是核武器按钮。悬着的手指等待着仇饼的再考虑，但是等啊等，考虑仍然没有成熟。 肖丽推开马哈哈坐到那个重要的位子上，她的手指在电话按键上跳了几跳。 我们终于听到了一串期待已久的标准的声音：您好！ 这里是阳爽朗征婚办公室，留言请按1，征婚请按2。 我们看见肖丽的手指在2键上按了一下。 参加比赛请按1，不参加比赛请按2。 肖丽按了一下1。 领导请按1，商人请按2，一般职工请按3，无职业者请按4。 肖丽按了一下4。 电话里又传来一声您好！马哈哈说爽朗在吗？ 电话说阳经理不在，我是她的秘书，有事请讲。 马哈哈说我要找爽朗。 秘书说你是不是征婚的？如果是征婚的找我就行了，不必找阳经理。 马哈哈说我不是征婚的，我是她的大舅。 秘书说请等一下。

电话里传来一声"大舅，你好！"听得出这是一个有情感的声音，声音有血有肉鲜活跳跃，像磁铁一样吸引我们的心脏。 我们的心脏因为磁场的干扰一度停止跳动。 我敢肯定从出生到现在我们还没有听到过这么好听的声音。 这个声音把马哈哈和我们快到嘴边的话吓了回去，像缩头乌龟再也不敢出来，使我们嘴里的口水飞流直下却无话可说。 大舅，大舅，我是爽朗，我是爽朗，你有什么事？ 你怎么不说话？大舅……电话在彼此的沉默中挂断。

我们谁也没有发出声音，办公室像这里的黎明静悄悄，连一张纸片落地都能听见。 和阳爽朗的声音对比起来，我们有自知之明。 谁敢在听完阳爽朗的声音之后发音？ 谁敢？所以我们谁也不敢说话。 谁说话谁没有自知之明，谁说话谁暴露缺点。 仇饼冲到阳台上，对着楼下的马路喊阳爽朗……我爱你，我爱你群山巍峨，我爱你秋日的硕果，我爱你的征婚广告，我爱你呼唤大舅的声音朝气蓬勃。 马哈哈在仇饼的呼喊声中用拳头擂一下电话，然后转身拍一下墙壁。 一张长期挂在他头顶的奖状，在他的拍击下匆匆地脱落，稀里哗啦地堆到地板上。 玻璃的破碎破坏了我们对阳爽朗声音的美好回忆。 我们在一瞬间从遥远的地方回到原来。 我说从声音判断，阳爽朗长得不错。 马哈哈说那不一定，就像有的歌手，你宁愿听她唱一千首歌，也不愿见她一面。

　　我提前半小时来到建设路72号的对面。 前后左右看了一下没有发现情况，我把目光锁定在72号门口。 这是一个极其普通的门口，没有招牌，没有看门的老头，只有两扇漆成绿色的铁门敞开着。 偶尔进出一两个人，他们的脸色、服装都和这个门口一样平凡。 我想我不能浪费目光，得寻找优秀读物。 我开始注意那些骑车的女人，她们在这个上午表现一般。 我转身，看见电线杆上贴满了专治性病的广告。 一口气看了两遍，忽然听到有人在身后叫我。 叫我的人是马哈哈和肖丽，他们刚从的士里钻出来。 马哈哈手里拿着一副象棋，他一边跑一边看手表。 他说晚啦，我来晚啦。

　　马哈哈把象棋摆在电线杆下。 我们蹲在马路边开始专心致志地下象棋。 我们的头上是性病广告，风儿偶尔吹动那些纸片，就像吹动我们的头发。 从马路上匆忙而过的人流中不乏棋坛高手，他们对我们的偶尔一瞥使棋艺平常的我们心里没底。 我们身在棋盘心在72号。 尽管肖丽看不懂象棋，但她还是一副不懂装懂的样子，与我们并肩蹲在马路旁。 马哈哈高举着他的一颗"马"说将军。 肖丽一挥手挡住马哈哈的手臂，使马哈哈的那颗棋子无法下落，让我的棋子延年益寿。 马哈哈说肖丽你要干什么？ 肖丽说他来了，他来了。肖丽轻轻拍着巴掌，激动得差不多跳起来。 马哈哈说谁来了？ 谁来了也得等我们把这盘棋下完。 肖丽说仇饼来了，你们看他紧张得大腿都分不开了。

　　新民路的邮递员仇饼推着他的自行车往建设路72号走来，现在他准备跨地段投递邮件。 报纸和信件把他的邮包塞得鼓鼓囊囊的。 他好像看见了我们，故意打了两下铃铛。 我们仍然装着下棋，但是说句心里话，我们的眼睛已不属于我们，我们已把它全部奉献给了仇饼，就像有一根线把我们的眼睛和仇饼的身体连在一起，高山和大海连在一起，就像藕的丝连在一起，因此仇饼动一下，我们的眼睛就动一下。

　　仇饼用一个邮递员的口吻对着楼上喊：阳爽朗，阳爽朗的挂号。 二楼的阳台上伸出一个女人的头，对着楼下问谁的挂号？ 仇饼说阳爽朗的挂号。 头缩了回去，楼道里传来一阵脚步声，我们想象着阳爽朗的奔跑。 女人很快来到仇饼的面前。 仇饼从邮包里掏出我们事先准备好的那封挂号信。那封信上写着我们几个的名字和地址以及电话号码。 我们跟仇饼有约：如果阳爽朗长得漂亮就把信拿给她，算是我们正式报名参赛；如果阳爽朗长得不怎么的就不给，也就是我们不参加她的痛苦比赛。 我们今天到这里来就是想看一眼阳爽朗。

趁那个女人伏在自行车后架上签字的时机，仇饼回过头来看我们。 我们三人同时向他摇头。 女人签完字，看见仇饼在看我们，她也顺着仇饼的目光往这边看。 她看见什么了？ 我们想大不了她看见几个人在马路边下象棋，在马路边下象棋是司空见惯的画面，要看你就看呗，只要你不把信拿走，我们就让你看个够。 女人看过我们之后伸手等仇饼拿信。 仇饼说你就是阳爽朗同志吗？ 女人说不是，我是她的秘书。 仇饼说这封信必须阳爽朗亲自拿。 秘书说为什么？你是新来的邮递员吗？ 过去阳经理的挂号信总是由我拿的。 我们的仇饼急中生智，说这是一封从美利坚合众国寄来的信，比较重要，所以得由阳爽朗同志亲自拿。 秘书啊了一声，说那我去叫阳经理，你得等一会儿。 仇饼说没问题，你快去叫你们的阳经理吧。

那人返回大院，仇饼不停地向我们摇头摆手。 他想推着自行车跑掉。 我们全都愤怒了，一时间愤怒的脸、恨铁不成钢的脸、翻脸不认人的脸、想打人的脸一一呈现在他的眼前。 他不得不抬起自行车的后架，重新支好自行车，对着楼上又喊了一声：阳爽朗，挂号。 听得出他的这一声喊是为了给自己壮胆。 他的喊声刚落地，楼上就传出"来啦来啦"的应答。 我们在电话里听过这个声音，我们的心脏咚咚的好像快马加鞭。 阳爽朗就要出场了，我们还是低下头吧。

　　阳爽朗从漆成绿色的铁门走出来，仇饼后退了两步。 我们想仇饼你为什么害怕？ 为什么要后退两步？ 刚这么一想我们就看见了阳爽朗。 我们也差不多后退了两步。 不看不知道，一看吓一跳。 阳爽朗长得极像一位节目主持人，鼻梁和嘴巴巧妙搭配，身材呀乳房呀臀部呀三围呀什么的都特别标准。 她的皮肤很白，就像纸那么白。 由于她的上衣领口开得低，我们的目光在白纸上画来画去，画最新最美的图画。 她的眼睛微微眯着，好像是在笑又好像是在挑逗谁。我们压低目光，看见阳爽朗裹着肉色丝袜的匀称的腿，腿的流线就像进口轿车的流线，看上去特别流畅特别赏心悦目。我们的目光顿时流氓起来。 仇饼看得目瞪口呆，竟然忘了把信递给人家。 阳爽朗说真有美国的来信吗？ 我跟美国毫无关系，怎么会有信件？ 是不是我的征婚广告让美国人感兴趣了？ 仇饼说我不知道，我不知道，这事与我没有关系。 仇饼把信递给阳爽朗，他的嘴角流出一串口水。 他像饥饿的人突然闻到烤面包的香味那样流出了口水。 他用手抹抹嘴角，说对不起，我不是故意的。 阳爽朗说什么故不故意的？ 仇饼说口水，我是说口水，我不是故意让它流出来的。 阳爽朗嘻嘻地笑了两声，一排整齐的牙齿露出来，使我们有了看见秘密的快感。 她拿着信转身走了，也没有证实是不是美国来的，她就拿着信走了。

仇饼推着车子向我们这边跑，几大步就来到我们面前。我们看见他的脸上吓出了一层细汗。 他用帽子擦着脸，想把那些汗擦干净。 我们谁也不跟他说话，眼睛看着对面二楼的阳台。 马哈哈对着阳台唱：姑娘姑娘/你漂亮漂亮/警察警察/你拿着手枪/我不能偷也不能抢……马哈哈反复地唱这几句，唱得我们都会唱了，最后我们也跟着他唱。

中午，马哈哈请我们吃饭。 他破例点了几个好菜，并要了一瓶好酒。 尽管菜好酒好，我们的胃口却不怎么好。 马哈哈说吃呀，你们怎么不吃？ 我们在他的督促下又吃了一点儿东西。 但这离马哈哈对我们的要求还很远，他把筷条往桌子上一拍，桌子发生地震，汤和酒洒在桌布上。 他往仇饼嘴里灌了一杯酒，说你，今天不给我好好地吃，今后别再想要我请你。 还有你闻达，马哈哈把手挥向我，今后你别想要我给你发表文章。 还有你肖丽，马哈哈的手臂转向肖丽，这是我们男人的事你凑什么热闹？ 我们不想吃是因为阳爽朗，你没胃口又是怎么回事呢？ 马哈哈夹起一块鸡肉塞进肖丽的嘴巴，肖丽摇头想把那块鸡肉吐出来，但是马哈哈有一只铁钳一样的手，它紧紧地卡住肖丽的嘴巴，让她欲吐不能。 肖丽只好伸长脖颈像吞食毒药一样咽下那块鸡肉。

马哈哈又夹起一块鸡肉准备塞进我的嘴巴。 我一偏头躲掉了，于是他把鸡肉指向仇饼。 他的手一挥，挥到哪里鸡肉到哪里。 仇饼伸手抓住马哈哈的手腕子，让马哈哈手上的鸡肉一点一点地往后弯过去，一直弯到马哈哈的嘴边。 仇饼说你吃呀，你怎么不吃？ 马哈哈瘫坐在椅子上，骂了一声他妈的，说这就是痛苦，没有人吃你的鸡肉就是痛苦，我准备了一桌丰富的菜却没有人吃，这不是痛苦又是什么？ 我要拿这个痛苦参加比赛，你们说阳爽朗会满意吗？ 我们发出一串冷笑。 马哈哈说你们笑什么？ 谁再笑我就揍谁。 仇饼说我们不是故意笑你，而是你这个痛苦实在算不了什么，要说痛苦你们在座的没有谁比得上我。 你们知道吗？ 你们听说过吗？ 我妈妈生我那天还在地里劳动，我现在一闭上眼睛就能感受到那时的痛苦。 我妈妈快要生我了，还站在凛冽的寒风中和村民们一起挥动着铁锹修水利。 尽管当时我还没生下来，但我已经提前听到了铁锹碰击石头的声音，已经感受到了外面寒冷刺骨的天气。 妈妈挥一下铁锹，我就动一下身体。 她挥动多少次我就动多少次。 当时她只想做一个好村民，却没有发现我正在慢慢地往下掉。 就在我从她的身上掉下来的时刻，她还在挥动铁锹。 如果不是她的铁锹差不多戳到我的脑袋上，她还会把铁锹挥舞下去。 你们想一想，我一生下来脑袋就跌到石头上，就像鸡蛋碰到石头上。 谁要是说这不是痛苦谁就试一试。

马哈哈不停地喝酒。 他把酒杯重重地放到桌上，说仇饼，谁家没有几笔痛苦的历史，要说过去，你这点儿痛苦只能算是小儿科。 马哈哈抬起酒杯想喝酒，但杯子里已经没有酒了。 他说小姐拿酒来。 我们全都反对他再喝。 他举起空酒杯，几滴可怜的酒滴进他的嘴巴。他用舌头舔舔嘴唇，说我爷爷的痛苦那才叫痛苦……在一次赌博中，我爷爷输了很多钱，他一气之下把赢钱的人杀了。爷爷因此被关进监狱，你们不会知道那有多痛苦。作为一个重犯，他被单独关在一间，没有谁跟他说话，没有人跟他赌博。他不能行走不能过性生活……我爸爸说他从早到晚就对着墙壁说话，他说只要让我过上一天自由的生活，我愿马上死掉。可见，自由是多么的重要。爷爷被关了一年多时间，管事的才允许我奶奶去看他最后一面。当我奶奶走到他面前时，他竟然不认识奶奶了。他说你是谁？是人还是猴子？说你是人吗？你和我又不一样，你的头发比我的长，你的奶子比我的大；说你是猴子嘛，你又能说人话，又能直立行走。你到底是什么？我奶奶说我是你老婆。爷爷说老婆？老婆是干什么用的？他连老婆都不认识了，你们说痛不痛苦？然而他的痛苦没就此结束，第二天他就被押送刑场执行枪决。在枪决之时，别人问他你还有什么话要说？他说让我再吸几口新鲜空气吧。他在用力吸气的时候枪忽然就响了，据说他最后说了一句"能不能让我再吸两口？就两口……"可是，子弹没给他机会。

马哈哈盯着我们，似乎在期待我们对他的这个痛苦进行评价。我们全都沉默，不敢发出一点儿声音，就连那些餐具也谦虚谨慎戒骄戒躁。马哈哈得寸进尺，逼我们回答。他说闻达，你先说一说，这个痛苦算不算痛苦？我说阳爽朗的痛苦比赛肯定不是要你比赛你爷爷的痛苦，而是要你自己的。 仇饼说哈哈，想不到你家也有痛苦的光荣历史，但我从你身上一点儿也看不到这种光荣的传统，真是一代不如一代。 马哈哈一拍桌子，桌子和我们一起颤抖。 马哈哈说放你妈的狗屁，我爷爷他们痛苦就是为了我们不痛苦，干吗一定要比赛痛苦？ 再说，痛苦也不是什么光荣的事，我退出。

他带着满肚子的酒水离开我们走出餐馆。 他每走一步就打一个饱嗝，明显地吃饱了喝足了幸福了。 仇饼说你们看他那副熊样，明明没痛苦偏要说自己如何如何痛苦，痛苦是能随便装的吗？ 说这话时，仇饼撇了撇嘴，好像全世界只有他才配拥有痛苦，好像只有他的痛苦才是最正宗的，并以此为荣。 我说我的痛苦可多啦，没有住房，没有工作，没有恋人，经常生病，不会英语，不会开车，买不起车子，请不起客。 肖丽说千言万语汇成一句话，痛苦就是没有钱。 仇饼说总算讲到了点子上，比马哈哈的痛苦切题。 其实，世界上没有无缘无故的痛苦，也没有无缘无故的不痛苦。 仇饼像老师一样教导我们鼓励我们。

第二天，马哈哈把我带到建设路72号。 我们仍然站在昨天站着的地方，朝阳爽朗的二楼阳台张望。 马哈哈像在观察地形，来来回回地走着。 我说你到底要干什么？ 马哈哈指着二楼说前面就是一座碉堡，现在我要冲上去把它炸掉。 马哈哈拉开上衣的拉链，露出一个被绳子扎紧的纸包。 我说你真要炸掉它？ 马哈哈说我可不是闹着玩的。 我伸手拉住他的上衣，他像一条狡猾的鱼滑出去。 我的手里只剩下他的外套。 他甩开膀子以最快的速度冲向对面。 我说马哈哈你要冷静，千万要冷静，昨晚你刚讲退出比赛，今天怎么突然想搞爆破？ 马哈哈说你别管我，如果得不到她，我就不活了……我看见那个疑似炸药包别在他的皮带上，现在正得意地晃动着。

刚冲进第一间办公室，马哈哈就被阳爽朗的秘书张笑和追赶而来的我阻挡。 在制服马哈哈的过程中，我和张笑有多次的合理冲撞，甚至我的胳膊肘还碰击了她的乳房。 马哈哈大吼一声挣脱我们的手臂，说你们谁动一动我就引爆炸药。我们只好一动不动地站住，眼睁睁地看着他推开第二间办公室的门。

马哈哈冲到阳爽朗的办公桌旁时，阳爽朗的头已钻到了桌子底，但她那丰满厚实的臀部还露在桌子的外面。 马哈哈在她的臀部拍了一巴掌，突然大笑起来。 他的笑声响彻办公室，震动窗帘和吊灯，办公室里能够摇晃的这时都在他的笑声中摇晃。 窗外匆忙划过警车的尖啸，它暂时掩盖住马哈哈的笑声。 尖啸过去，马哈哈一声断喝，你给我出来。 阳爽朗从桌子底下爬出来，她的头上沾满了蜘蛛网，脸像刷了三次石灰。 马哈哈说你不用害怕，前提是你要答应嫁给我……阳爽朗说我不认识你。 马哈哈说现在我们就开始认识。 说完，他朝我招手。 我走到他的身旁。 他拍拍我的肩膀，说你把我的情况跟她说一说，我再弱智也不能自己夸自己，自己夸自己肯定会被别人耻笑。

我说站在我们面前腰里别着炸药包的人名叫马哈哈，是《方方面面》杂志社的记者、编辑，他大学文凭，是杂志社的骨干。他写的稿子全国人民爱看，他唱的歌曲同事们爱听。他很有责任心，有时为了一个字词会查三四遍字典，有时为了赶出一篇好稿，他会加班一个通宵。当然他加班会有一点儿奖金，但他绝不是为了奖金加班。他家有的是钱，他从来不为钱发愁。他经常请我们下馆子，出入舞厅咖啡馆。他喜欢读书，不抽烟不吸毒，没有艾滋病，未婚。他是我的老师，我的所有文章都是他帮我发表的。

我每说一句就看马哈哈一眼，生怕出什么差错。我在介绍他的时候，他的手始终没有离开那个炸药包。我的声音、嘴唇和双腿在抖动。我说我的话完了。马哈哈鼓了鼓掌，他的脸全面地舒展，每一个毛孔和每一条纹路都十分活跃。怎么样？马哈哈眉头一扬说，条件不错吧？阳爽朗说一定得跟你结婚吗？马哈哈说一定得跟我结婚。阳爽朗说如果我不同意呢？马哈哈说那我现在就把我自己给炸了，得不到你，我就不活了。阳爽朗说可是我已经登了征婚广告，你如果真的喜欢我，就应该参加比赛。马哈哈说我不想比赛。阳爽朗说不想参加比赛，我怎么能够嫁给你，我怎么向那么多的应征者交代？马哈哈往前迈出一大步。阳爽朗举起双手说你别激动，我们还可以商量，要说爱你其实也很容易。

马哈哈拍着别在他皮带上的纸包，说我并不反对你搞比赛，只是我的痛苦肯定比不过别人的痛苦，如果一定要我参加比赛的话，你得跟评委打个招呼给我打最高分。 这是两万块钱，算是我对你这个活动的赞助。

马哈哈终于从皮带上取下那个纸包摔在桌子上，两万块钱破纸而出四分五裂。 阳爽朗像一个濒临死亡的人突然抓住了救命稻草，"哇"的一声哭了。 她哭着说你把我的细胞全部吓死了，你以为你的两万块钱就比天大比地大比谁的恩情大，呸! 谁要你的臭钱。 她从屋角站起来，走到桌旁把那堆钱扒到地板上。

我在星湖路租了一间房子，马哈哈、仇饼和肖丽是我的常客。 自从那次求爱失败之后，马哈哈已经好长一段时间没来我这里了。 朋友们都说马哈哈正在寻找素材，准备迎接比赛。

有一天仇饼买了一箱啤酒来看我。 我环顾一眼空空的四壁，说在我的屋子里没有任何一样食物配得上你的这箱啤酒。 仇饼似乎是不相信，也跟着我看了一眼四壁。 不过，我说，昨天晚上我打死了一只老鼠，我已经用电炉把它的肉烤干了。 仇饼一拍手掌说我最爱吃老鼠肉了。 我在用啤酒、大蒜、生姜、辣椒焖老鼠肉的过程中，向仇饼复述了马哈哈求爱的经过。 我想仇饼一定会在听完这个故事时发出一串笑声。 但是故事讲完了，锅里正腾起一股热气，邻居的收音机调高音量，我预料中的仇饼的笑声却没有响起来。 他正严肃认真地看着我，眼珠子像死了一样。 他说你会不会也把我的故事说给马哈哈听？ 我说你的什么故事？ 仇饼从上衣口袋里掏出一沓稿子。 我问他那是什么？ 他把稿子塞回口袋，说我希望你暂时保密。 我说你把我搞糊涂了，我不知道要为你保密什么？ 仇饼说你保证不对马哈哈说？ 我说保证。 仇饼说你用什么保证？ 我举起菜刀砍掉椅子的一角，说如果我出卖你的秘密就同这椅子一样。 仇饼说你真是我的好兄弟。 仇饼握了一下我沾满油盐酱醋的手，还在我的额头做了一个亲吻的动作。 做完这些附加的动作，他才掏出稿子，让我帮他看一遍。 这是仇饼准备参加痛苦比赛的演讲稿，内容是痛说家史，从他出生的那一刻写起，一直写到现在，大都是一些陈谷子烂芝麻鸡毛加蒜皮。 我说先喝酒，喝完酒再说。

我和仇饼坐在纸箱拼成的餐桌旁，除了每人手里拿着一瓶啤酒，纸箱上只有一碗正冒着热气的老鼠肉。 一张当日的报纸铺在纸箱的上面，报纸的上面是碗，碗的上面是肉，肉的上面是筷条，筷条的上面是我们的嘴巴。 我们相互碰了一下酒瓶，玻璃碰撞的声音像金属碰撞的声音在屋子里摇摆出一条波浪。 我们尽量张大嘴巴，全身的每一个细胞都张开，像女人或者男人张开胸膛，那些啤酒的泡沫以及它丰富的味道正沿着瓶口向我们的嘴巴缓慢地流动。

突然，我们听到了敲门声，在啤酒还没到达我们嘴巴的时候，我们竟然听到了敲门声。 我们把啤酒瓶从嘴巴里拔出来，磨动着干巴巴的充满期待的嘴唇，张着耳朵听门外的动静。 门外传来了第二次敲门声，我们的耳朵都被敲门声锥了一下。 我们猜想敲门的人一定是马哈哈，只有马哈哈的嗅觉才这么敏锐，他总是在最关键的时候出现在我们的面前。

拉开门，果然看见马哈哈站在门外，他的头发结成了几个疙瘩，脸上灰溜溜的，一只衣袖挽着，一只衣袖不挽着，一副狼狈的模样。 我们把他让进屋来，他坐在那张我刚刚砍去一只角的椅子上，说我在寻找痛苦，我爬到新闻大厦的楼顶，想从上面跳下去，但是我只朝下面看一眼就不敢跳了；我也曾试图割手腕子自杀，但我只用刀片在手腕子上划出一条路子，就不敢再割了。 你们看看我的手腕子。 马哈哈举起那只挽着袖子的手臂，那是他的左手臂。 我们看见他的左手腕子确实有一道口子，现在口子已经结痂。

我们邀请马哈哈跟我们一同吃老鼠肉。 我们三个人谁也不说话，只有吃老鼠肉的声音夸张地响着。 很快我们每人喝掉了一瓶啤酒，马哈哈的脸上再也不灰溜溜了。 他说闻达你为什么不参加比赛？ 你有的是痛苦，比如你没工作，每天靠吃老鼠肉度日，这就是最好的痛苦。 我举起啤酒瓶，说可是我还有啤酒啊，世界上比我痛苦的大有人在，我这点儿痛苦算得了什么。 马哈哈，其实你也有痛苦，比如你为什么不能做副总编？ 马哈哈一扬手，差一点儿就碰翻了仇饼手里的酒瓶。 马哈哈扬着手说这哪里能算痛苦？ 比我业务强的好几个编辑都还轮不到，这哪里能算痛苦？ 不瞒你说我也曾经考虑过这一点，但一想想那些老编辑，我的心里就平衡了，就像你抓住啤酒瓶就想起劳苦大众一样。 你们，马哈哈用瓶子分别跟我和仇饼碰了一下，谁能给我找出一个痛苦的故事来，我付你们五千元稿费。

仇饼的眼睛像电压过高的灯泡突然加倍明亮。 他说多少稿费？ 马哈哈举起一只巴掌说五千。 仇饼一拍胸膛，说我卖给你，但必须一手交钱一手交货。 马哈哈说你的故事要让我满意，我才买。 仇饼说包你满意，不满意不收你的钱，我实行三包。 闻达你把我的稿子拿给他看一看。 我把仇饼交给我的稿子拿给马哈哈。 马哈哈问我这个稿子怎么样，我说你自己看吧。

不知不觉中，我们已把一箱啤酒喝完。 马哈哈打着啤酒饱嗝摇摇晃晃地走了。 仇饼斜躺在我的地铺上。 不瞒各位，我现在睡的还是地铺，因为我没有多余的钱来买床架和席梦思。 仇饼躺了一会儿，突然从床上弹起来，好像是做了什么可怕的梦，不停地摇着头说马哈哈呢？ 马哈哈到什么地方去了？ 这个没心没肺的马哈哈抢走了我的阳爽朗，都什么年代了他还敢抢人？ 我用我刚洗过碗的冰冷的巴掌拍一下仇饼的额头。 他从梦境回到现实，问我这是什么地方？ 我怎么会在这里？ 没等我回答，也不需要回答，他接着说马哈哈真不是个东西，不就是有几个臭钱吗。 我说不是东西的是你。 仇饼扬手拍了自己一巴掌，说对，对，不是东西的是我，为了五千块钱，我竟然把我的心上人给让了，我竟然把我最爱的人让给了他。 仇饼坐在床上不断地自责，他的拳头像雨点一样落在他的脸部、胸部，偶尔也落在我的地铺上。但是不管他的拳头落在什么地方，都没有引起我对他痛苦的响应。 他似乎也发现了这一点，于是他的拳头照着我的鼻子扑过来。 我感到鼻尖里像捂了一盆酸菜，酸菜撑得我的鼻子快破了。 我用手捏住快破了的鼻子。 血从鼻孔流出来，它新鲜酸咸可口。

仇饼说你像一根水泥电线杆，没有一点儿同情心。 我用手不停地把鼻血转移到墙壁上，墙壁上的血有的站着，有的躺着，它们像是谁写的血书。 仇饼说为什么不说话？ 电线杆。 我感到一阵心酸，好像全身的每一个细胞都酸了。 我要让我的血酸起来，让我的头发酸起来，在谁都可以施我以拳脚的时代，在我连席梦思都买不起的现在，我只想让我的血快一点流干。 我想我干吗要说话，说话又不能换取稿费，我干吗要说话？ 仇饼看出了我不说话的决心，他双手抓住头发从地铺上站起来，为我献上一团卫生纸。 他的手里捏着卫生纸，心里想着他刚才的拳头。 他说我生气，是因为你没有表现出作为一个朋友应有的同情。 我说你怎么知道我没有同情？ 仇饼说你没有哭也没有笑更没有叹息，你像一根电线杆那样眼睁睁地看着马哈哈把我的心上人抢走，在我自责的时候你也没有安慰我，能够证明你同情我的一切都没有发生。

我捂着鼻子无话可说。 我想一想刚才，确实没有做出同情他的相应动作。 没有相应的动作，即使我一百倍地同情他，他也看不见摸不着。 我就这样捂着鼻子看着仇饼。 仇饼被我看急了。 他说你去把肖丽 call（呼叫）来。 我说你自己去 call 吧。 仇饼说看在那箱啤酒的份儿上，你去吧。我捂着鼻子，看在刚才仇饼送我一箱啤酒的份儿上，下楼去 call 肖丽。 可是那箱啤酒，那箱啤酒已经被他们喝完了呀，现在它已经从我的住处消失了呀。

肖丽来到了我的住处。 仇饼扑通一声跪到肖丽的面前。他的双手抱住肖丽的双脚，头部正好埋在肖丽的小腿间。 肖丽被仇饼的举动吓得跳起来。 其实肖丽并没有跳起来，说她跳起来是我的想象，因为她的双腿已被仇饼紧紧抱住，根本没有跳的余地。 肖丽发出一声尖叫，说仇饼你这是干什么？仇饼说我这是向你求婚，肖丽，我爱你，真的，我爱你。 肖丽说起来吧，别让闻达看你的笑话。 鉴于刚才被打的教训，我必须开口说话。 我说我是无关紧要的人，我不会笑话你们，你们爱怎么做就怎么做，这事与我无关。 为了表明真的与我无关，我把脸扭向墙壁，我用眼睛打量那些鼻血，鼻血翩翩起舞，灯光里蚊虫飞动。

我的身后出现冷场。 我不敢看他们。 冷了一会儿，肖丽突然发出一串长长的冷笑。 肖丽说你不是爱阳爽朗吗？仇饼说从今天起我爱你，以前的爱一笔勾销。 肖丽说可是我并不爱你。 仇饼说那你爱谁？ 是爱马哈哈吗？ 肖丽摇摇头。 仇饼说是爱闻达吗？ 肖丽仍然摇头。 仇饼松开抱住肖丽的手，说生活在这个世界上，你总得爱一个人吧，我们三个中你总得爱一个吧。 肖丽说我爱阳爽朗，我和你们一样准备参加阳爽朗的比赛。 肖丽从她的口袋里掏出几张稿子，高高地举着说，你看，这是我的比赛讲稿。 我看见肖丽的讲稿差不多碰到了灯泡，她的讲稿在灯泡的照耀下一片光明。

仇饼从地板上一跃而起，伸手抢肖丽的讲稿。 肖丽把讲稿收到身后。 仇饼的膝盖上沾满尘土，他每跳跃一下，膝盖上的尘土就往下掉落一点。 他把膝盖上的尘土抖干净了，仍然没有抢到肖丽的讲稿。 忍无可忍的时候，仇饼挺身而出抱住肖丽，除了还没有接吻，抱在一起的他们简直就像一对恋人。 肖丽嘻嘻哈哈地笑着，把讲稿递给我。 仇饼并没有因为讲稿的转移，放弃对肖丽的拥抱。 我把讲稿拿到仇饼的眼前舞动，说仇饼讲稿在这里。 仇饼试探性地看着我手里的讲稿，目光飘浮，生怕丢了芝麻捡不到西瓜。 我又说了一次，仇饼，讲稿在这里。 仇饼的脸上露出讨好人的表情，好像是想把我手里的讲稿讨好到他的手里。 我把讲稿放到他的眼睛上、鼻子上、嘴巴上，不停地挑逗他，但是他坐怀不乱，始终不为讲稿所动。 他的手这一刻开始收缩，我想肖丽已经感觉到他的力量了。

没有办法，我只有朗诵。 我开始声情并茂地朗诵肖丽的讲稿：

这个世界上有太多美丽的东西，凡是美丽的我们都想拥有，比如蓝天、花朵、金钱、服装、别墅、汽车……但是我最想拥有的不是这些。是什么呢？你们谁也猜不到。

我出生在一个艺术之家，爸爸是歌舞团的小提琴手，妈妈是艺术学院的声乐教师。我们家就住在艺术学院里面。很小的时候我常常趴在窗口看艺术学院的学生唱歌跳舞，他们的歌声无比优美，舞姿是那么美丽动人。我十分羡慕他们，羡慕他们能唱好听的歌，能跳好看的舞，能穿最美丽的衣服。我想我长大后一定要像他们那样，做人要做他们那样的人。可是后来因为我的身体条件局限，具体地说是我的手臂不够长，五官不够整齐，所以没有能够成为一名光荣的艺术学院的学生。但是我仍然喜欢看他们排练。随着年龄的增长，我发现那些女学生比男学生长得漂亮，她们就像鲜花开放满三月，万紫千红总是春。

每年暑假开学，我的眼前就会出现一批新生。当然每年的夏天，我所熟悉的一批学生也会离开校园。许许多多我喜欢的女生从我的眼皮底下溜走了，肥水流向外人田。我愈来愈喜欢她们，也很失落。我想如果我是一个男人的话，我会多么幸福。如果我是男人，我会把她们中间最美丽的那位拿来做我的新娘。但是我是个女人，这种可能性天生就注定没有。我不是一个男人，这便是我最大的痛苦。

仇饼终于放手。他扑到我的怀里抢过讲稿，说想不到世界上还有这么生动的痛苦。他仿佛没有过瘾，埋下头自己读了起来。 读着读着，他双手一扬把讲稿撒在地上。 他说我受骗上当了，马哈哈买我讲稿是假，要我退出比赛是真，他想减掉一个竞争对手。 你们说是不是？ 五千块钱就想把我打发了，有那么容易吗？ 更何况我还不一定拿得到这五千块，至少目前它还是个泡影。 我要把我的讲稿要回来，既然肖丽不爱我，那我就得参加比赛。 仇饼说话时，双手像翅膀不停地拍打臀部，嘴巴像音乐喷泉喷出大小不一质量各异的唾沫。 他裤子上的尘土这一刻也高高在上，钻进我们的鼻孔，让我们大打喷嚏。

仇饼请求我和肖丽跟他去马哈哈那里要回讲稿。 看看时间已经不早了，我们说明天再去要回来不迟。 仇饼坚持现在去要，他怕晚了马哈哈不让他反悔，即使让他反悔也怕马哈哈抄袭他的痛苦。 他说只要我们愿意跟他去，他可以再买一箱啤酒给我，甚至还可以请我们上一趟酒楼。

就这样我们跟着仇饼出发了。 夜已经很深，街道上冒着凉气，冷风吹着我们的额头，三个人分别打了三个寒噤。 茶馆的灯光比白天明亮，几辆的士正在茶馆门前等待。 肖丽朝前面长长的马路伸长脖子，说仇饼闻达，有种你们不打的士，跟我走到马哈哈的宿舍。 她这么一说，我就感到胃里发酸，唾液脱口而出。 仇饼说今天你怎么了，是不是想写诗歌了？ 肖丽说你们走过这么长的马路吗？ 我们说没有。 这就对了，肖丽说，你们每天都从这条马路经过，可是你们不是用脚经过,而是用车轮子。 今夜你们就让脚回到脚,权当是长征一次。 仇饼说你这么一说,我的牙齿就发酸,但我不知道这和牙齿有什么关系? 仇饼捂着发酸的半边脸庞,朝马路上吐了一泡口水。 看得出他的这泡口水充满仇恨,当然他的这种仇恨还意犹未尽,如果允许,他还会在马路上撒上一泡尿。

　　我们最终采纳了肖丽的意见,沿着南湖路朝马哈哈的和平路进发。 肖丽一边走一边哼唱流行小调。 我和仇饼比赛着往马路上吐口水,看谁吐得远。 肖丽看见我们比赛,她一下就来劲儿了,也学着我们的样子加入我们的比赛。 走着吐着笑着,我们突然被三个手执扫帚的大汉拦住。 他们像梁山好汉拦住我们的去路,并要我们为他们扫地。 他们问我们这路你们铺过没有? 我们说没有。 他们说那么现在你们给我们扫一扫,把你们吐的口水扫干净,把你们丢的垃圾扫干净。 你们一直往前扫,扫多远走多远,否则你们就别想往前走一步。 我们往前往后看了一眼,没有发现可逃的机会,只好接过他们的扫帚,庄严严肃地,老老实实地扫地。 我们一边扫一边往前走,走在自己扫干净的大道上。 我们从马路的角落和缝隙里扫出蟑螂、老鼠、甘蔗渣、红薯皮、奖券、矿泉水瓶、碎玻璃、餐巾纸、烂球鞋、瓦片、塑料管、玩具手枪、子弹头、项链、手表、金戒指、钞票、避孕套、春药瓶、围棋子、小说封皮、半边影碟……我说一二三,肖丽仇饼快跑。 我们丢下扫帚拼命地往前跑。 风声滑过我们的耳朵，铁栅栏跑出我们的眼角。

我们跑到马哈哈的单位，嘴巴里能够喘出来的气已经不多了。 其实我们早知道身后已没有人追赶我们，只是我们奔跑的脚步怎么也停不下来，我们在暗暗地比试。 我们站在马哈哈的门前喘气，把那些粗糙的气喘干净了，才敲他的门。我们同时举起三只手，同时敲到马哈哈的门板上。 房子里没有动静，表面上看里面好像没有人，马哈哈好像没有睡在里面。 于是我们再敲，相信马哈哈不会有我们这么坚决的意志。 我们刚刚跑完步因此身体健康；我们深夜来访表明意志坚强。 门终于被我们敲开了，马哈哈伸出脑袋，眯着眼睛看我们。 他说你们是干什么的？ 我就一个人睡，你们敲，敲什么？ 我们没有回答他，三个人一齐往他的房间里挤。 他哎哎地叫着，说原来是你们，你们要干什么？ 你们给我出去。

我们是专门找他来的，怎么会出去？ 肖丽啪地拉亮电灯，我们看见马哈哈竟然一丝不挂。 肖丽发出一声尖叫，双手迅速盖住自己的双眼，好像是掩耳盗铃。 至于她的手指分没分开，因为当时比较混乱无法考证。 马哈哈未等我们的眼睛适应环境，叭地关掉电灯，他把灯绳都拉断了。 他伸长脖子发出号叫，出去，你们先出去。 我们被他赶出房间。 房间里传出打扫战场的配音。 配音完毕，我们在马哈哈的台灯照耀下，重新回到房间。 这时我们看见床上躺着一个女人，说她是女人是因为我们看见她一头长发。 她面对墙壁盖着被子，只让我们看见她的头发。 仇饼说你都那个了，还买我的讲稿干什么？ 马哈哈说这是两回事，我们不是爱情，她是来跟我讨论讲稿的，我们讨论得太晚了，就把她留下来了。 被留下来的人此时发出均匀的鼾声，从她的鼾声里我们还感觉到她刚才的劳累。

　　仇饼说那个讲稿我不卖了。 马哈哈说我正想还给你。仇饼说为什么？ 马哈哈说文字一窍不通，也没有太多深刻的痛苦，不过还可修改。 马哈哈把讲稿递给仇饼。 原先我们以为很难办的事，就这么轻而易举地解决了，我们已丧失待下去的理由。 马哈哈扫视我们，希望我们尽快离开此地。如果再不找出新鲜的话题，我们还有什么理由待下去？ 千钧一发之际，仇饼发言了。 他快速地翻动讲稿，说这样的讲稿你还不满意？ 你认真看过了吗？ 马哈哈说看过了。 仇饼说既然你不买，为什么要在我的讲稿上画那么多红线。 马哈哈说那是帮你修改，我是编辑，一看见病句手就痒。 仇饼说可是我的讲稿是完美的，何必多管闲事？ 你不买就不要改嘛。 马哈哈拍拍大腿做出一副痛苦状，说你们看，你们看，他明明错了，还不让别人修改，难道你想永远错下去吗？ 闻达、肖丽，其实我真傻，我到处去寻找痛苦，痛苦就在眼前。 我明明为他做了一件好事，他竟然冤枉我，这不是痛苦是什么？ 马哈哈从椅子上站起来，在房间里走来走去，一只手的手指插入头发，另一只手的手指解开刚刚扣好的衬衣纽扣。 他的手渴望做点儿什么。

仇饼把讲稿放进衣兜，说反正这稿子你已经看过了，你已经记住了它的情节，已经摸清了我的痛苦，讲稿的内容已经不知不觉地深入你的骨髓，谁敢保证你在比赛的时候不受我的讲稿影响？ 原来你根本就不想买我的讲稿，只是想骗来看一看以便抄袭。 马哈哈的手终于有了去处，一只手抓住仇饼的衣领，一只手握成拳头。 我们已经听到他捏拢的手指发出叽里嘎啦的声音。 仇饼说你想打吗？ 马哈哈放下拳头，说我不参加比赛了，这样你们满意了吧？ 我不参加什么狗屁比赛了。 床上传来一阵响动，女人把正面形象对着我们。她说马哈哈，你真的不参加比赛了？ 马哈哈说参不参加与你无关。 女人说嗨，怎么与我无关？ 只要你参加比赛，我就死给你看。 女人说话时已经开始用她的头敲打墙壁。 她敲打墙壁时发出的咚咚声一声比一声清脆，墙壁在她的敲打下掉落数粒粉尘，大有马哈哈不退出比赛誓不罢休的决心，当然也有催促我们离开的含义。 这时我们才发觉这个女人长得一点儿也不比阳爽朗差，我们在走出房间时还不停地回头看她。 我们几乎是退着走出去的。

我们走到大街上时，天已经完全彻底地亮了，店铺里开始冒出食物的热气。 拉蔬菜的人力车上，踩车者的脊背弯成括号，他的脊背起伏着，每起伏一下车子就前进一步。 仇饼指着人力车叫马哈哈，你们快看，他真像马哈哈。 我附和他发出淫荡的笑声。 肖丽说他怎么会像马哈哈？ 仇饼说现在马哈哈的姿势和那个踩车的姿势是一样的。 肖丽好像是明白了仇饼的意思，说你们真不健康。 这个踩车人的姿势确实让我们刚刚离开马哈哈又想起了马哈哈。 我们说了一会儿马哈哈的闲话，在《方方面面》杂志社门口吃罢早餐。 我问仇饼还有什么地方可去吗？ 只要有地方可去，我就不会发困。 肖丽说我也是。 仇饼说都回家去睡大觉吧，你们不用上班，我还得上班。 肖丽说我不想回家。 我说不想回家就到我那里去。 肖丽和我钻进一辆红色的士，车轮刚一转动我就睡着了。

我和肖丽第一次同躺在一张床上。 我们隔得那么近，连她的气味都历历在目。 我说你是第一次睡地铺吧，你就那么相信我？ 肖丽说有力气你就上来，不必费那么多口舌。 我试了试觉得力气不足，便暂时没有动她。 我还在尝试的时候她的鼾声就响起来了。

一直睡到下午，我们才起床。 她站在窗前梳理头发，光线照亮了她的半边脸庞，她的皮肤发出阴天里特有的蓝光。窗外又驰过一辆警车，它的鸣叫吸引肖丽的脖子，灰尘和噪声扑面而来。 我打燃火机，准备让肖丽的讲稿付之一炬。她听到打火机的嘎嗒声，眼睛对着我，双手扑到我的手上，说你要干什么？ 我说把它烧了，这个讲稿对你已毫无意义。她说你以为我会跟你结婚？ 你能养活我吗？ 你有多少存款？ 我说我们不是相处得很好吗？ 她说你以为睡过了就一定结婚吗？ 我说但是阳爽朗也不可能跟你结婚，也不可能养活你。 她说重在参与，你干吗不参加比赛？ 我不停地打着火机，火苗一次比一次蹿得高，它燃烧我的眉毛和头发，一股焦味环绕着我。 我说宁要手里的麻雀，不要天上的天鹅，比我痛苦的大有人在，我干吗要去凑这个热闹。 肖丽说那你是把我当成麻雀啦？ 我说我这个人比较现实。 肖丽说我比你更现实，谁都不会得到阳爽朗，我只是想说说我的痛苦。但是一个人的痛苦毕竟有限，一个人的痛苦不是痛苦，四个人的痛苦那才叫痛苦，干脆我们几个联合起来参加比赛，这样也许会获胜。 我说如果这样获胜还有什么意义？ 阳爽朗又不能分成四块。 肖丽说我这个人从小就争强好胜，喜欢刺激喜欢比赛，这样吧，如果我们获胜，我就嫁给你。 我说真的？ 我说真的时眼睛一亮，几乎看到了光明。 肖丽说真的。 我说那马哈哈怎么办？ 肖丽说他已经有了女朋友，他的女朋友不会放过他，我们就算是为仇饼做一件好事吧。 我说这个主意不错。 一个人做点儿好事并不难，难的是一辈子做好事。

我把肖丽的意思转达给仇饼和马哈哈，他们都举双手赞成。 只是马哈哈提出如果赢的话，我们之间还要进行一次比赛，也就是大家齐心协力先把阳爽朗夺过来，然后哥们儿几个再分享胜利果实，这叫肥水不流外人田。 我提醒马哈哈，你的女朋友怎么办？ 马哈哈说她只是一般性的朋友，并没有提到结婚的高度。

　　一个星期天，我把他们约到我的住处。大家还未讨论讲稿，仇饼和马哈哈便吵了起来。无论我和肖丽怎么劝解，他们都骂不绝口。他们说如果不赢就权当是玩一把，但最不好处理的是万一我们不小心赢了，阳爽朗跟谁就成了问题。马哈哈坚持他的主张，如果赢了，我们三人再进行一次比赛。我说我不比赛，要比你们自己比。他们对我的态度均感到意外。马哈哈说这是何苦呢？我说一个人活在这个世上总得有一点高风亮节，我协助你们完全是为了朋友，而肖丽更是大公无私，即使赢了她也不会得到任何好处，所以我建议你们向我和肖丽学习。仇饼说既然这样还不如各干各的，免得除了应付比赛，还欠你们一份人情，还得向你们学习。我从来不向别人学习，我一向别人学习就感到累。

　　马哈哈马上反驳了仇饼的意见。马哈哈认为在强手如林的比赛中，光凭一个人的实力是不可能取胜的，一个人的痛苦算不了什么，必须联合起来才有出路，才有可能取胜，与其让别人夺走阳爽朗，不如哥们儿联合。他的意见立刻得到肖丽的响应。仇饼似乎是被这些理由打动了，他用手拍打着脑袋说，但是，我们必须订一个协议。马哈哈和仇饼凑在一起订协议，他们热烈地讨论着那只没有射下来的雁是烤来吃还是煮来吃。经过长达一个小时的争论，双方一致同意：如果比赛获胜，仇饼和马哈哈再来一次比赛，由我和肖丽为他们裁决，谁胜谁获得阳爽朗。鉴于我的高风亮节，如果获胜也不能亏待我，允许我跟阳爽朗接吻一次，接吻时间不得超过五分钟。 不管是仇饼、马哈哈还是肖丽不得嫉妒。 至于肖丽，我们确实没有更好的办法报答她，只好让她彻底地大公无私。

仇饼要求把上述意见形成文字。 我找来纸笔，交给他们。 他们的眼睛这一刻都扩大了，扩大的眼睛里还微微布着血丝，生怕一不小心被对方算计。 他们正一点一横一撇一捺地写着，突然看见一个人高举水果刀冲进来。 要知这个人是谁？ 且听下文分解。

首先我告诉你们，举着水果刀冲进来的这个人是个女人。 我想你们也许猜到她是谁了。 她不是别人，是马哈哈的女朋友梁艳。 我们以为她想用水果刀戳马哈哈，于是我们三人全都紧密团结在马哈哈的周围，用我们的血肉筑成一道屏障，阻止梁艳的刀向马哈哈戳来。 梁艳看见我们四人抱成一团，突然没了主意，她的手明显地抖动起来，刀子几乎脱手而出。 她说马哈哈，如果你不退出比赛，我就把我的手腕子割了。 梁艳真的把刀口对着她的手腕子，来回割着。 由于刀口不太锋利，刀刃没有马上见红。 她像在用一把不锋利的刀杀鸡那样，慢慢地割着。 一滴血在我们的等待中冒出来，就像早晨的太阳升起来。 马哈哈扒开我们冲上去，夺过梁艳手中的刀，低下他骄傲的头颅，带着下流的哭腔说我不参加比赛了，听见没有？ 我不参加比赛了。

马哈哈捏着梁艳割伤的手腕子，手挽手地走了。 走下楼梯时，马哈哈不停地给梁艳抹眼泪，他们的背影十分恩爱，让我顿时想起了朱自清先生的《背影》。在我的眼中他们的背影愈来愈远，愈来愈高大。如果只从背影来判断，他们无疑是最甜蜜的一对。

为了不破坏马哈哈和梁艳的爱情，我们只好把马哈哈从应征小组里开除。我们三人不存在分歧，于是直奔主题，讨论我们的讲稿。我们以仇饼的痛苦为框架，补充我和肖丽的痛苦以及我们的虚构。讲稿从仇饼出生在某个冬天修水利的工地开始，说仇饼的母亲还在举着铁锹的时刻，仇饼从他母亲的裤裆里钻出来一头砸在石头上，这好比鸡蛋碰石头，暗示了仇饼未来的命运。然后我们把我靠吃老鼠肉度生活的痛苦嫁接到仇饼的身上，说仇饼童年时是如何如何的苦，因为家乡自然条件恶劣，仇饼从一生下来就吃不饱穿不暖。仇饼三岁时学会捉老鼠充饥，有一次他在捉老鼠过程中跌破了膝盖，由于没有钱买药，仇饼任凭膝盖感染，一直等到膝盖长出新肉了，他才又能够行动。他能行动之后的第一件事，就是到田地里去捉老鼠。一个多月不捉老鼠的他，看见田地里到处都是捉老鼠的人群，一些野狗混杂其间。仇饼好不容易从地洞里捉到一只老鼠，他高兴地举着。但是在他得意的时候，一只野狗跑过来把他手里的老鼠叼走了。他撒腿去追那只野狗，跑过了一山又一山，野狗再也跑不动了。仇饼卡住野狗的脖子，把野狗吞下去的老鼠又挤了出来。仇饼就在这样艰难困苦的环境中长大。长大后的他又遇到了新的痛苦。

我们把肖丽的痛苦加了进去，只不过把肖丽做不成男人的遗憾，改成了仇饼今生不能成为女人的痛苦。 在这一节里，我们特别强调仇饼从一生下来就想成为一个女人的强烈愿望。他羡慕女人能够穿漂亮的衣服，不用为找不到对象烦恼，不用挣钱也会有钱花，就像现在，如果是一个女人就不会绞尽脑汁写讲稿。 而这么多男人参加比赛（我们设想有很多人参加比赛），仅仅是为了博取一个女人的喜欢，具体地说就是为了博取阳爽朗的喜欢。 可见，做一个女人是多么幸福。

如此一来，仇饼的痛苦就像那么一回事了。 我们对这个讲稿百分之百地满意，甚至觉得冠军非我们莫属。 我们当然会把这个好消息告诉马哈哈。 他在电话里听到我对讲稿的叙述后，激动得就像赌徒听到谁向他发出赌博邀请那样。 他说一定要跟我们聊一聊，讲稿还可以改得更好。 这个讲稿又煽动了他参加比赛的情绪。

我们不敢在我住的地方碰头，生怕梁艳再次找上门来割手腕子。 仇饼说可以在他的宿舍，但马哈哈不能参加比赛，只能对讲稿提建议。 我和肖丽则认为如果马哈哈对这个讲稿有新的贡献，可以让他入伙，但要以不破坏他和梁艳的爱情为前提。 马哈哈听了我们的意见后，哈哈大笑，笑得话筒都快震破了。 我仿佛看见他的唾沫从话筒里飞出来。 马哈哈说谁都阻挡不了我参加比赛的步伐。 我说那梁艳怎么办？马哈哈说我怎么会跟她结婚？ 现在我正式告诉你们，我爱的人是阳爽朗。 我说其实梁艳长得相当不错，某些地方比阳爽朗还优秀。　马哈哈说问题是阳爽朗已经吊足了我们胃口。

马哈哈看完讲稿后问仇饼家里还有什么人？　仇饼说家里还有父亲、母亲、妹妹和外婆。　马哈哈说现在你的家里还有没有困难？　仇饼说怎么没有困难？　现在家里最大的困难是没有钱，我的钱只够供我妹妹读书。　马哈哈皱着眉头，整个脸的重心落在眉头上，让我们感到他的眉头里会蹦出一个惊天动地的主意。

这样可能会更好一些，马哈哈不负众望，眉头终于舒展了，我们在这个讲稿的后面再加上一段仇饼家没有钱的痛苦，这不仅是仇饼一个人的痛苦，也是大家的痛苦，容易引起共鸣。　但是怎么没有钱，为什么没有钱，得由仇饼自己虚构。

仇饼在屋子里走来走去，想一下子把痛苦憋出来，但是痛苦啊它总是不到来。　仇饼不停地上厕所、喝水、叹气，搞得我们都为他一阵阵急。　他喝水的时候，发出咕咚咕咚的声音，我感到那些水不是喝进他的肚子里，而是进入了我的肚子。　我不得不跟着他上厕所。　我说仇饼你就快一点儿吧，我受不了啦。　仇饼抓起大茶缸又猛喝了一气，茶缸里的水被他喝干净了。　他把茶缸砸在地上，说有一天我家的后墙突然倒塌，我妈当时正在墙根下剥玉米……玉米你们知道吗？　玉米又名苞谷，是别人用来生产玉米锅巴的那种玉米。　我妈当时正在墙根下剥玉米，她的一条腿被砸断了，妈妈从此瘫痪。为了给母亲治病，我们家花了不少钱，借了许多债，以至于单位的同事一看到我串门，就说仇饼又在借钱啦。父亲要下地干活，照料母亲起居饮食拉撒的重任落到了妹妹的身上，妹妹因此辍学。而我为了节约开支，每天省吃俭用，身体状况愈来愈差，送邮件时常常从自行车上跌下来。想吃肉了我就重操旧业，在城市的角落和阴沟里打老鼠。你们说这样可不可以？

说真的，我们听得耳朵都竖起来了，想不到仇饼还有编故事的才能。马哈哈一拍大腿说就这么定啦。他的啦音还没有拖完，门外传来了敲门声。据判断，敲门人有可能是梁艳。马哈哈不让开门。我们都不敢大口出气。这里的房间静悄悄，敲门人的脚步声慢慢离去。仇饼打开房门想看个究竟，一道寒光从门缝闪入，梁艳像上次那样高举着一把水果刀直冲进来。马哈哈未等她割自己的手腕，就把水果刀夺到手里。失去了水果刀的梁艳双手抱着头，蹲在地板上哭。她哭着说马哈哈你真是狼心狗肺，我这么爱你，你却不爱我。当初为了追我，你是怎么说的？现在你把我骗到手了，把我给糟蹋了，你就不爱我了。你摸着你的胸口想一想，还有谁会像我这样爱你？你叫我喊我从来不敢不喊，你叫我用嘴巴我就用嘴巴，你说从后面来就从后面来。如果你说要我的心脏，现在我就可以剜给你。你到底还有哪一点儿不知足？你说我哪一点儿对你不好？马哈哈被梁艳说得眼睛圆瞪嘴巴大张脸色发青。马哈哈把水果刀插到书桌上，水果刀左右摆动着。 马哈哈说我是来帮忙的，我已经决定退出比赛了，你吊什么嗓子？ 你……梁艳改蹲式为站式，走过来拉住马哈哈的手，好像刚才哭泣的人不是她。 她擦干脸上的泪痕，在马哈哈的脸上连吻了四五下，那声音比放鞭炮还响。

梁艳摇着马哈哈的膀子说我们回去吧，饭我都为你煮好了，你说过这个世界上我煮的饭菜最好吃。 我煮好了饭左等右等不见你回来，我想你一定又在骗我了。 我打着的士转了好几个大圈，才找到你。 现在饭菜都凉了。 只要你回去，只要你不参加比赛，不去追那个什么爽朗，饭菜凉了我还可以热。 你知不知道我做了你最爱吃的菜。 你猜一猜是什么菜？ 马哈哈低着头一言不发。 我说是水鱼炖蛤蚧。 梁艳说不是。 仇饼说白灼虾。 梁艳说不对。 肖丽说扣肉，马哈哈最爱吃扣肉。 梁艳摇摇头，脸上露出一丝得意之色，说不对。 那是什么呀？ 我们不停地想，口水填满我们的口腔，仇饼甚至咂了咂嘴巴。 马哈哈一拍书桌，说不用猜了，是土豆烧牛肉。 梁艳说对啦对啦。 她双手甩动两脚跳跃。 他们手挽手跳跃着走了出去，他们的背影依然是那么动人。 走到楼下，梁艳突然挣脱马哈哈的手跑回来，从仇饼的书桌上拔出那把水果刀。 她一边拔一边说这刀是我临时买的，光买刀我就花了不少钱。 我们说把这把刀留着，下次不用买了。梁艳说那是不可能的，我买一把马哈哈就会丢掉一把，况且下次我不一定用刀了。

　　仇饼让我对讲稿进行全面的润色，而肖丽则着重练习好普通话。我们决定比赛时由肖丽上场，所以她必须练习好普通话，练习好声调、节奏、吐字。我们每人打了一次电话给马哈哈，马哈哈在电话里果断地说不参加比赛。一个如此好色的人，一个如此暗恋阳爽朗的人，怎么会突然归隐呢？我们对他的退出表示极大的怀疑。但是怀疑归怀疑，马哈哈似乎是铁下了心肠，他连我们的聚会也不参加了，不知道梁艳如何把他调教得这么乖。仇饼为此松一口气，他失去一个竞争对手当然应该松口气。他在我和肖丽面前不断地打哈欠，打过哈欠之后忽然对着屋顶咆哮：马哈哈，你也有今天。

　　后来我去《方方面面》杂志社投稿，私下和马哈哈谈了一次。谈话时他好像提不起精神，头发凌乱面色青黄，五根手指像平时那样插在头发里，久久不肯出来。手指为什么不肯出来呢？因为他还没有把话说完。他说如果是你，你也会感动，会退出比赛，会不爱阳爽朗。梁艳其实是一个很漂亮的姑娘，不知道你平时没注意，她长得很像美国影星黛咪·摩尔。那天从仇饼那里回来后，我跟梁艳看了一盘黛咪·摩尔主演的影碟，每当黛咪·摩尔一出场，她就定格。她让我认真地看一看，她和黛咪·摩尔谁长得漂亮。我说不用看，当然是黛咪·摩尔长得漂亮。梁艳把嘴巴凑到我的耳朵边，当时我的耳朵麻酥酥的，她嘴里哈出的热气全部喷到我的耳朵里，你想一想那不麻酥酥才怪呢。我突然有了一种幸福的感觉。 她央求我再认真看一看，她说我不要求你非说我漂亮不可，我只要求你公正地看一看，要看细部，也就是眼睛是眼睛、鼻子是鼻子地看。 出于礼貌，我真的认真地看了一下她们。 我发现她们确实有些相像。 随着剧情的发展，黛咪·摩尔身上穿得愈来愈少，她的许多部位浮出水面。 她每露出一个部位，我们就定格一个部位，然后梁艳也露出那个部位，天哪，她们的部位竟然一模一样。 当时我一下就兴奋起来，我想阳爽朗仅仅长得像电视台的一个节目主持人，而梁艳却长得像明星。 谁都爱明星，我没理由不爱明星，也就是说我没有理由不爱梁艳。 我说黛咪不光漂亮还很敬业，前不久，为了演一部影片，她竟然剃掉了自己的头发。

我这么随便说说，梁艳却把这句话深深地记在心里。 第二天中午，她哼着歌曲走进我的房间。 我说是什么使你这般高兴？ 她右手在头上一拔，一个光头展现在我的眼前。 她的手里提着假发套，像提着一颗人头，简直一幅血淋淋的画面，但梁艳竟然还站在我面前笑。 她说我也要改变一下形象，争取被你喜欢。 我说头发呢？ 你那么好的头发呢？ 她说我已经把它剃掉了。 我说现在它在哪里？ 梁艳说我把它卖了，我用卖它得到的钱，为你买了一条表链。 梁艳从她那一千多元的真皮提包里掏出一条表链。 我说我们又不是没有钱买表链，你干吗要剃掉头发？ 你干吗要全盘照搬黛咪·摩尔？ 你可以吸收其精华弃其糟粕嘛，何必生吞活剥全盘西化。 梁艳说不是你叫我剃的吗？ 现在剃了你又有意见。 你真的在乎我的头发？ 我说在乎。 这时我才确定我已经真的爱上梁艳了，我们从同居发展到爱情了。 梁艳说没关系，一个月头发就会长出来。 梁艳把表链系在我的扣眼上。 闻达你看一看，就是这条表链。 马哈哈从上衣口袋里掏出表链让我看。 马哈哈说现在我一看见这条表链，就会想念梁艳的那头秀发。

马哈哈在掏表链时把他的手指从头发里退了出来。 我知道他的话说完了。 我也知道他为什么在说这段故事时喜欢把手指放在他的头发里，是因为他在怀念头发。 我祝贺他改邪归正。 他要我跟着他去宿舍。 我们来到他宿舍的窗口，他要我别出声。 我们像两个小偷蹲在窗口下。 他悄悄告诉我梁艳不希望有人知道她剃了头发，因为是朋友，他才让我躲在窗外偷偷地看一眼梁艳的光头。 我们的眼睛贴着墙壁慢慢往上移动，额头移过了窗台，眼睛移过了窗台，我们看见梁艳的光头，还有……梁艳竟然还没穿衣服，她赤身裸体站在镜前梳妆。 马哈哈及时发现问题，他把我的头按下窗台，嘴里不停地说你这小子占便宜了，你占便宜了，你得请客。 我说请就请，我刚得了一笔稿费。 我把钱从口袋里掏出来，向马哈哈炫耀。

我们去了附近的一个酒家。 吃饭的过程中，马哈哈问我，你都看见了，你说一句公道话，她到底像不像黛咪·摩尔？ 我说像，像极了。 他似乎不太相信我的诚意，每吃一口菜或喝一口酒就问一句：她到底像不像？ 我说像像像……
我们用"像"字来开我们的胃口，美美地吃了一餐。

马哈哈真的改邪归正了，他天天守着梁艳，要看着梁艳
的头发一天一天地生长，就像一个园艺工人看着自己的花木
生长。 我们找了许多借口叫他出来玩一玩，他都用结结巴巴
的语言拒绝。 他对我们说梁艳的头发长好之前，基本不出去
应酬。 这样在一个多月时间里，我除了送稿到他的编辑部跟
他聊一聊，很少跟他在一起。 我把大部分的时间献给肖丽，
她几乎是与我"三同"（同吃、同住、同劳动）了。

有一天马哈哈突然跑来找我，说不好了，出事了。 我问
他出什么事了。 他说我们的总编李环绕要我参加痛苦比赛。
我说你可以不参加，出生不由己，道路可选择。 他说不参加
说不过去，我已经推了好几次，我愈是推辞他愈是不放过
我，就像你愈是不想做示范他愈要让你做，你愈是想当官他
愈是不让你当那样，他喜欢反其道而行之。 我说你可以用梁
艳去搪塞。 马哈哈说这也没用，我已经试过了。 李环绕要
我代表《方方面面》杂志社参加比赛，并且要拿最好的成
绩。 我对他说这会犯重婚罪的。 他说拿最好的成绩是为杂
志社争光，到时可以不跟阳爽朗结婚。 他的目的是为杂志做
广告，以扩大发行量。

一个星期前，李环绕拿着一张晚报在手上挥动着，说你
们知不知道这件事？ 一个女人在晚报上登广告，说谁痛苦嫁

给谁，要搞一场轰轰烈烈的痛苦比赛。 晚报除了登广告还做了追踪报道。 我说我知道。 李环绕问还有谁知道？ 办公室里保持高度的沉默，没有一个人敢吱声。 他们知道半年没有召集大家开会的李环绕，现在不会从嘴巴里吐出什么象牙。他肯定要惹是生非。 我看见大家保持沉默才知道说漏了嘴。我说我也是听说，具体情况不太清楚。 李环绕把报纸摔到桌上，说我们的记者素质太差了，这么好的新闻不去炒，而让晚报大版大版地报道，我们明显不如人家，这样下去我们的杂志不倒台才怪呢。

为了对这一盲视进行弥补，李环绕把阳爽朗请到我们杂志社，为我们全体记者编辑作报告，并回答我们的提问。 然后，我刊将以头条位置配巨幅照片报道此事。 阳爽朗恨不得多有一点出风头的机会，她打扮得像一个新娘似的来到我们杂志社，就坐在离我们几米远的地方。 知道吗？ 就离我们几米远，说到这里时马哈哈咂咂嘴巴，像是吃到了什么美味可口的佳肴，拼命地吞咽口水。 我看见他的喉头蠕动了好一会儿，才又喷出崭新的话来。 马哈哈说连她的气味我都闻到了。 我生怕她认出我来。 但是她没有认出我，也许是找她的人太多的缘故，她竟然没有认出一个曾经威胁过她的人。她会不会也忘记曾经强奸过她的人？ 人啊人，怎么那么容易遗忘？

阳爽朗就离我几米远，我真是大饱眼福。 与其说我听她作报告，还不如说我是看她作报告。 她说的什么内容我全不记得了，长达一个小时的报告，我只记住一句：像你们这些记者编辑，生在新社会，长在红旗下，从出生到工作都没受什么苦，你们如果参加比赛，不是倒数第一也是倒数第二。她刚这么说的时候，大家还能够接受，但是她反复地说这个问题，搞得我们都有一些烦了。 特别是李环绕，我看见他的脸色一阵青，一阵白，又是打喷嚏又是打哈欠，又是甩手又是摇头。 他的臀部在椅子上磨动着，想站立又不敢站立。我把他的这一系列动作想象成他对阳爽朗按捺不住的热爱。他的这种心情我是能够理解的。 你们想一想，一个年轻美丽的姑娘就坐在他的面前，好像唾手可得，其实咫尺天涯。 他是整个编辑部最靠近阳爽朗的人。 他有这个特权。 在我们编辑部里，如果以职务大小来决定爱情，那他无疑是最先能够享受到爱情的人。 但是他已经没有年龄优势了，已经结婚生子了，尽管他有权有钱。 他肯定和在座的年轻人一样，对阳爽朗抱有不健康的想法，只是名不正言不顺。 像他这样的人优势在于偷偷摸摸，可是阳爽朗偏偏是一个喜欢大张旗鼓的人。 这一切决定了他必须打哈欠打喷嚏，甩手加摇头。但是五秒钟之后，我改变了这种看法。

李环绕站起来了。 他挡住我们的视线。 我们看见他的脊背宽阔肥厚，头发苍劲有力。 他面对阳爽朗背对我们说那未必，小阳，我现在向你庄严地承诺，我们《方方面面》杂志社在痛苦比赛中一定会拿好成绩，为杂志社争光，也为你争光。 办公室里响起噼噼啪啪的掌声。 掌声响起来，汗珠流出来。 阳爽朗说好样的，有志气，我等着。

第二天李环绕为找一个有志气的人伤透了脑筋。 他分别找了莫小成、雷德汉、黄一峰谈话，他们都不愿做有志气的人。 最后李环绕找到了我。 我说我已经有女朋友了。 李环绕在找了四个人而又没有一个人买他账的情况下，拍响了办公桌，说我找你是看得起你，是觉得你除了相貌堂堂，还口齿伶俐，你竟然不买我的账。 那么这样吧，我也不能太独断了，如果独断有效，我也不会把这样的好事让给你们，我自己就可以试试。 但是我不想做一个独断的领导，这件事还是由全编辑部的人来决定吧。

李环绕召集大家无记名投票，选举参加比赛的人。 也许是我的运气太差，或者说太好的缘故，我被大家选中了。 全编辑部二十一人，我竟然得了十九票，还差两票就是满票了。 如果满票反而显得不真实，可是差了两票，你就不得不说这是多么真实的民意。 我多次买过体育彩票，没一次中奖，但是这样的事让我中了。 我不得不准备了一个讲稿，以应付李环绕。 当然这只是不得已而为之的事，不能让梁艳知道。 我只是应付应付，并不想真参加。 但愿比赛那天李环绕出差，或者最好他把这事给忘了。

真让马哈哈不幸而言中。 在我们七嘴八舌的议论中，在我们的期待中，三月八日隆重到来。 市人民大会堂挂出了一些彩旗，写了几幅标语，摆了几个花篮，气氛被搞热烈了。

只可惜李环绕没有眼福。 他好像是为了完成马哈哈的那句预言，出差去了。 当然他去的地方很令人羡慕——法兰西共和国，说是去搞什么文化交流。 我为马哈哈松了一口气，想他终于不用参加比赛了。

我和仇饼、肖丽挺直腰杆站在大会堂的门口，等待比赛开始。 这时我们理所当然地放眼会堂前面的草坪。 草坪上有人在放气球，有人在弯腰捡矿泉水瓶，有人正坐着轿车朝会堂门口奔来。 这么好的日子，天气自然不会差。 什么阳光、白云、蓝天我就不想写了，其实那一刻我们也没有心情去注意它们。 我们只是感觉很好，也就是心情愉快，胸中有一种这个世界属于我们的感觉，有一种当家做主人的感觉。只是我们的身边少了一位马哈哈，这多少让我们感到有一丝遗憾。

会堂门前聚集了愈来愈多的人，我们想参加比赛的人一定很多。 我们要仇饼放下包袱开动思维，不要有任何心理负担。 我为仇饼买了一瓶矿泉水，肖丽则忙着为他整理领带。因为我跟肖丽的关系有了突破性进展，所以我们把参加比赛的人选让给了仇饼。 于是这个集体的赛事变成了他个人的比赛，我已经向他表示，如果他获胜，我绝对不吻他的新娘。朋友妻不可欺。 他立即说闻达你真够朋友。 立即，这句话他是立即说出来的，没有半点儿犹豫和含糊。 仇饼站在我们中间咳了几声，也许是清理嗓子。 我们都为他紧张起来。肖丽忙用手掌轻轻地、轻轻地拍他的背。 我则用手抚摸他的胸膛，减轻他的难受。 我们像帮助弟弟一样帮助他。 而他的年龄实际上比我们大。 我们就像是帮助一个不幸的孩子，希望他能得到意中新娘。 仇饼挣脱我们的安慰，一趟又一趟地上厕所。 我们站在厕所门口等他。 他刚出来几分钟，又反身往厕所里走。 他说我一紧张就想上厕所。 我说不要紧张，团结紧张，严肃活泼，不要紧张。 我愈是这样说他愈是紧张。 我看见他的两条腿竟然抖了起来。

比赛就要开始了，人们陆续地进入会堂，街道上的警笛一声高过一声。 我们只闻其声，不见其车。 会堂前的大道上有那么多奔跑的车子，分不清哪辆是警车，哪辆不是警车，但是其中肯定有一辆是警车。 在我们快要走进会堂的瞬间，我们看见马哈哈从一辆的士里钻出来，因为匆忙他的衣服被的士的门钩挂住了。 他扯下衣服朝会堂快步跑来，一边跑一边回头望，好像有谁在身后追他。

我们拦住马哈哈，说你来了。 他说我一忍再忍还是忍不住，我要参加比赛。 我们说梁艳怎么办？ 他说我是偷偷跑出来的，梁艳不知道。

比赛马上就要开始，会堂里挤满人头。 但是我们意料不到，坐在台上比赛的人只有两个，他们是马哈哈和仇饼。 他们像稀有动物被人们看着、议论着。 台下的人们张大着嘴，等待他们发言。 仇饼用经过肖丽训练过的普通话朗读讲稿，不时获得观众的掌声。 读到关键的地方时，也就是我们精心构思的地方，比如仇饼跟野狗抢老鼠、仇饼的母亲被倒塌的墙压断大腿等，一些观众竟然哭了。 他们掏出手帕抹眼角，用手帕捂住鼻子，生怕他们制造的声音影响他们的形象。 我看见坐在一旁的马哈哈也不失时机地用手抹眼泪。 马哈哈抹眼泪的动作比较隐蔽，但还是让我和肖丽看到了。 我们认为马哈哈比不比赛已经没有任何意义，他的痛苦肯定无法超越仇饼的痛苦。 会堂里掌声和哭声混合，许多人为仇饼的痛苦拍红了巴掌。 我在这样热烈的环境下，基本没有听清仇饼后半部分的发言。 我和肖丽都有一丝陶醉，她的头紧紧地靠住我的肩膀，她的手紧紧地抓住我的手。 我们在仇饼的痛苦宣言中几乎合二为一。 那是仇饼的痛苦，也是我们的痛苦。我们像看着自己的儿子成长那样兴奋。 痛苦并兴奋一直持续到仇饼的讲话完毕。 有人对着台上喊阳爽朗，嫁给他吧，嫁给他吧……

一片喧哗声中，主持人开始介绍马哈哈。 马哈哈站起来向大家致意。 我们突然听到有人叫马哈哈。 一听到这个声音，我的心里就凉飕飕的，双腿自然发软。 我想马哈哈没戏啦。 这时，我们只有一条出路，那就是乖乖地转过身子。我们看见梁艳从会堂的侧门走进来，她不停地向马哈哈招手，说加油，马哈哈。 她笑得牙齿全部露了出来，特别是两颗虎牙，我们从来没有看见她的嘴巴开得如此之大。 马哈哈好像也看到了梁艳，他的舌头往外伸了一下，立即又缩了回去。 梁艳的突然到来，使马哈哈失去了说话的功能。 他像一个罪人一样低下头，目光明显发直。 人们期待的声音没有响起，会堂里静悄悄的。 主持人问马哈哈为什么不说话？马哈哈说我……我本来不想参加比赛，我已经下了好几次决心不参加比赛，因为我已经有了女朋友，我十分爱她，她也十分爱我。 但是，我们单位的领导指派我代表全单位参加比赛，所以我不得不来。 我来比赛没有其他意思，只是想检验一下我的能力。 我并不想跟阳爽朗结婚，只是想检验一下我的能力。 我其实没有什么痛苦，一生下来，我就吃得饱穿得暖，就能够进学校读书。 我家的经济条件较好，也不缺钱花。 父母健在，未患癌症。 和刚才那位选手比起来，我的痛苦几乎没有，几乎不能算作痛苦。 因此……我决定退出比赛。

马哈哈准备从台上走下来。 台下响起一片嘘声。 主持人拉住他，要他把讲稿念完再走。 马哈哈说我没有讲稿，我只是想即兴发言。 主持人问他那么你的即兴发言，想发些什么言？ 马哈哈说不知道，我也不知道。 主持人说那么你的痛苦是什么？ 马哈哈说我很幸福，没有什么大不了的痛苦。参加比赛不是我的意思，是我们领导的意思。 马哈哈像一个逃犯，从台上跑到我们的身边。 我们看见他的额头上遍布汗珠。

找和肖丽、仇饼、马哈哈、梁艳坐在一起，等待评委最后宣布结果。 我们提前向仇饼祝贺，祝贺他以这样的方式获得爱情。 仇饼谦虚地笑着，好像现在已经抱着阳爽朗似的。他说怎么还不宣布，我的心快蹦出来了。 仇饼已经没有耐心等待评委，左等右等，终于有一个白头发的评委出现在台中央。 白头发说经过评委认真而又负责任的评选，现在痛苦比赛的第一名已经产生。 他是——白头发故意卖了一个关子。他是——他是谁呢？ 你们大家也许已经猜到了，也许没有猜到。 他是——他是——2号选手马哈哈。 我们的周围一片喊声。 马哈哈、仇饼和梁艳都从椅子上站起来瞪大双眼。仇饼说这怎么可能？ 这一定是搞错了。 会堂里有些混乱，我们认为这是评委们开的一个玩笑，是故意逗乐。 也许几秒钟后，白头发会突然来一个更正。

但是没有更正。 仇饼像一摊水软在座位上。 马哈哈和梁艳仍然站着，伸长脖子朝前望。 观众纷纷退席。 我们难过了五分钟，马哈哈被请到后台，梁艳紧紧地跟着他。 仇饼想冲上台去，被警察拦住了。 仇饼挣扎着说为什么？ 为什么会是这样？ 警察说这有什么好委屈的，谁不愿嫁给一个没有痛苦的人？ 仇饼被警察教导着推下舞台。 仇饼的身子往前扑，差不多跌倒了。 仇饼瞪了警察一眼，发觉警察长得很像阳爽朗。 仇饼骂了一句粗话，说原来你们是一家子。 你们在合伙行骗。 警察举起电棍从台上跑下来，说你说什么？你说什么？ 你是不是在骂我？ 仇饼说没说什么，你是不是想打人？ 警察收回电棍，摇摆着肥大的臀部走开了。 仇饼坐到木地板上，不想走，也好像是没有力气走。 我和肖丽扶着他走出会堂。 一些观众围住我们。 他们握紧拳头。 我听到他们的拳头和牙齿发出嘎嘎声。 他们说告她，你到法院去告她。

我们的身后跟随着七个愤怒的男女青年，他们像一群苍蝇轰轰地叫着。 他们强烈要求仇饼告状。 仇饼一言不发，只是任凭我们摆布。 跟随我们的人愈来愈少，我们每向前迈进一步就减少一个跟随者。 我们一共向前迈了七大步。 我想那七个跟随者一定被我们甩掉了。 我们回过头仍然看见有一个人跟随我们。 我们走了几十步，还没有把他甩掉。 他说你们难道真的不告她吗？ 这太便宜她了。 我说你是谁？我们并不认识你。 他说我是一个同情你们的人，是一个有良知的人，我是律师。 他掏出证件让我们看，说如果你们愿意，我可以免费为你们打这个官司。 铁树开花，哑巴说话，仇饼像一位诗人突然仰天长叹，说打官司又有什么用？ 等法院判案的时候，马哈哈和阳爽朗恐怕已经生下小孩来了。 我对仇饼的这一声长叹产生无限的敬重，觉得仇饼很有思想。我甚至想他的这一声长叹也许会成为著名的长叹。

打这个官司的意义不在于能不能得到阳爽朗的爱，而在于你能不能出一口恶气。 只要这个官司一打，不知道有多少姑娘愿意嫁给你。 只要你愿意打，我就免费为你打。 在律师岁大超的挑拨下，仇饼向法院起诉阳爽朗。 阳爽朗并不把起诉当一回事，她跟马哈哈闪电式地结了婚。 梁艳为此又买了一把水果刀。 梁艳举刀割手腕子时，马哈哈就坐在旁边看着。 马哈哈说割吧割吧，只是你割手腕子太痛苦了，如果我是你会选择安眠药，那样会减少许多痛苦。 其实割手腕子不是你的专利，在寻找痛苦的时候我也曾经割过。 马哈哈举起他的左手臂让梁艳看。 梁艳看见马哈哈的左手腕子有一条若隐若现的刀痕。 梁艳突然丢下刀子，说我真傻，我怎么会为一个不值得我爱的人去割手腕子，我真傻。 喜欢割手腕子的梁艳从此放下屠刀立地成佛，不再割手腕子了。 她仿佛是一丢下水果刀，就跟着另一个男人去了澳大利亚。 那个男人很有钱，也很爱她。

新婚不久的马哈哈给我写了一封信，想不到他在新婚的百忙中还记得给我写信。 他说我们的关系已经断了，今后别再寄稿件给我。 我和仇饼都是你的朋友，谁得到阳爽朗都应该祝贺。 而你不但不祝贺我，反而跟着仇饼起哄，真不够朋友。 你的文章要想在《方方面面》杂志上出现，除非我不做编辑。 我捏信的手这时像发动机那样抖动着。

我的文章写得并不怎么样，平时主要靠马哈哈帮着发表，现在他不发表我的文章，就断了我的生路。 我把这封信读给肖丽和仇饼听。 我说从此后我就没有稿费啦。 仇饼说没有稿费不要紧，只要我仇饼有一口吃的，你闻达就不会挨饿。 我说你妹妹都失学了，你母亲还要治腿伤，我怎么好意思用你的钱？ 仇饼说闻达你是不是疯啦？ 那是我们的虚构。 我的母亲身体健康，我的妹妹也没有失学。 我啊了一声，好像从天上跌到人间。

　　仇饼还在耐心地等待法院开庭。 几乎每天他都要上一趟法院，那个负责此案的法官跟他混熟了，他们一星期上一次酒店。 每次去酒店仇饼都叫上我和肖丽。 但是酒喝了，兄弟也称呼了，肩膀也拍过了，法院还是不开庭。 仇饼仍然在酒桌上重复讲他的故事，仿佛这个故事能够助他酒兴。 当他讲过之后，他总要问一声我们，难道我的这个痛苦不比马哈哈的痛苦更痛苦吗？ 真是岂有此理。 我们都附和着说真是岂有此理。 仇饼还特别问法官，你说我的痛苦是不是比马哈哈的更甚？ 法官说当然是你的痛苦更痛苦。 仇饼一仰脖子，说就是嘛。 他已经从这种回答中找到了胜利。 久而久之，仇饼把讲这个故事当作乐趣，而打不打官司似乎是不重要了。 有一次仇饼喝醉酒，像一袋粮食倒在酒店的地毯上。我们好不容易把他扶起来。 他说你们别管我，你们一关心我，我就想哭。 你们再扶我，我就哭了。 我们看见他的眼睛里真的躲藏着几颗眼泪。 那位法官也喝醉了，他拍着仇饼的屁股说，兄弟你不要哭，我来给你擦眼泪。 法官的手在仇饼的屁股上擦拭着，他竟然把仇饼的屁股当成了脸蛋。 他一边擦一边说，其实，你也没什么好委屈的，我们在办公室里讨论过了……我们认为……没有痛苦才是最大的痛苦。 仇饼说是吗？ 你是我的好兄弟，你终于告诉我什么是痛苦了。我终于明白什么是痛苦了。 过去我幻想的痛苦不是这样，现在我才知道什么是幻想。 仇饼从地毯上爬起来，在餐桌上又摸索到一杯酒。 他把那杯酒灌进嘴里。

　　好长一段时间，仇饼没请我们喝酒了。 我问肖丽仇饼为什么不请我们喝？ 肖丽说他已经有女朋友了。 我说不可能，有女朋友他会告诉我们的。 肖丽说骗你干吗？ 我在花店碰见过他们。 他们认识不久，那天去花店买花，还以花店为背景照了几张相，是我为他们按的快门。 当时仇饼还说要在城市里找个鲜花为背景的地方照相，只有花店。

　　在鲜花怒放的背景中，马哈哈和仇饼就要淡出了。 他们跟我的接触愈来愈少，我慢慢地不太知道他们的事情。 但是我知道仇饼带着他的女朋友回过一次乡下。 他带女朋友回去的目的是想让他的父母看看未来的媳妇。 于是，仇饼和他的女朋友走在野花开满的路径上，他们的身影在花丛中时隐时现。 他们走向野花的深处，到达仇饼的老家。 那是个风吹草动的下午，太阳时好时坏，有时出来有时不出来。 太阳出来时，光线把仇饼家的房屋切割成无数块，有的明亮，有的幽暗。 仇饼和他女朋友的身影也被太阳放大了好几倍。 他们走到村头时，看见他的妹妹正背着书包上学堂。 小呀么小儿郎，背着书包上学堂。 仇饼说爸爸呢？ 他妹妹说爸爸在坡上放牛。 仇饼说妈妈呢？ 他妹妹说妈妈在家里剥玉米。仇饼和女朋友加快步伐，朝家中奔去，他们的头发一齐向后飞扬。 还没有推开门，仇饼就叫了一声妈……屋子里传出一声哎……他的妈妈回答得十分清脆。

　　仇饼在他女朋友身上打量了一下，没有发现什么漏洞。他嘱咐女朋友你一定要叫妈，知道吗？ 要叫得甜甜的。 他的女朋友示范地叫了一声妈。 仇饼表示满意，还在他女朋友的脸上捏了一把。 仇饼推开门，阳光跟随他们闯入。 他们看见他妈妈坐在后墙根剥玉米，她的面前堆了一大堆已经剥好的白色和黄色的玉米棒子。 他妈妈就坐在玉米棒子中央。他妈妈揉揉眼睛，说是谁呀？ 仇饼说是我，妈妈，我是仇饼。 他妈妈说原来是仇饼回来了。 说完，他妈妈想从玉米棒子中间站起来。 突然，后墙轰地一响，倒向他妈妈。 他妈妈的一条大腿，具体地说是他妈妈的左腿，被倒塌的墙压在下面。 他们同时发出了惊叫。 惊叫之余，仇饼听到警笛声从遥远的地方传来，好像是从山谷里传来。 他想一定是哪里又发生了什么案件，要不然不会有一辆警车从山里开过。

逃出时间的
小栅

最重要的东西都是用管子制成的，证明如下：男性生殖器、笔和我们的枪。

——〔德〕利希滕贝格

A. 回首

十岁那年，我渴望一支火枪。

初春的午后，我和祖英姑娘替生产队看护十八头健壮的水牛。 坡地上长满嫩草，草尖挂着露珠。 水牛们发出有节奏的啃食声。 天边涌动黑云，雨丝落一阵停一阵，白雾笼罩森林。 我们跟着牛群在齐腰深的茅草里穿行，感到害怕。我说如果有一支枪就好了。 这种欲望像影子，一直跟随我，直到我杀死一个人。

祖英仿佛没听到我说话。 她微张小嘴，目光注视树林里的一群野鸡。 她的头上落满了细雨，细白的雨珠像虱子蛋挂在发间。 几只蚂蚁爬上她的小腿，她弯腰抓挠。 虽然她在抓挠，但她的目光却始终盯住那群野鸡。 她被野鸡身上五彩的羽毛迷住了。 野鸡们排成一列，悠然自得又傲气十足地走着，红绿相间的羽毛长长地拖在地面。 我对着野鸡做了一个举枪射击的动作，嘴里发出开枪的叭叭声。 野鸡们扑棱扑棱地飞起来，像一簇簇瞬间开放的花朵。 祖英生气地回过头，说你怎么把它们吓跑了？ 我不无遗憾地说要是有一支枪就好了。

傍晚，我就看到了祖英家的那支火枪。 我和祖英把生产队的牛关进牛圈，便往村里走。 祖英的小腿被蚂蚁叮咬，红肿发亮。 她一瘸一拐地走在前面，衣裤已被细雨湿透。 一看到自家屋檐，她便开始哭号，一边哭号一边小跑，像耷拉着翅膀的小鸟急不可待地扑进家门。 哭声在屋子里嘹亮。她妈妈从灶房走出来，被她的哭声弄得焦躁不安。 妈妈越焦躁，她哭得越夸张，甚至调高音量，一屁股坐到地上。 她妈妈从她夸张的动作里看出了伤心的水分，没有睬她，而是抬头看着门外的我，说发粑你来了。 她绕过祖英，迈出门槛拉我的手，像拉自己的娃仔那样把我拉进家门，给我倒了一碗糖水。 我看见一支火枪挂在墙上，血脉因此而偾张。

那时候山区的大人们都叫我发粑，原因是我爱哭，像发酵过的面面粑，软弱无能不硬气。 我喝了一碗糖水，祖英妈又从锅里取出一个苞谷粑递过来，说发粑，你把这个吃了。我说不吃，我想要那支枪。 祖英妈把苞谷粑塞进我的衣兜，根本不把我的话当一回事。 我定定地看着枪，忽然听到一声呵斥：鸡巴还没长毛就想玩枪了。

这声呵斥是祖英爹发出的，他刚从地里劳动回来。祖英一看见她爹，赶紧擦干眼泪，从地上抬起屁股。因为祖英爹总是板着脸，全村的孩子都怕他，连祖英也怕，连祖英妈也怕。我掏出苞谷粑放到桌上，便跑出门去。出门之后，我回头想再看一眼墙上的火枪，但我只看见祖英爹宽大的背膀塞在门框里。我想他的肩膀这么宽，他才配拿枪。

暑假，我和祖英常常代替父母为生产队看牛。在我们看牛的日子里，天气时晴时雨，野鸡如期而至。野鸡像一盏盏彩灯，在树林里闪动。我像一只猎狗，无声地蹲伏在草丛里，瞄准。但是没有枪，我无法射击，只能潜伏。牛群啃草的声音消失了，风声雨声，声声入耳。野鸡的羽毛，啄食的动作，打斗时的眼神，飞翔时的姿势，我都一一看在眼里。有时，我会跟踪它们，有时就定定地看，直到它们飞走。

一天晚上，祖英被她爹押着来到我家门口。祖英爹说发粑，你出来，你说说你们是怎么看的牛？坏事已经败露，灾难即将临头，我跨过门槛低头站在祖英的身旁，妈提着一盏马灯跟出来。妈说怎么了？是不是糟蹋集体的禾苗了？妈的话音掷地有声，怎么一猜就猜准了？我听到呼的一声响，妈的竹鞭抽到我的屁股上。我针戳似的弹起来，妈的竹鞭追着我的脚后跟。祖英爹的鞭子也不甘示弱地响起来，祖英一动不动立在地上，像一个坚强的战士。祖英爹一边挥动鞭子一边问，你们做什么去了？ 十八头牛都看不住，到底是谁的责任？ 你们两个谁贪玩，才让牛吃了禾苗？ 队长说了要赔两百斤干苞谷，要赔就用你的口粮赔，从今天起你给我喝稀饭。 妈一听到要赔干苞谷，鞭子下得更密。 不管我怎样弹跳，妈的鞭子就像我梦中的蛇，始终缠住我。

祖英咬着嘴唇，没有说我追踪野鸡的事。 祖英爹和我妈都没能从我们的口里逼出情况，我和祖英幼小的肩膀平分了灾难的责任。 我想倘若不涉及粮食，他们不会比赛抽打我们。 周围圈了一层人。 人群的围观使那个夜晚的场面仿如山区流行的批斗大会，我和祖英像十恶不赦的地富反坏右。 祖英的嘴唇憋了许久憋出一句话来，说爹，我不是你的女儿吗？ 祖英爹说是我女儿又怎样？ 是我女儿就可以放牛吃禾苗吗？ 祖英的那句台词和她爹的鞭子一样响亮。

祖英爹是那支火枪的主人，但我从来没见他拿枪。 他的肩头在季节更替中，常常变换着犁耙、刮子和砍刀一类的农具，却没有枪。 我想如果他扛着枪，那才像祖英的爹呢。

只有祖英爹出门干活的时候，我才敢溜到祖英家的那面墙壁下，去看火枪。 夏天即将结束了，秋天的稻香扑面而来，墙壁上的火烟愈积愈厚，那枪依然一动不动地挂在那里。 忽然，我听到大门哗地推开，祖英妈像一只断了翅膀的鸟扑进家门。 祖英妈说我看见了，什么我都看见了。

祖英说妈你看见什么了？ 祖英妈说我看见你爹了。 爹在做什么？ 你爹在打野鸡。 打野鸡怎么不带枪？ 你爹打野鸡从来不带这支枪。 祖英妈说这话时，已把枪拿在手上。祖英说妈你拿枪做什么？ 祖英妈说拿去打你爹。

祖英妈拿着枪扑出去了。 祖英扑出去了。 我看见墙壁上仍然挂着一支白色的枪，那是因为枪常年挂在墙上，火烟没有熏到的部位留下的白影。 我离开墙壁，快速飞出祖英家的大门，目光追随着祖英妈奔跑的身影，渴望听到一声枪响。

祖英和她妈像两片飞动的树叶，装点山区景色。 祖英妈双手紧握火枪，嘴里喷出脏话：我要杀了那两个不要脸的畜生，我要一枪射穿了他们的家伙，叫他们一辈子也不能快活。 祖英紧跟在她妈的身后，她妈的枪尖指向哪里祖英就奔向哪里。 午后的阳光炫目灿烂，祖英母女的身上沾满草屑和树叶。 祖英在奔跑中突然栽倒。 祖英妈并没有因为祖英栽倒而停止愤怒，她依然举枪奔跑，像一簇孤独的火苗，点燃了整个坡地。 我听到祖英的哭声飘起来，成为那簇火苗的背景音乐。

祖英爹从一丛草里弹出来，上衣缠裹在腰间，因为匆忙没有穿上裤子，两条铜色的长腿在草尖飞翔。 祖英妈有了追杀的目标，枪口摆过去。 目标愈跑愈快，距离渐渐拉长，祖英妈手里的枪冲出一束蓝烟，爆出一声闷响。 这是我第一次听到祖英家的火枪发出声音，它没我想象的那么强劲，反而显得疲倦无力。

祖英爹伴随枪声沉入草丛。 人们都惊呼着朝坡地蜂拥而去，以为祖英爹中弹身亡了。 但是，祖英爹很快就从地面跳起来，反身扑向祖英妈。 祖英妈靠在树上，吓得手里的枪早已掉落。 祖英爹说你还真想杀我？ 祖英爹捡起火枪，朝祖英妈砸去。 祖英妈哟的一声惨叫，身子弯下，倒于草丛。祖英爹拉起祖英妈，像拖死狗一样拖着，祖英妈的身子把草丛都压平了，压出一条道路。 祖英爹说我让你看看，看看我在做什么，我只不过在草里乘乘凉，大热天的，我脱光衣服乘凉有什么错？ 祖英妈看见草丛里散落满地的树叶，一条裤子铺在树叶上，没有女人。 祖英妈突然抓起那条长裤，指着裤上的一块湿斑，问这是什么？ 祖英爹猛然低头，看见自己的下身赤条条的，赶紧夺过长裤，往两条腿上套去。 祖英妈抓起地上的枪，威武地站起来，说你真敢跟那个骚货乱来，老娘就敢开枪，不怕打不死你。 祖英爹说总有一天，我要把这枪砸了。

祖英妈的那次追杀之后，祖英爹尽管嘴巴依然强硬，但身子骨被吓软了。 祖英爹从此本分，直至祖英妈瘫痪后，他才又拈花惹草。 那段时间，我不时听到祖英爹说把枪砸了……枪在他的砸枪声中另易其主。

祖英妈在一夜之间瘫痪。 那个夜晚像一个黑洞吞没了真相，经过无数日子的演绎，后来我才知道故事梗概。

时间是夏末，我又长了一岁。 那个夜晚，天上地下没有一丝风，门外黑如锅底，热气原地踏步，汗水爬满脊背。 我的爹妈在吃完晚饭后比赛挑牙齿，一团团没有油水的碎物从他们的牙缝间飞出，并伴随着有关生活的议论。 妈说把灯吹了，省点油。 爹便对着油灯喷了一口气。 灯苗一闪，没了。 我们坐在黑夜里。 爹说传说要打仗，到处都在备战备荒，我们要买一百斤盐留起来。 妈说家里没有一分钱，拿什么去买？ 没有一分钱的我们坐在夜里，听到一阵脚步声从远远的村头响过来，直响进祖英家。 我们警觉地竖着耳朵。

片刻的寂静之后，祖英家传出乒乒乓乓的声音，悲惨的叫喊在沉沉如墨的夜空扩散。 爹妈和我都缩在黑夜里，屏住呼吸。 妈说发粑你听到什么了？ 我说我听到打架的声音。 妈说你什么也没听见，你什么也不知道。 我说知道了。

乒乓声响了好长一段时间，我听见一个男人嘹亮的声音：我要战斗！ 接着便是一声女人的惨叫。 那个男声是陈龙发出来的，那个惨叫的女人是祖英妈。 祖英妈是从地主家嫁过来的，那个时期到处都能听到地主富农的惨叫。

第二天早晨，十八岁的陈龙挂着祖英家的那支枪，在村子里穿梭。 他挺胸收腹，见人便说我要战斗。 村人们隔着窗口指点他的背影，说这个家伙带人抄了祖英的家，还把祖英妈打瘫痪了。 就在陈龙背枪行走的时候，陈队长站在村头喊癫仔，你他妈给我回来。 陈队长无疑是喊给大家听的，要大家知道他的仔是个癫子，而癫子打人是不犯法的。

陈龙一摇一摆地迎着他爹走去，走到他爹面前时，敬了一个庄严的军礼。　陈队长抬脚踹了一下陈龙的屁股，陈龙像一根弱不禁风的苞谷秆倒在陈队长脚下。　陈队长说祖英妈的双腿站不起来了，你闯大祸啦。　陈龙像一只死狗趴在地上，脚和手分别指向四个方向，半天都不敢站起来。

　　祖英不上学了，我去看她，去的时候她正好上坡打猪菜，只有祖英妈盘腿坐在门前，守望晒坪上的苞谷。　一群鸡在晒坪上啄食，祖英妈低头纳鞋底。　鸡啄了好久，祖英妈才抬起头来，呀呀地赶鸡。　鸡不怕她的声音，依旧站在晒坪里啄苞谷。　祖英妈爬到柴堆边，拉起一块柴，朝鸡群砸去。鸡们拍着翅膀飞开，但只一会儿工夫，又试探着朝晒坪走来。　祖英妈砸了几块柴，都没把鸡赶跑，它们像是故意欺负她，她急得都快哭了。　忽然，她看见我，就指着那些顽皮的鸡，说发粑，你帮我把它们全部捉来杀了。

　　我帮祖英妈赶跑了鸡，就跑进屋去看墙壁。　因为没有枪挂在那里，墙壁已被火烟全部熏黑，枪的痕迹渐渐抹平。

　　农村开始兴办初级中学，马老师由小学教员一跃而成初中数学老师。　面对那所匆忙办起的初中，我犹豫不定。

　　开学的日子正好是圩日，入学的新生夹杂在成年人的背篓和担子中间行走。　爹已捆好了一担橡木皮。　看着扁担两头小山似的木皮，他双手不停地搓动，叹了一口长气，说你妈怎么还不来？　走早一点凉快。　爹说这话时，我看见妈从生产队的仓库里拉出一杆大秤，快步走过来。　一根木棍穿过秤杆上的铁圈，爹把木棍的那头架在条凳上，用肩膀扛棍子的这一头。橡木皮被秤钩吊离地面，妈慢慢移动秤砣，说一百二十斤。爹的身子往地面一矮，橡木皮落在地上。爹说五分钱一斤，一百二十斤可以卖多少钱？妈说六块，如果公家的秤没有问题，能卖得六块钱。

圩场在离我家七公里外的地方，爹的眉头在七公里的这一端蹙成疙瘩。爹说要几个钱不容易。妈把秤杆从担子上解下来，扛在肩膀往仓库走去。爹把左手伸进衣袋，掏出一堆零散的票子，然后对着右拇指吐了一口唾沫，把零票仔细地数了一遍，伸到我面前，说这是二十块，你拿去交学费、书费和生活费。

我第一次捏着巨额钞票，肩上顿时有了沉重的感觉，好像比我爹面前的那担橡木皮还重。我说爹，这钱真的给我吗？爹说给你读书。我说爹你太累了，我不读书了，从明天起我跟你下地劳动。爹说你长大了，懂得为爹着想了。我说不过这二十块钱你得在圩场给我买一杆火枪，这是我最后一次用你的钱。爹说你妈同意吗？你真的不读初中了吗？我点点头。

爹夺过钱，弯腰把担子送到肩膀，橡木皮的重量压得他的嘴巴咧成一个大口子，牙齿紧紧咬着。爹的双脚开始启动，脸部恢复平静。我说爹，你要给我买枪。爹哼了一声，像一架笨重的牛车从我面前摇过去。我目送爹在山路上渐行渐小，最后小得像一滴浓黑的墨汁，慢慢地消失了，只留给我一段空空的山路。

妈的脚步声"扑嗒扑嗒"响到我的身后。 妈说一百二十斤，你爹的肩膀恐怕要磨出血来，你什么时候才能替你爹挑上一肩？ 我没有吭声，听到身后有铁碰铁的响声。 妈又把大秤扛回来了，估计仓库已经关门。 妈放下大秤，像突然记起什么大事，说发粑，你怎么还不去报名？ 我说马老师说明天报名。

在我的记忆里，那个圩日特别漫长，三五成群的人带着圩场的信息，在午后纷纷返回村庄，可我爹迟迟不回。 我坐在家门口遥望，想象我爹在圩场做些什么。 他真会消磨时光。黄昏的颜色铺满村庄，房屋以及树木的影子变瘦变长。 我终于看见爹像散兵游勇，走在最后的黄昏里，他的肩上依然压着那根刺竹扁担，扁担的两头吊着两根雪白的鼓胀的袋子。

爹渐渐近了，我没有看见渴望的枪，期待的心情像西天的落日，慢慢地坠落。

进了家门，爹摔下肩上的重担，软坐在地上。 妈惊讶地问你买了些什么？ 哪来的钱？ 妈用激动的双手打开布袋。我看见布袋里装着颗粒粗大的生盐、电池、饼干、煤油和火柴等等。 爹说街上都在抢购盐巴，都说还有半个月天要黑七天七夜。 天黑那么长的时间，大家都在准备吃的用的。 发粑，这比你的枪重要。 我想哭，鼻子酸麻了好久。 我爹一向对各种传说神经质地敏感，那年备战备荒，爹也想到要买吃的用的，但那时家里没有一分钱，所以买不成。 现在，他有了我的二十块书费学费生活费，便感到钱在口袋里跳，便成了传说的牺牲品。我说如果天不黑七天七夜，你赔我的钱。爹说你的钱又是谁的钱？还不是我卖橡木皮积攒的。妈从口袋边跳起来，指着爹的鼻梁说，怎么，你把他上学的钱用光了？你毁了他的前程，你哪里配做他的老子！爹从口袋上抽出扁担，高高地举过头顶，说老子一百多斤来回，走了二十多里路，还要受你们的气吗？

妈有气无力地缩回灶房。我迈出家门，一回头，看见爹双手僵硬地举着扁担，定格在堂屋。爹大声地喊道：跑什么跑，给我舀一瓢冷水来，老子口渴了。

瘫痪的祖英妈终日沉溺在针线活里，她做了一双又一双小巧精致的布鞋给祖英，但是没有一双布鞋是做给祖英爹的。祖英妈曾经送过一双布鞋给我，我把它压在木箱底层，每逢开会或是什么重大的节日，才拿出来穿一穿。祖英爹像一阵风，自由出入家门，自由地穿梭在草丛和刺蓬间。

那个早晨，太阳初露，晾晒衣物的竹竿沾满露珠。祖英妈叫祖英把木箱里的布鞋搬到阳光下晒一晒。我从祖英家门前经过，祖英妈像一尊慈善的佛坐在家门口。祖英的布鞋排列在晒坪上，一双比一双长。祖英妈指着那一串鞋子说，祖英，十四岁的时候你穿那一双绣花的，十五岁时穿那双蓝色的，出嫁时穿那双红色的，你要经常拿出来晒太阳，你都记住了吗？祖英妈似乎把祖英这一辈子要穿的布鞋全都做好了。

这是祖英妈第一次这么详细地交代，好像她要出远门似的。 祖英怔怔地立在她妈面前，眼里噙满泪花，泪花仿如早晨的露珠。 我羡慕地盯着那一排布鞋，心想祖英的妈真好。祖英妈推了祖英一把，说去，拿一双布鞋给发粑。 祖英转过欲哭未哭的脸，走向那一排布鞋，捡起一双男式的往我面前递。 我感动得双手都抬不起来，连嘴巴也笨拙了。 祖英妈说发粑，你不嫌弃就接了吧，将来祖英就嫁给你算了。 我的胸腔里咚咚地响了几下，全身幸福得都酥软了，就觉得早晨的阳光华丽忧伤。 我接过布鞋，从此有了自己的秘密。

祖英妈的手朝山路上一挥，说我没有枪了，我跑不动了，他可以放心地跟那个骚货乱来了。 我随着祖英妈手指的方向看过去，祖英爹和那个叫冬梅的寡妇每人挑着一担水，一路兴致勃勃地往村庄走来。 冬梅的双手摆得很起劲，就像跳舞，近了，我看见她的两个奶子也跟着跳，仿佛两个鼓胀的排球滚来滚去。 祖英爹把水挑进家门。 冬梅挑着水从祖英家门前走过，双手仍然摆得厉害。 祖英妈说骚货。 祖英爹挑着的水桶就在门槛上挂了一下，桶里的水哗哗地溢出口子，溅湿了地面和祖英妈的裤子。 祖英妈提高嗓门骂道：骚货，骚货，骚货……祖英爹的身子歪了歪，身后的水桶被门槛挂住，一桶水全泼在祖英妈的身上。 祖英爹说有本事，你去抓呀，捉贼拿赃，捉奸拿双，你又没捉到现场，凭什么骂人家骚货？ 祖英妈把打湿的衣服揭起来，抖出一串串水珠，说你认为我瘫了，抓不住你了，但我还有祖英呢。 祖英低声抽泣。 祖英妈说没出息的，值得你那么伤心吗？ 大不了，我跟你爹离婚，分开过日子。 我还是头一次听到女人提出离婚，想祖英妈已经瘫了，离了婚她怎么养活自己？

祖英后来跟我说每天晚上，我总要扶妈起来拉尿。 爹经常在妈拉尿的时候，哐地拉开大门出去。 爹说我去睡女人了，有本事就去抓现场。 妈气得脸色发青，尿也拉不出来。 妈说祖英，我受不了啦，我想嫁个老实的听话的男人，只要他能给我一口饭吃，能扶我拉屎拉尿。 妈要是再嫁，你不能跟妈走，妈养不活你，妈陪不了你一辈子。

祖英对我说这话时，我正陷落在深深的失望里，我失望不能读书，没有买到火枪，日复一日地坐在家门口，拒绝听从爹的指使。 一周之后，祖英妈改嫁给远村的一个傻子，她坐在滑竿上，由傻子和我们村的哑伍抬着。 傻子的屁股上挂着一个黄书包，书包一跳一跳地打在他屁股上，十分好看。

滑竿远去。 当村路上一无所有之后，我看见一个黑点游过来。 黑点渐行渐近，我看清来人叫马忠清，我们村初中的数学老师。

马老师像一只手伸到我家，再一次把我拉进学堂。

祖英在一个早晨挽着包袱，走过我们教室的窗口，再也没有回来。 祖英爹说她把那些布鞋全都带走了。 我妈说祖英是被她后妈逼走的。 祖英的后妈就是那个叫冬梅的寡妇。

陈龙从被他爹踢倒的那个早上起，再也不敢背祖英家的那支火枪。 我以初中生的口吻对陈龙说，能把你的枪拿来玩一玩吗？ 陈龙说你鸟仔长毛了吗？ 你睡过女人了吗？ 你有钱吗？ 陈龙根本不把我放在眼里。

十七岁那年我考上了大学，村庄为之摇动，消息像瘟疫到处流传。 陈龙第一个跑进我家，双手把枪递到我的手上，说你真有本事，这枪给你玩一个假期。 陈龙以他独特的方式，向我表示祝贺。 我依凭一纸录取通知书，拒绝乡间的农活，扛枪穿行于坡地草丛。 但整整一个假期，我没有看见一只野鸡，那些美丽的目标消失了。

暑假最后一天，我像一只猎狗在草丛里疯跑。 夕阳为白日画出句号。 我说陈龙，我要放一枪空的。 陈龙说你放吧。 我把枪杆指向草丛，枪管上闪烁着夕阳的余晖。 我的目光穿越时间，穿越森林，回到十岁时的那个初春。 我扣动扳机，枪声震撼山谷。 我想象一群野鸡扑棱扑棱地飞起来，它们的翅膀色彩斑斓。

这时，我看见一个漂亮的姑娘以枪声为礼炮，走进村庄。 她的耳坠下吊着两个硕大的耳环，耳环在她的移动中折射出西天的霞光。 她像跳舞似的甩动双手，胸口挺拔，长发飘飘，嘴唇出血似的红，眼睛频送秋波。 美丽顿时笼罩村庄。 我正在想这姑娘是谁呢，忽然就听到冬梅在家门口高着嗓门喊：野鸡，那个城市里的野鸡回来啦！

于是我查《辞海》，看见野鸡即"雉"，雉亦称"野鸡"。 鸟纲，雉科。 在我国分布最广的为环颈雉。 雄鸟体长近 0.9 米。 羽毛华丽，颈下有一显著白色环纹。 足后具距。 雌鸟体型较小，尾也较短，无距，全体砂褐色，具斑。喜栖于蔓生草莽的丘陵中。 冬时迁至山脚草原及田野间，以谷类、浆果、种子和昆虫为食。 善走而不能久飞。 繁殖时营巢于地面。 雉的分布几遍全国。 亚种分化甚多。 本亚种为南方习见。 肉味美；尾羽可作饰羽用。

B. 凝眸

陈龙觉得村口站着的那个女人很漂亮但不真实。 他摇动枯瘦的身子，往村口跑去，双脚仿佛踏在棉花上，身体轻飘飘的，像要飞离地面。 此刻，村庄沐浴在傍晚温馨的霞光里，炊烟袅袅，人声嘈杂。

女人近在眼前，耳环微微晃动，金属的声音扑向陈龙的耳朵。 陈龙的眼皮像吊了一坨铁，怎么也抬不起来，目光落在自己的脚尖上，许多细黑的蚂蚁在他的脚板底下逃生。 一股撩人的气味萦绕陈龙的鼻尖。 他感觉到了重量。 重量是对面的女人投过来的目光。 女人的目光怎么像担子那样沉重？

陈龙说你听到冬梅说什么了吗？ 女人说她在说野鸡。陈龙说她怎么说你是野鸡？ 女人说你知道野鸡是指什么吗？陈龙摇了摇头，依然把目光落在地上。 女人说野鸡就是妓女，就是卖淫，谁有钱就跟谁睡，你有钱吗？ 陈龙突然觉得嘴里飞进了一只苍蝇，味道酸甜可口。

女人从陈龙的身边晃过去。 陈龙抬起头，目光追踪女人的背影。 女人身材苗条，屁股又圆又肥，还翘翘的。 她在村道上拐了个弯，朝宋双家走去。 冬梅像一扇门板堵在门口。 女人的步子故意踏得很响。 看看女人就要撞上来了，冬梅的脸上忽地咧开笑口，说你回来啦。 女人没有回话。冬梅殷勤地弯腰，去接女人手上的提包。 女人闪进宋家大门。 陈龙想这个女人是谁呢？

像守望一个答案，陈龙坐在路边遥望宋家，估计那个女人还会出来。 宋家的大门敞开着，像一张没牙齿的嘴巴。那个女人被这张嘴巴吞食了，而陈龙自己仿佛也被这张嘴巴吞食过，现在还像一块不易消化的硬物，无法被这个家庭排泄出来。

陈龙从裤兜掏出一本破书，书上黢黑的字颗颗浸泡在血红的黄昏里。 陈龙想只有这本书是可靠的朋友，它陪伴我度过了无数漫长的黑夜。 这本书的封皮早已脱落，书脊隐约可见"下册"两字。 这是一部古典小说。 当书本上的字迹渐渐被黑暗笼罩，陈龙抬起头来，宋家的大门已经关闭。

忽然，门哐的一声打开，那个女人没出来，陈龙看见走出来的是提着菜篮子的宋双。 近了，他看清宋双的手里捏着几张崭新的钞票。 他像一阵风从路上扫过。 走过去几步，他突然停住，说陈龙，你家有鸡蛋吗？ 我想买些鸡蛋。 陈龙说没有，你买鸡蛋招待她吗？ 她是你的什么人？ 宋双说她是我女儿祖英，现在回来找冤家算账。 陈龙说怎么会是祖英？ 祖英出村时才十三岁，头发又稀又黄，身子又小又瘦，她哪有这个女人好看。 宋双说你长不大别人还长不大吗？ 说完，他就咚咚咚地走开了。

一团墨汁浸透黄昏，天全黑了。

陈龙坐在黑夜里感到心慌，他的目光直勾勾地凝眸遥远的夏夜。 陈龙想爹只在事发后踢了我一脚，说祖英妈的双腿站不起来了，你闯大祸啦！ 但是，爹为什么不早一点阻止我的行动？ 那天晚上爹是知道我要去祖英家的……

那是个遥远的夜晚，我们全家吃完晚饭，爹和妈都不愿意站起来洗碗。 两个老弟说要做作业，从餐桌边逃走。 妈说陈龙你洗碗吧。 我说我要做大事，我不洗碗。 爹说你书都不读了还能做什么大事？ 我说我要抄祖英家，她爹姓宋，和《水浒传》里的宋江是一家人。 爹笑了笑，转脸对妈说，我手上有两根火柴，你抽到短的那根你就洗碗。 妈认真地看了看，从爹手上抽出一根火柴。 爹把手打开，说短的，你抽到短的。 妈说再抽一次。 爹不同意。 妈便在爹的饱嗝声里站起来收拾碗筷。 爹不阻止我就是鼓励我，既然他不把我的话当一回事，我就闹出点动静来。 我拿着那本残破的《水浒传》凑到油灯前，想如果我生在那个时代，也会是一条梁山好汉。

　　这时，刚好石蛋和他爹摇进门来，油灯扑闪了一下。　我对石蛋眨眨眼睛，然后溜出门，去邀我们的伙伴。　我说石蛋，你爹知道我们的行动吗？　石蛋说知道，但是他不表态，以为我是说着玩的。

　　我们十个伙伴都看过那本破书，都先后对自己的爹妈说要抄祖英的家，但他们的爹妈都没有阻止他们，就像我爹不当一回事那样。

　　那个晚上，宋家的大门紧闭，窗口漏出隐约的灯光。　我一脚踢开大门，伙伴们拥进去，有人吹灭了油灯。　屋内一片黑。　瓷碗炸碎，木箱破裂，抄家的声音把我的血管都差不多激动破了。　我不知道他们抢了些什么，几个黑影抱着物品跑出大门。　我朝墙壁上的那杆枪扑过去，身后扫过一阵风，我的脖颈被木棒打了一下，疼痛直钻进骨头。　我反身去抓木棒，木棒像铁一样冷。　原来，打我的不是木棒，而是枪托，疼痛和血液一起膨胀。　我夺过枪，朝砸我的黑影猛扫过去。黑影跌倒了，发出惨叫。　我大喊一声，心里一阵痛快。　我不知道喊了些什么，只记得那声惨叫是祖英妈发出来的。

　　第二天早晨，我看见宋家的门前放了一副担架，担架上铺了一床爬满补丁的毡子，红毡子已洗得发白。　几个人把祖英妈从家门口抬出来，平放在担架上。　宋双站在担架边，说抬往医院我没有钱，抬往陈家去，叫陈大叔出药费。　我扭头想跑。　宋双看见了我，说陈龙，你去跟你爹要钱来，腿是你打断的，钱你们家得出。

宋双一直盯着我的背影，直到我跑进家，才把他那双出血的眼睛甩掉。爹刚从床上爬起来，正在打哈欠，伸懒腰。爹说这么早，你去哪里疯了？我说宋双要抬他老婆去医院，叫我来跟你要药费。爹说你去跟宋双讲，谁叫他老婆是地主。我说没钱他不会放过我。爹说你跟他说一声"地主婆"，这就是我给他的钱。我说地主婆的腿是我砸断的。爹说你他妈真不懂事，黑里麻黢的，谁看见是你砸的了？

我又踏上早晨的村路，村路冰凉我的脚板。我来到担架边，宋双和他的亲戚都看着我。我不敢看宋双，目光落在祖英妈的脸上。祖英妈的脸像没了鼻子嘴巴，蹩得像一团面疙瘩。我说谁叫你们是地主呢？我的话音刚落，祖英妈尖叫一声，从担架上爬出来。我不知道哪里出了差错，忙从担架边跳开。祖英妈用双手支撑身子，往我的脚边爬。她爬一步，我就跳一步。祖英妈说你这个没心没肺的狗，我死了变鬼也要找你报仇。宋双像被抽了筋骨，呆呆地站在担架边，说把她抬进家去，没有钱进不了医院。忽然，宋双朝我奔来，一拳头打到我的脸上。可能是要给我爹留个面子，他的拳头并不重，我的脸没觉得痛，仅仅是有点痒，就像蚂蚁咬了一下。

伙伴们各有各的战利品，我的战利品是那支火枪。几天后，我背着枪耀武扬威地在村庄游荡，但是爹叫我癫仔，一点也不给我面子。爹说你闯大祸啦。他当头给了我一盆冷水，可是，他为什么不早一点阻止我？我们在夜晚制造了乒乒乒乓的响声，村庄里的人都能听见，但没有一个人阻止我们。 我们只不过是一群半大不小的娃仔，根本不懂得抄家的真正含义，稀里糊涂的，就像做了一场梦。

每个晚上，我都被祖英妈的尖叫声吵醒，总觉得到处都有阴谋，好像宋双一直在窗外走来走去，想趁我熟睡的时候谋杀我。 我端着枪在黑夜等宋双，但我看不见他的身影，只听到他的脚步。 我开始讨厌夜晚，发觉只有村路才能把我救出来，便在村路上不停地走，模仿我军的游击战和运动战。我看看各家各户的大门是不是关严了。 不时地回一下头，看是不是有人出来跟踪我。 我看见宋双总在半夜拉开大门，以为他会去找我算账，但是，我错了，他朝冬梅家走去，一边走一边从裤裆里掏出尿来，撒尿声十分响亮。

现在，陈龙听到宋双的脚步声撕破黑夜，急促地走回去，像是完成了某项任务。 陈龙想宋双一定买到了鸡蛋。宋双买鸡蛋是招待那个戴耳环的女人，那个戴耳环的女人是谁派到村庄里来的呢？ 陈龙看见宋家的大门闪出一道光亮，宋双从那道缝里钻进去，那道亮光很快被大门关住，门外又是一片漆黑。

陈龙游荡在黑夜里，像收捡垃圾一样收捡村庄的秘密。陈龙走到宋家的窗口，把眼睛凑上去，看见那个戴耳环的从提包里掏出花花绿绿的衣服，塞到宋双的怀里、冬梅的手上、黄恩的胸前。 黄恩是冬梅带到宋家的娃仔，现在已经和他妈一样高。 陈龙想她收买宋家的人干什么呢?

宋双和黄恩立即试穿衣服,他们的手举起来挡住了灯光。 冬梅木桩似的站在暗影里,看他们忙碌。 那个女人关了提包,走到火边去炒菜。 冬梅把手上的衣服塞进桌上的提包,轻轻地拉上拉链。 那个女人往铁锅里打鸡蛋,一个两个三个四个……她足足打了十个鸡蛋。 火苗一蹿一蹿地舔着锅底,狂躁不安。 陈龙想女人还会往锅里放点儿什么的。 果然,女人跑到堂屋,拿来一个塑料小包,用刀子割了一个口,手一抖一抖地把小包里的粉末撒到锅里。 女人只撒了一点点,便把塑料包放在碗柜上。 陈龙想她往锅里撒了毒药,她为什么要毒死宋家的人呢?

宋双穿着女人给他的白衬衣来到火塘边。 女人说我买了包味精,放在碗柜上,以后你们煮菜时放一点儿,菜就会比原来的好吃。 宋双拿起那包叫味精的毒药看了又看。

鸡蛋汤冒着毒气,他们都围桌吃起来。 女人给宋双、黄恩、冬梅每人夹了一个蛋,然后自己又夹了一个。 女人说妈,你怎么不穿我买的衣服? 我的妈没有了,你就是我的妈,后妈也是妈。 宋双、冬梅的嘴巴突然停住不动了。 冬梅哇地叫了一声,鸡蛋从嘴里喷到地上。 女人说怎么连鸡蛋都吃不进去,它总比饭里头掺屎要好吃吧。 宋双的眼睛大了,把鸡蛋吐到碗里,说你怎么还提从前的事。 女人说我是无意的。 冬梅舀了一瓢冷水,含在嘴里哗哗地漱。 宋双说你妈是得妇科病死的,那个姓陈的癫仔没给我们钱治你妈的病。 冬梅哗地把水吐在门角，说你们吃，我出去一下。 陈龙想他们都中毒了。

村庄开始收玉米，家家都把玉米壳剥在晒坪上，让火辣的太阳暴晒，准备秋天用来引火或者垫猪圈。 陈龙看见白花花的玉米壳堆满各家的晒楼，处处弥漫着玉米的香味。 那个戴耳环的女人换了一套新装，在村里走了一圈，然后缩回宋家。 女人在每家的门口都停一下，说要找酸李果吃，但李果都被孩童们吃光了，现在没有了。 陈龙还听到女人跟碰到的每个人都说月半节快到了，鬼节快到了。

只要不下雨，玉米壳总要堆在晒坪晒上十天或者半月。夜露起来的时候，白天被晒硬的玉米壳就会渐渐变凉变软。陈龙发现宋家的大门虚掩着，屋内黑漆漆的，鼾声在里面滚动。 陈龙钻到宋家的玉米壳里，翻天躺下。 天上的月亮躲藏在浓云的后面，风从远远的地方吹来。 陈龙突然听到玉米壳里有响动，警觉地跳起来。 他看见玉米壳的那边站着戴耳环的女人。 女人只穿一条裤衩，把朦胧的月光都照白了。女人说太热了，睡不着，玉米壳里凉快。 陈龙慢慢地往后退，头快要勾到自己的裤裆。 女人说你不是男人吗？ 你怕什么？ 你来呀。 陈龙说你别害我，你是谁？ 女人说我是祖英，冬梅骂我是野鸡，她才是野鸡哩。 陈龙说你骗人，如果你是祖英，你为什么不找我报仇？ 女人轻轻地笑起来，笑声很古怪。

陈龙想这人不是祖英，她为什么要冒充祖英呢？ 祖英头发稀黄，身子瘦弱，才十三岁……一天早晨，小沟里的水面已经明亮，但磨坊的边边还留着夜晚的颜色，我看见十三岁的祖英突然从磨坊里冲出来。 我说祖英，你躲在这里干什么？ 是不是想等我路过时用木棒敲我？ 祖英坐在路边，说我怕。 我说你怕什么？ 祖英说我一听到脚步响就怕，怕那个寡妇来打我。 我说寡妇不是你后妈吗，她怎么会打你？

祖英说寡妇叫我打猪菜，你知道天那么早，猪菜都被晒死了，昨天下午我才打得一半背篓。 寡妇说你怎么才打这么一点点，你吃屎吧。 寡妇递了一碗饭给我。 我饿了半天，接过碗就往嘴里扒，当时我闻到了一股屎臭，但是我饿了，顾不得那么多了，就知道扒，快把饭扒完的时候，看见有一团猪屎粘在碗底。 我把碗朝寡妇摔过去，碗破了。 寡妇说你敢打我，滚。 寡妇把我推出大门。 我说这是我的家，又不是你的家。 寡妇没等我说完话，把门哐的一声关回来。爹一句话也不敢说，怕得身子直筛糠。 昨晚，我就睡在这磨坊里，饿得肚皮都贴到了脊梁骨。

祖英说完这些话，天亮了一点儿。 我想如果我不打断她妈的腿，如果她妈不改嫁，祖英就不会睡磨坊。 这些话我不敢对祖英说，我不说祖英也清楚。 祖英看了一眼磨坊，往家里走去。 我远远地跟着祖英，看见她推门，门还紧闭着，宋双和那个寡妇还在睡懒觉。 祖英扬起手不停地拍门。 宋双光着膀子把门拉开，说你去哪里野了？ 祖英不听她爹说话，老鼠似的钻进家门。 宋双在门里一闪即灭。 很快地，祖英怀抱一个包袱，又从大门钻出来，对着门槛吐了三泡口水，说：总有一天，我要回来报仇。

祖英的这句话像是说给我听的，我不敢阻拦她。 她离开家门上了大路。 冬梅的头伸出门口晃了一下，又飞快地缩回。 祖英出了村口。 祖英头发稀黄，身子瘦小，才十三岁，怎么讨得到饭吃？

几天之后，村庄里十六七岁的姑娘小伙们跟在爹妈身后，拥进宋家。 下午的阳光斜照进宋家的屋檐，人们为了逃避阳光拼命往屋子里挤。 陈龙听到屋内全是笑声，像是开玩笑又像是开会。 陈龙坐到宋家的门槛上，屋内的声音戛然止住。 那个戴耳环的女人说进屋来吧，外面太阳大。 陈龙依然坐在门槛上，阳光如火炙烤他的脸，人们都用怪异的眼光看他。 有人说不理他，祖英你继续讲，他是个癫子。 陈龙想他们不知道凡是开会的日子，我都是坐在门槛边，门槛边有什么不好？ 既可以看见外面的情况，又可以听到里面的人说些什么。

那个戴耳环的女人坐在人堆的中央，村庄的年轻姑娘们躲在各自爹妈身后，带着崇敬的目光看着她。 女人说能识几个字的出去没有问题，到了城市，什么都有了。 不识字的只好卖苦力，你们怕吃苦就不去。 水妹说祖英姐，你看我能进工厂吗？ 女人说能进。 屋内卷起一阵兴奋的声浪。 陈龙想这个冒充祖英的女人，是想以做工人为诱饵，拐骗村里的年轻人，年轻人很快就要受骗上当了。

水妹问什么时候动身？ 女人说过完月半节，过完七月十四后才走。 陈龙想那个女人还有什么任务没有完成，她多次提到月半节，她要在月半节里做些什么呢？ 女人说要跟我出去做工的，在这几天准备好简单的用具，像衣服、毡子、牙刷、毛巾、口盅，女人要带月经带。 几个年轻的男人哄然大笑，但很快被爹妈们的目光压住，屋内突然静悄悄的。 女人说要走的，现在就喊你们爹妈签个字，要不然今后出事了怪我。 几个当爹的站起身，朝饭桌边摇去，屋内开始混乱。年轻的姑娘们围着女人说，祖英姐，你的这对耳环真的一千块钱？ 女人说纯金的，一千块。 姑娘们啧啧地赞叹，其中一个说一千块钱，够我花一辈子了。 陈龙想年轻的姑娘小伙容易受骗上当，他们的爹妈怎么也那么容易受骗上当？

陈龙从门槛边站起，身上已经冒了一层汗，头皮被太阳晒得火辣火辣的，他跟着签完字的人们走去。 戴耳环的女人在门口喊陈龙，你去不去？ 陈龙说我去做什么？ 女人说你不是读过初中吗？ 陈龙说我不愿让人拐骗。 陈龙这话说得很轻，女人追上来说你说什么？ 女人走近了，像一块门板挡住去路，陈龙发现女人比自己还高大。 女人说你不挣钱讨老婆吗？ 陈龙说你是骗子，你带她们出去根本不是做工人，而是带她们去卖淫。 女人古怪地笑起来，说原来你真是个癫子。 陈龙说姑娘你都带走了，村里面的男人怎么办？ 女人说他们爱怎么办就怎么办，关你什么事？

　　陈龙的火枪和《水浒传（下册）》安全地躺在蚊帐里，蚊帐因为长年挂着，上面已沾满尘土。　看着这些旧物品，陈龙想祖英说过要回来报仇，为什么还不回来？　窗外的阳光已经没有正午时那么毒辣，许多树影倾斜了，拉长了。　离七月十四鬼节还有两天，两天之后村里的金童玉女们就要雄赳赳气昂昂地走出村庄，跟着那个女骗子去吃苦受罪。

　　敲门声咚咚咚的，像从地皮底下传来。　陈龙坐在凳子上不知道如何去对付那些声音。　门哗地响了一声，像要垮了似的。　陈龙看见冒充祖英的女人塞在门口，胸前抱着大堆黄色的火纸。　女人说陈龙，你给我写二十个封包，七月十四我要烧给我妈。　女人走进来，抽了抽鼻子，说你的房间怎么有一股霉烂的气味？　女人把大堆火纸往床上扔去，蚊帐的下摆被火纸压住，尘土一团团地飞扬。　女人用手扇了扇，说陈龙你不在床上睡吗？　蚊帐沾了那么多泥土，像一辈子没有动过。　陈龙说我睡床底，有人想算计我。　女人躬下身，看见床下铺着一张凉席，席子上卷着一张臭烘烘的毡子。　女人像是忍不住床底的臭，身子突然弹直，拉开蚊帐，枪和书全部暴露在她的眼皮底下。　女人说原来你真的睡在床下。　女人把蚊帐挂起，在床边垫了一张火纸，一屁股坐上去，把脸掉过来。　陈龙想如果她是祖英，为什么不记得那杆给她带来灾难的枪？

陈龙指着床铺说，你认得那杆枪吗？ 女人回头看着那杆火枪，脸色青得像块猪肝。 女人说认得，认得又怎样？ 我不是来报仇的，我是来跟你睡觉的，他们都说我是野鸡。 女人伸出白嫩的手，在陈龙的脸上捏了捏。 陈龙想她要对我下手了，她想掐死我。 陈龙僵硬地站在床前，双手捂着被女人捏过的左脸，脸上像在炒辣椒。 女人翻天躺下去，身下压着那一大堆火纸，火纸的黄颜色把她的皮肤衬托得惨白惨白的。 陈龙说你说你是祖英，你捞起裤子让我看看你的腿，祖英的腿上有一块疤痕。 女人的身子像中了枪弹，在火纸上滚了一下，床板和火纸咔咔地呻吟。 女人说你怎么知道？ 陈龙说村上的人谁不知道，疤痕是祖英后妈用火钳烙的。 那时祖英跟后妈的仔黄恩抢黄瓜吃，祖英不小心把黄恩的鼻子打出血了。 祖英的后妈从火坑里拉出火钳，往祖英的大腿上烫。 祖英的裤子烧通了，皮肉烧焦了。 那时，我常看见祖英的那条烙通的裤子晾在门前的竹竿上。 村上的人都知道祖英的后妈凶，她常常把火钳烧在火坑里，只要祖英一不听话，就扬起烧红的火钳对祖英说：小心你的皮子。

女人严肃地坐起来，火纸在床板上慢慢恢复原来的姿态。 女人说这些事我都快忘记了，只有你还记得，十年啦，我虽然恨你打断我妈的腿，但我知道你的心里也不好受。 从今天起，我和你的旧账一笔勾销。 说完，女人摇动肥大的屁股走出阴暗霉烂的房间。

　　七月十四叫月半节又叫鬼节，陈龙感到这一天特别漫长。他期待有什么故事发生，但一直没有，全天无故事。

　　天色在陈龙的等待里变黑，微弱的夜风吹不动闷热的空气。许多家庭把火纸折成的纸包，拿到家门口堆起来，像一座座小山。纸包上写满了死者的姓名。写上姓名的纸包叫封包，封包越多死者在另一个世界里就越富有，封包就像人间的邮件，火是活人与死者的信使。黑夜里，各家的门口都烧了一堆火，那些封包被投入火中，上了幽冥之路。火一闪一闪的，像鬼的灯笼鬼的眼睛。陈龙看见他爹正专注地往火里投封包，脸上已挂出豆大的汗粒。爹说这鬼天气，热得像蒸笼。陈龙的目光越过爹的头顶，看见磨坊边燃着一簇火。陈龙想那一定是冒充祖英的女人烧的，她在为祖英妈烧封包。祖英妈埋在远村，封包烧完后要撒进沟水里，让水把封包带到遥远的地方，带到祖英妈的安息地。

　　火越来越旺，陈龙看清了，那个女人的身边堆了二十个封包，封包上的字都是陈龙写的，上面写满了祖英妈的名字。女人的脸被火烤出一层细汗，脸腮红得像扑了粉。女人的外衣放在封包边，两根修长的手臂嫩得像刚出泥的萝卜。陈龙想明天她就要走了，村庄里的十多个姑娘小伙就要被她拐骗了，她是拐卖人口的贩子，或者真是祖英？

　　陈龙突然有了揭穿秘密的冲动，他不想让一个来路不明的人不明不白地拐走村里的姑娘小伙。忽然，他朝女人扑过去。女人被压在火堆边，手被烫了一下，然后飞快地扬起来，扇在陈龙的右脸上。 陈龙说我倒要看看，你是真祖英还是假祖英？ 陈龙拉断女人裤腰上的扣子，看到了一条火烧的疤痕。 火苗闪烁不定，疤痕像一条虫在大腿上移动。 陈龙的目光游移到另外的地方，他忍不住骑了上去。 女人在地上喊叫起来，把指甲抠进了陈龙的肉里。 陈龙像一条发情的公狗，企图找到合适的地方。 女人一边反抗一边哭泣，她的哭声里夹杂咒骂：流氓，狗……我还以为你变成了好人，原来你还是一头畜生。 你认为我真的是野鸡吗？ 我逗你是真的愿给你搞吗？ 人们都说你是头骟牛，不是男人，我才故意惹你逗你，想不到你是一头没骟干净的公牛。 女人挣扎着。忽然，嘭的一声，陈龙被击倒在地上。 宋双手里提着一根木棒，气呼呼地看着陈龙。

女人坐起来，整理好衣裤，捡起散乱的封包，慢慢地投进火里。 火舌一卷一卷的，祖英妈的名字消失在火苗里，最后变成一堆灰烬。 躺在一旁的陈龙觉得自己睡了十年，现在正从一个黑洞里走出来。 陈龙说这一觉，我怎么睡了这么久？

一阵急促的脚步声。 陈龙看见黄恩也举着木棒赶过来了。 陈龙的衣领被宋双提起来，他感到双脚像吊着两个秤砣那么重。 宋双提起陈龙往前推。 黄恩在身后砸陈龙的脚。陈龙说你让我进屋拿两件衣服，我知道我要坐牢了，三年五载可能都出不来。 宋双松开手。 陈龙跌下去。 陈龙爹冲过来，说你们怎么打他？ 宋双说你问你仔吧。 陈龙抬起头，双眼露出垂死的哀伤。 他爹没有被哀伤打动，沉着脸问你到底干了些什么？ 他爹的话像当头的冷水，把他的脑袋泼歪了。 黄恩说他欺负我姐，抢我姐的耳环。 他爹说陈龙，你抢了吗？ 陈龙说不仅抢了，我还强奸她，我这是强奸未遂呀。

陈龙爹抱来两件衣服，砸到陈龙的脸上。 陈龙爹砸了衣服便转身走了。 陈龙说爹，你给我拿枪来。 他爹说你要那破棒棒做什么？ 陈龙说我还给他们。 他爹跑回去，狠狠地踢了几下门，把枪拿过来，递给陈龙。 陈龙说妈呢？ 他爹说你妈死了。 陈龙想妈一定是害怕了，她一定躲在窗子后面发抖去了。

走到了宋家门前，陈龙看见地上还燃着一堆火。 陈龙说你们想把我带到哪里去？ 黄恩说派出所。 陈龙说那你让我跟祖英说句话。 黄恩在陈龙的腿上踢了一脚，说少啰唆。陈龙双腿发软，跪在地上，像缴械投降那样把枪举过头顶，说祖英，我把枪还给你，我有罪。 我进了牢房，我们的账就算清了。 陈龙跪了许久，才有人从他手上把枪接过去。 他听到头顶上滚过一声：活该，祖英总算为她妈报仇了。 这个声音是从冬梅的嘴里滚出来的，此刻枪正握在她的手上。 陈龙想真是枪杆子里出政权。

黄恩的脚踢在陈龙的屁股上，黄恩总是不停地从后面袭击陈龙。 黄恩用力一拎陈龙的衣领，说起来，滚。 陈龙从地面站起，被宋双和黄恩押着，朝七公里之外的镇派出所走去。 他不知道一路上还要被黄恩踢多少脚。 他想这个夜晚和那个遥远的夜晚很相似，但我已不是那个夜晚的我，祖英把我从那个夜晚拉出来，多少年，我等的就是这一天。

C. 远眺

我从生之地出发，穿越时间，日夜兼程地往死之地行进。 我想人生其实很简单，就是在生与死之间画上一根线，有的线直，有的线弯。 多少年之后，我的这条线突然绷紧。疾风吹拂我的衣襟，秋日的衰草衬托冷色的天空，我依稀看见墓地的轮廓，那是众生的最后驿站。 我走走停停，感到很累，便坐下来喘气。 无论走得多慢，无论我喘多久，其实都是徒劳，只要时钟还在不停地走动，我就没有停止靠近那个目标。 嘀嗒嘀嗒的钟响像我迈向墓地的脚步声，这声音愈来愈清晰，愈来愈响亮。

没有人告诉我身患绝症，但我从妻子健康的笑容、母亲谨慎的话语里感到不安。 窗外，秋阳灿烂气候闷热，常绿树木与风共舞，尘土飞扬。 我想我会挨到冬天，会看见一场南方罕见的大雪纷纷扬扬地洒落在我窗前的树上。

我生活在一个不大不小的城市，远离乡村和童年的磨坊，牛群、野鸡、草坡和森林显得那么遥远。 我常常想起往事，想起祖英和陈龙……我不停地回忆，好像回忆能延长我的时间。 厨房里母亲在乒乒乓乓地捣药。 一会儿工夫，我便听到药水溢出药罐的喊喊声，屋里弥漫着草药的涩味。 山区里那些很贱的植物，被民间医生从土地里拔出来，晒干捣碎，以包医百病的名义来到城市。

母亲从厨房碎步走出，手上捧着一碗黑色的热汤。 她的额上冒着细汗，银质的发丝常让我想起她的年龄。 母亲说药熬好了，你喝了吧。 母亲把药汤放在我的书桌上，双手不停地在她的衣襟上搓动。 一丝热气从碗里升腾、盘旋、打结，像是农村的炊烟，也像浮动在水底的植物。 这黑色的药汤救不了我的命。 现在，我只相信手中的笔。 我在用笔和死神做最后的斗争。

不用回头，我便知道白发苍苍的母亲还站在门边不停地搓手。 自从我娶了妻子，有了儿子，死了父亲之后，母亲便从我小说里的那个村庄来到城市。 母亲没有告诉我得了绝症，但她总是监督我喝下她熬的药汤。 我不能让母亲失望，端起桌上的药，像喝稀饭那样响亮地喝下去。 药喝完了，母亲小心地走向书桌，拿走药碗。 从她拿碗的动作里，我看到她又增加了一点信心。

只有喝完药汤，我才能安静地面对稿纸和笔，思绪穿越现在，到达未来。 我看见我在深秋里溘然长逝，没能挨到冬天，没能看到那些蝶蛾似的飞雪扑落在窗外的树上。

岳母从另一个城市赶来安慰她的女儿，我的妻子。 母亲执意要把我的尸体运回乡下去，说好好的一个人，怎么能让火一把烧了？ 岳母说运回乡下，起码要千把块钱，你有钱吗？ 母亲用哀伤的眼神望着悲伤的妻子，说好像还有一点钱的，他曾经说过。 岳母说现在还没有找到存折。

最终我被投进火炉。 火化的日子，算得上亲朋好友的均已到场，但是母亲没有去，她不能接受一个事实：她生下来的肉体变成灰烬。 她坐在家里，望着那只药碗发呆。 那只药碗是我留给母亲的问候，它将伴随母亲度过暮年。

岳母在尽她的能力对这个家庭进行医治，她把我的藤椅、被卷搬到空地上，一刀一刀地把它们割碎。 深秋的阳光像哭红的眼睛，很疲倦很温情地照耀我的用具。 母亲想这些东西如果拿到农村，是上好的东西。 岳母划燃一根火柴，空地上腾起黑烟。 母亲像突然记起了什么，扑向那堆杂物，从火堆里抢过那只药碗，紧紧地搂在怀里。 岳母说你要带着那只碗回乡下吗？ 母亲没有答，抱着药碗走到楼梯口，才说我没有说要回乡下，这是我仔的家，我就住在这里。 岳母说我女儿还不到三十岁，要改嫁，你不回乡下谁养你？ 母亲在楼梯口狠狠地吐了口唾沫，吐完后似乎已没有力气爬楼梯，便坐在楼梯口哭，眼泪、鼻涕和唾沫洒落到药碗上。 许多家庭的窗口冒出好奇的头来，那些好奇的头像夏天里的豆芽菜，壮实茂盛。

母亲除了看护那只药碗，便是看护我书桌中间的抽屉，她知道我看重的东西都锁在里面，存折也一定锁在里面。 岳母每天都清理一点儿东西打发日子。 母亲说那些书本里有他的文章，我要留着。 岳母在书堆里找我的名字，把有我作品的杂志堆在母亲的面前，说你又不识字，要这些东西有什么用？ 不如烧了。 母亲说你还有女儿可以看，我只有这几本书和那只碗了。 母亲飞快地抱过书，放在床下。

多日之后，母亲仍然没有走的意思。 岳母对妻子说不给老奶一点钱，恐怕她是不会走的。 妻子像突然记起重要的事情，从悲伤中抬起头，摇响手里的钥匙，终于打开我书桌中间的抽屉。 在一阵翻找的声音里，岳母捡出一本小巧的存折，说三千块，还有三千块。 母亲把头凑到岳母手上，说多少？ 妻子说四千，家里就四千块钱了。 母亲想她们都在骗我。

妻子把两千块钱递到母亲手上，说你拿两千养老，我拿两千养仔。 母亲接过钱说，如果我当初知道有钱，就不让你们烧他了。 母亲把钱看了又看，然后抽出两张递给妻子，说仔死了我也没有依靠，你给我买一张车票，明天我就回乡下去跟我女儿过日子。 妻子说没有人送你。 母亲说我自己走，你给我买几个馒头在车上吃，我坐在车上不下来，只要到了县城，我就懂得路回家了。 妻子说你的两千块钱要拿好。 母亲拉过一条裤子，说我把钱缝在裤裆里。 母亲从蚊帐上取下一枚针，开始认真地缝她的裤裆。 缝完之后，她把那几本杂志和那只药碗一并装进她从乡下带来的尿素化肥口袋里。 我想明天，我将和母亲回到我阔别已久的乡下。

　　母亲头顶银发，肩挎尿素口袋，像一只白翅黑身的蝴蝶，飘浮在村路上。正在收玉米的大姐丢下背篓，朝她奔来。姐夫脚绊脚地跟在大姐的身后，小路上涨满了久别重逢的脚步声。忽然，母亲像一棵树被砍了一刀，歪倒在路旁，专等大姐和姐夫的到来。大姐说妈，你回来啦。母亲说我走不动了。

　　母亲在大姐的搀扶下走进家门，感到裤裆里的钱还在，终于松了一口气。母亲从裤裆里掏出一沓钱时，大姐和姐夫都惊呼了一声。母亲对姐夫说，老安，你把这两千块钱存进银行去，一分也不要花，等我死了你们给我买棺材、立碑和做道场。我虽然没有仔了，但我要死得热热闹闹。

　　母亲期望那两千块钱能给她制造人生最后的辉煌。姐夫和大姐沉浸在深秋抢收的节奏里。母亲看见没有钱买烟打酒的姐夫，嘴角不时地吊着贪婪的唾沫。想抽烟想得急了，姐夫便把母亲带回家去的杂志割成整齐的小纸片，然后用纸片卷玉米叶子抽。这样，姐夫的嘴里经常含着一团明亮的火，浓烟从他嘴里喷出，随之吐出一口长气，脸上有了一种醉似的满足。母亲想钱在姐夫手里很不安全，说老安，钱你拿去存了没有？姐夫说到赶圩的日子，我再拿去存。

　　一天，母亲看见一个木匠走进村庄。木匠的担子里装满了各式各样的用具。木匠说我可以做柜子、凳子、棺材。母亲的脸蓦然一黑，觉得木匠带来了晦气。木匠说你的仔死得太可惜了。母亲的脸瞬间灿烂。母亲说老安，杀一只鸡待客。 姐夫说没有鸡了，全部瘟死了。 母亲说买。 姐夫说没有钱。 母亲说借。 那个时期，有许多陌生人走进我家，他们一提到我的名字，便得到母亲盛情款待。

远远地，母亲便看到了姐夫。 姐夫从圩场回来，在村头的小路上歪着身子走。 一股酒气从姐夫的身上飘向家门口，酒气愈来愈重。 母亲看见姐夫的脸上像烧了一炉火，衣裤透湿，像刚在酒缸里泡过。 母亲想喝就喝，怎么把酒全泼在衣服上，浪费。 母亲认定姐夫透湿的衣裤全是碗里溢出的酒泼湿的。 姐夫从上衣口袋里掏出一本光滑漂亮的折子，递给母亲。 姐夫说两千块钱我已存了，什么时候要用就叫我取。母亲接过存折塞进衣兜，她不知道存折是姐夫用杂志的封皮剪成的，她衣兜里揣着的其实是一张毫无用处的纸片。

母亲满怀希望从姐夫手上接过存折的这天，我的妻子在城市里正忙着改嫁。 岳母把大红的床上用具展开，合上，看得心里阵阵快意。 岳母像一个准备赶考的学生，把高档的用具当作资料温习。 妻子在等待婚期的日子里，最后一次清理我的遗物。 凡是我独有的，基本上已从这个家庭删除了，但抽屉的角落里还残留着一篇遗作：《回首·凝眸》。 妻子找到这篇作品时，眼前浮现我的身影。 我的身影因长年伏桌，现在显得微驼，而且泛黄，好像被时间之水浸泡过似的。 但很快，我就像一声叹息眨眼即灭。 妻子想她跟我自由恋爱时，因为穷，无法大摆宴席，也没有流行的大红色的婚礼场面，两个人在纸箱的包围中完婚。 妻子想不到在她未过三十岁的时候，上天会给她再做一次新娘的机会。

妻子选择一家与我交往甚密的杂志社，把我的《回首·凝眸》寄了出去。 但妻子忘记在我的名字上加一个黑框。如果这篇小说能够发表，那么许多人会认为我仍然活在世上。

岳母站在穿衣镜前往妻子的脸蛋上扑粉，妻子看见粉尘如烟如雾，在眼前飘动。 细小的粉尘沾在镜面，岳母用手在镜面上抹，镜面留下几道清晰的手印。 岳母说他有的是钱，这边的钱你就不要带过去了。 你把钱留给我，小孩我也帮你带。 妻子说孩子呢？ 岳母说出去玩了。 妻子看见自己的脸被镜面上的手印切割成几个细块。 妻子说存折在抽屉里，你自己拿吧，但你要把孩子带好。

从另一个城市开来的迎亲车队已闹哄哄地挤进院子，那些花花绿绿的小轿车像是水里游动的鱼。 岳母看着妻子披红挂绿走下楼梯，游向鱼群，心口狠狠地跳了几下。 岳母只有一个女儿，一辈子都在梦想着做一回体面的岳母。 现在她梦想成真，妻子像她的代表作，被人群簇拥而去。

我的儿子此刻正在院子里的小巷捉蚂蚱，石缝里的草已经枯黄，小巷里扫荡着阴冷的风。 儿子这年三岁。 我还在世的时候，母亲常带着儿子钻到小巷里捕捉飞动的虫子。 毒辣的夏日，小巷两边的围墙铺开巨大的阴影，阴影里有风自由出入，母亲和儿子常常在小巷里一玩就是半天。 他们和虫子对话，与风耳语。 现在母亲已经不在城市，小巷仍是儿子的去处。 儿子捉到小虫时，常举起手来叫阿奶，叫过之后儿子才知道小巷里只有他一个人。

车队进入院子时，儿子并不知道是来接他的母亲，他的目光仍然在草丛里搜寻，巷子外面的事好像与他无关。

妻子临上车时，突然扑向岳母。 岳母觉得这一举动给她脸上添了光彩。 妻子说我还是不想去。 岳母说不可能，你还不满三十，再说，你还会生病，还要扛煤气买米换保险丝，这些你都得靠男人。 妻子这一刻突然想起了我乡下的母亲。 妻子从来没跟我去过乡下的老家，她害怕乡下没有电灯，没有洗澡间，没有厕所，只有虱子和跳蚤。 此刻，妻子忽然莫名其妙地想，我乡下的家门朝着哪个方向？ 我家的瓦檐上会有几株诗意的青草吗？

我看见妻子一步步走向小车，一步步坠入圈套。 我想我的妻子再也没有理由，再也没有机会，去见识我诗意的乡村了。

妻子钻入小车的时刻，母亲正充实地怀揣着一张假冒存折为姐夫和大姐煮早饭。 母亲在洗米的时候摔碎了一只瓷碗，瓷碗破碎的声音似乎从天空飘来。 母亲想自己老了，碗都拿不稳了。 母亲不知道与她生活了三年的儿媳妇，此刻正站在人生的转折点上。

我的作品在一个月之后被退到妻子的单位，编辑说作品没有写完，请把结局补上，然后发在明年的夏季号。 妻子已调离原先的单位，收发员估计这是一封冷冰冰的公函，与妻子的私生活无关，于是把它丢进废纸篓，最后成为垃圾。

　　我死后两年的秋日傍晚，母亲和姐夫一家人在堂屋吃晚饭。风开始有些凉意，油灯不堪风力左右扑闪。母亲吃了满满一碗饭，突然倒在地上。忙乱中油灯熄灭，姐夫的孩子们纷纷逃出门槛。姐夫重新点燃油灯，扶起母亲。大姐在母亲的鼻穴前摸了摸，说没有气了。

　　大姐说明天你去把那两千块钱取出来，一切按妈的吩咐做。大姐说着在母亲的身上摸索，终于把那张存折摸了出来，递给姐夫。姐夫接过存折，放到油灯上点燃。大姐把火捻熄，说你癫了吗？姐夫说那是假的，钱我早就花光了。大姐说你怎么这么没良心？姐夫说我有什么错，关键是生前能够吃好穿好，死后花钱是假孝心。我对你妈不好吗？她死的时候还吃了一碗饭，满满的一碗。

　　母亲死这一年，我儿子已经五岁，在县城的幼儿园读大班。母亲死的这个傍晚，儿子为了电视正在跟岳母争论不休。儿子说要看广告。岳母说要看五十集大型室内连续剧。双方在争吵的过程中，儿子碰落茶几上的一只瓷杯。儿子的屁股上被岳母扇了一巴掌，他夸张地哭喊。儿子的哭声和连续剧的开场音乐混成一片，整个世界充满嘈杂。

　　妻子在另一个城市里，对于母亲的去世没有任何预感。妻子和岳母一样对连续剧有浓厚的兴趣，她看见连续剧里的一个演员长得很像一个人，想了很久才想起那个演员长得像我。

没有石碑没有道场，只有一副薄瘦的棺材盛装母亲。只有大姐孤独的哭喊撕破秋风，在山坡力所能及地飘荡。无边落木萧萧下，母亲生前所期望的场面没有出现。姐夫扛着棺材大的那一头，沉重压裂了他的嘴巴。姐夫不停地说生前吃好穿好才算好，死后热闹都是假的。村人们替换着抬棺材的另一头，而姐夫却不让任何一个人换他。

母亲的坟砌好后，姐夫露出被棺材压红的肩膀，说岳母，我对得起你了。我看见姐夫红色的右肩，渗出了几缕血。

这年秋天，姐夫心安理得切割完母亲带回乡下的杂志，也就是说姐夫两年来用来发表过我作品的杂志作为烟纸，卷了千千万万根喇叭烟来抽。我的作品被他用嘴巴一点一点地吸光。除了用杂志的封面做了一本假存折，姐夫几乎没有浪费一张纸。

姐夫的儿子老勇开始偷姐夫的烟来抽。某一日，人们发现老勇没有长毛的嘴上叼着的烟卷竟然是一张存折，便惊呼起来。老勇把烟头掐灭，展开长方形的烟纸，小心地抖落烟丝，惊慌地扑进家门。姐夫看见纸片上依稀写着两千元的阿拉伯数字。姐夫出气的声音开始急促，他操起门角的扁担朝老勇砍过去。老勇像一袋粮食倒在地上。姐夫说这存折你在哪里拿到的？老勇说在你撕来做烟纸的书本里拿的。姐夫对着那张烧烂的纸片冷笑，说作废了的，作废了的，你起来吧，别趴在地上了……你想想，你舅爷舅娘都是聪明人，哪会把存折夹在书里当废纸。 即使你舅爷死了，你舅娘也不会疏忽到忘记取出两千块钱。 姐夫不知道那是我的两千块私房钱，妻子和母亲都不知道。 把存折夹在杂志里，是因为我觉得这里最安全。

姐夫把那张纸片撕碎，撒在桌面。 从此，我再也没有任何痕迹留在人间，我这回是真正地彻底地死亡了。 在我有生之年，我常常操起笔编造一种叫作小说的玩意儿，游弋于时间的回廊，想谋求一种永恒。 但我的作品和我的尸体一样，未能逃脱大限。 我也常常用"最终我杀死了一个人"一类的假话，制造悬念，引诱读者进入圈套。 但无论我拥有了枪还是拥有了笔，我都从未杀死过别人。 我杀死的只是我自己。

我看见姐夫撕碎的纸片，像粒粒玉米散落在漆黑的饭桌。 孩童们扑向桌面，争抢那些纸屑。 姐夫鼓起嘴巴，对住桌面用力一吹，纸屑簌簌飞离。 堂屋只剩下一张四方的漆黑的桌面，桌面空无一物，除了黑还是黑。

含泪的喜剧

——东西中篇小说简论

陈晓明

东西可以说是典型的 1960 年代出生的作家，又是一个极具个性的作家。 他有坚定的世界观，却并不锋芒毕露；他始终追求独特的小说趣味，却能讲出非常诱人的故事。 他机敏而随意，诡异却明晰，有极好的语言感觉和幽默感。 比如他早年的成名作就令人震惊。《没有语言的生活》显出黑色幽默意味，这篇小说也是把生活推到极端困苦的境地，去看人在生存极限中的行为方式、愿望和宿命式的结局。 瞎子父亲和聋子儿子相依为命，而后又有一个哑巴媳妇来组成一个家庭，苦难一步步展开并深化。 东西用他的语言冷静而戏谑式地叙述这个绝境，使生存变得如此冷酷，作者却能从中发掘出小说人物生存的自觉意志，他们可以从中获得快乐。 "苦中有乐"是东西小说叙事不断发掘的情境，这使得他的小说总是很有活力，就像人物一直在发现自己的生活潜力一样，东西的小说总是潜力无穷，总有抑制不住不断涌溢出来的乐趣，既廉价，又伤痛，却是生活自然的品性，生活本来如此，不以己悲，而又物喜。 东西的小说永远不乏流泪的笑声，或者笑过之后的无尽悲哀。

东西真正显示出才华的作品，当推长篇《耳光响亮》。这部小说重写了 1950 至 1980 年代的生活史。在这部小说里，东西把他面对苦难生活的勇气再次推到极端，表现那个年代的人们所遭遇到的种种精神磨难。隐藏在东西小说中的一个坚硬的观念，就是人与人之间存在着无法逾越的障碍，即使是亲人之间也不能至诚理解；相反，仇恨和冷漠经常在亲人之间执拗地生长蔓延。东西在揭示生活的艰难困苦和凶险拙劣的同时，却也始终保持着昂扬的热情，他的叙事充沛、机智，随时洋溢着反讽。流宕于其中的荒诞诗意，总是时时涌溢出廉价的欢乐，使绝望的生活变得生机盎然。

《后悔录》的出版，可以看到他的写作更加成熟、自如而有力。这部小说讲述一个被社会变革剥夺一切的资本家后代的命运。主人公名叫曾广贤，青年时代因为被诬告强奸而入狱，他曾经有无数的机会和女性发生肉体关系，但直到中年已经失去了性功能也未曾接触过女性肉体。小说以他一次次与女性有亲近的机会却错过爱情和情爱的后悔来叙述故事，尖锐地揭示了社会剧变给个人的精神和肉体造成的深重创伤。这部小说，始终保持着对自我和历史的双重嘲讽，充满了无穷无尽的幽默和荒诞。东西的黑色幽默有一种刻骨的锐利，那是关于人的身体、欲望，关于幸福的期望全部落空的自我嘲弄。从这里也可以看到伤痕文学在 21 世纪被重写的意味。

　　长篇小说《篡改的命》的出版，再次显示了东西讲述奇特故事的能力，他总是要把一个故事讲得离奇，由此去揭示当代社会某些深刻的难题。 小说的主人公汪长尺，高考意外落榜，父亲不服，为他去讨公道，却意外摔伤，这导致汪长尺要承担医治父亲伤残的重任，除了去打工还债别无选择。这个故事是乡村中国三代人的故事，其核心议题则是乡村命运自我改变的不可能性。 汪长尺最终会异想天开把唯一的儿子送给仇人林家柏做儿子，这样就能成就儿子成为城里人，以改变自己后代的命运，这确实是匪夷所思之举。 东西这一笔法不无夸张，却极其锐利。 初读之下，让人匪夷所思，但掩卷而思，却可体味到东西用心良苦，非如此不可击中要害。 这是 21 世纪初中国社会争论激烈的"三农"问题的延伸：农村贫困、城乡差距、贫富差距，其矛盾和对立难以更改。 东西没有渲染社会仇恨和对立，而是通过一个戏剧性的故事核，戏谑式地把悲剧命运表现出来。 它最为尖锐地表达了这样的观点：乡村人要通过自己的努力改变命运的可能性已经丧失，只有以如此移花接木的方式，乡村人才能有新生的希望。 乡村的希望是以它的哀莫大于心死——以它的死心来获得新生的可能。 祖孙三代人，乡土中国的传宗接代的故事，也是中国传统社会望子成龙的故事，在东西这里进行了最为极端的自我弃绝的演绎。 东西把一个离奇的故事，一步步有序地展开，环环相扣，步步紧逼，节外生枝，终于移花接木，小说的内在逻辑十分紧密，情节和细节都做得合情合理，故事最后不避免向着目标挺进。就此而言，东西的小说技法在当今中国作家中极为罕见，他是技术派作家，这一点他与余华同道，与麦克尤恩为伍，他们都是在刀锋上行走的人。

本书收录的几篇小说都能显示东西小说的艺术特点，如《猜到尽头》，小说开篇就十分抓人，戏剧性十足，藏笔藏得十分巧妙，悬念做得很足，并使叙述在悬念的推动下，不断地意外生枝，妙趣横生。主人公铁流的妻子想着铁流能赚大钱，是到酒店当总经理，还是搞写作的勾当，或是干什么？就想探个究竟，铁流到底在干些什么。铁流的妻子在探究，读者也怀着莫名的兴奋和担忧跟着追踪（猜）。虽然是炫技式地在展现小说技法，但东西的小说处处流露出时代的真情实感。虽然这篇小说没有明确标明时间，但一读就可以看到 1990 年代末至新世纪初这一段时间，我把它称之为"漫长的 90 年代"，人们生活不易，怀着对"幸福美好生活"的向往，就想着多赚点钱，小说处处谈钱，都不是什么大款，只是略微改变生活的幸福期待。东西小说仿佛处处在谈赚钱，却不是钱本身，而是普通人的生活不易，处处都非闲笔玩笑，都是生活的辛酸。东西就这样，永远迫使我们"苦中作乐"，他的小说总是能做成生气勃勃的含泪的喜剧。

事实上，这本小说集中的其他几篇小说《目光愈拉愈长》《原始坑洞》《痛苦比赛》《迈出时间的门槛》，要说一篇比一篇精彩，读者会疑心我在做广告，但说篇篇都一样精彩，肯定没有夸大其词。 从某种意义上来说，东西的小说不是评论或赏析文章所能道明白的，他的小说就是语言和叙述本身，就是活生生的故事本身，只要阅读它，喜欢它，它就一定会妙趣横生。

2024 年 3 月 26 日

图书在版编目（CIP）数据

迈出时间的门槛/东西著；陈晓明主编. --郑州：河南文艺出
版社，2024.7

（百年中篇小说名家经典／何向阳总主编）

ISBN 978-7-5559-1616-1

Ⅰ.①迈…　Ⅱ.①东…②陈…　Ⅲ.①中篇小说-小说集-中国-
当代　Ⅳ.①I247.5

中国国家版本馆 CIP 数据核字（2024）第 070261 号

丛书策划　陈　杰　杨彦玲

本书策划　梁素娟　　　　　　责任校对　梁晓

责任编辑　梁素娟　　　　　　责任印制　陈少强

丛书统筹　王　宁　　　　　　书籍设计　书籍／设计／工坊
　　　　　　　　　　　　　　　　　　　　刘运来工作室

迈出时间的门槛

MAICHU SHIJIAN DE MENKAN

出版发行　河南文艺出版社
本社地址　郑州市郑东新区祥盛街 27 号 C 座 5 楼
承印单位　河南瑞之光印刷股份有限公司
经销单位　新华书店
开　　本　787 毫米×1092 毫米　1/32
印　　张　8.625
字　　数　171 000
版　　次　2024 年 7 月第 1 版
印　　次　2024 年 7 月第 1 次印刷
定　　价　45.00 元

印厂地址　河南省武陟县产业集聚区东区（詹店镇）泰安路
邮政编码　454950　　电话　0371-63956290